KB262470

결혼전야

* 이 도서의 국립중앙도서관 출판시도서목록(CIP)은 e-CIP홈페이지(http://www.nl.go.kr/ecip)와
국가자료공동목록시스템(http://www.nl.go.kr/kolisnet)에서 이용하실 수 있습니다.(CIP제어번호: CIP2013022507)

결혼전야

김선정 장편소설

팬덤

일러두기

* 이 소설은 영화 〈결혼전야〉의 시나리오를 바탕으로 쓰여졌습니다.

차례

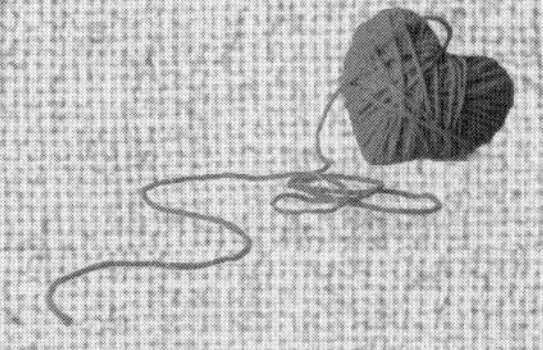

프롤로그

사랑하는 이가 전하는 최고의 고백. 남은 평생을 서로의 반쪽으로 함께하자는, 프러포즈.

세상에 존재하는 수많은 사람들의 숫자만큼 수많은 이상형이 존재하는 것처럼, 프러포즈에 대해서도 수없이 다양한 기대들이 있다. 그리고 그것은 사랑에 죽고 못 사는 만년 소녀인 소미가 꿈꾸는 최고의 프러포즈 이벤트이기도 했다.

레스토랑 내부는 차콜색의 시멘트벽과 짙은 오크색의 나무가 어우러진 심플한 인테리어가 편안함을 준다. 텅 비어 있었지만 따스한 기운이 감돌았다. 한가운데 놓여 있는 단 하나의 식탁 위에서 일렁이는 감귤빛의 촛불 덕분이었다. 식탁 위에는 다정함이 배어나는 음식들이 가득했고, 이를 한 쌍의 연인인 원철과 소미가 즐기고 있었다. 원철이 준비한 완벽한 식탁에 감동한 소미가 원철을 향해 속삭이듯 웃었다. 그러나 원철은 소미에게 그 눈빛과 미소를 잠시 아껴두라고 말하는 듯 다소 과장된 제 스처를 취하더니 미리 준비해둔 짧은 마술을 선보였다. 그 찰나의 눈속임 끝에 소미 앞에 작은 상자가 나타났다. 소미가 설레는 손길로 상자의 리본을 풀었다. 상자 속에는 귀여운 컵케이크가 놓여 있었다. 그리고 그 위에서 도도함을 뽐내고 있는 것은 다이아몬드 반지였다. 소미가 놀란 눈으로 원철을 바라봤다. 그러자 원철은 달콤한 미소와 함께 소미의 손가락에 반지를 끼워 주며 고백했다.

"사랑해."

자신의 손가락에서 빛나는 원철의 마음을 보며 소미의 두 뺨은 상큼한 감귤의 속살처럼 빛났다. 원철은 사랑으로 가득한 표정으로 그녀를 바라보더니, 그녀의 입술에 부드럽고 달콤한 키스를 더했다. 그의 키스에 짜릿하게 녹아내리듯 스르르 눈을 감은 소미가 반지 긴 손을 펴보았다. 손가락 끝의 세포 하나까지 그의 사랑이 전해지는 듯했다.

그때였다. 그녀의 달콤한 입술 위로 차가운 얼음물이 덮쳐오는 듯한 한마디가 들려왔다.

"으엑, 오글거려."

소미가 단꿈에서 깨어나듯 감은 눈을 반짝 떴다. 비로소 현실로 돌아온 듯 그녀의 작은 한숨소리가 마른 공기 속으로 흩어졌다. 조각나버린 환상에서 아직 채 벗어나지 못해 균형감을 되찾기도 전에 또 한번 목소리가 들려왔다.

"게다가 제목이 '삼다의 연인'이 뭐야? 촌스럽게."

높낮이 없이 건조하게 툭툭 내뱉는 말투의 주인공은 소미의 현실 속 애인인 원철의 진짜 모습이다.

그랬다. 이제껏 달콤한 로즈와인 같았던 프러포즈는 소미의 현실이 아니었다. 그녀가 업데이트 알림까지 설정해놓고 꼭 챙겨보는 연재 웹툰 〈삼다의 연인〉 속 주인공 이야기일 뿐이었다. 스물다섯 소미에게 애인과의 '생활'은 있었지만, 달콤한 로맨스는 추억으로만 존재하게 된 지 오래였다. 현실의 아쉬움을 잊게 하는 마취약 같은 존재가 바로 웹툰 〈삼다의 연인〉이었다.

소미는 여주인공의 반지 낀 손가락까지 섬세하게 그려진 아이패드 속 그림을 다시 한번 바라봤다. 그러더니 그 그림 옆에 제 손을 대어본다. 네일아트로 예쁘게 꾸민 소미의 손은 그림 속의 손만큼이나 예뻤지만, 안타깝게도 반지는 없다. 그녀는 손톱에 매니큐어로 그림을 그리듯 눈으로 상상의 반지를 그려 넣어본다. 하지만 이내 쌉싸래한 기분이 마음을 덮었다. 매끈하기만 한 그녀의 손가락, 반지도 없이 깨끗하기만 한 그 손이 쓸쓸한 초겨울 나뭇가지마냥 외로워 보였다.

함께 웹툰을 보던 원철은 지루하다는 듯 하품을 뱉어내곤 자리에서 일어난다. 그러고는 잠시 멈춰놓았던 게임을 다시 시작했다. 방금 전까지 원철이 누워 있던 자리엔 어지럽게 구겨진 시트의 흔적만이 남아 있다. 누군가 마음자리에 머물다 떠나면, 어지럽게 흐트러진 마음의 잔상들이 남는 것처럼. 그녀는 그가 있던 자리로 옮겨가 그의 빈자리를 지워버린다. 마음속에서 그가 빠져나간 듯한 허전함을 지우기 위해서.

"난 '삼다의 연인' 제목 좋은걸? 낡은 익숙함에 오래 묵힌 끈적함…… 그런 게 느껴져, 꼭 우리처럼. 그래서 재밌어."

꿈꾸는 듯 말하는 소미에게 원철이 묻는다.

"걔들은 몇 년?"

"오 년차."

"멀었네, 아직."

"겨우 이 년 차이인데?"

"너 이 년이면 계절이 몇 번이나 바뀌는데. 하루 세 끼, 밥때만 계산해도 엄청난 시간이야."

누가 요리사 아니랄까봐 바로 끼니와 연결하는 원철의 말버릇. 소미는 익숙함을 느끼며 피식 웃어버린다. 격투기 게임에 몰두해 풀스윙을 휘두르기 바쁜 원철의 뒷모습을 보던 소미가 천장을 바라보며 복잡한 마음을 공기 중에 뱉어본다. 별일 아닌 시시한 농담인 것처럼.

"아, 부럽다. 남자주인공이 여자주인공한테 프러포즈 했어."

"대답은?"

"아직…… 왜, 궁금해?"

"응……"

원철은 게임 때문에 숨이 찬 듯 거친 숨을 몰아쉰다. 그런 원철을 소미가 물끄러미 바라보며 되묻는다.

"왜?"

"응?"

"웹툰 재미없다더니, 왜 궁금한가 해서."

"넌 안 궁금해?"

연인들 사이에 오가는 질문에는 종종 묘한 1인치가 숨어 있다. 순수하게 상대의 마음이 궁금한 게 아니라 원하는 답이 정해져 있는 질문을 던지고는 상대가 그 답을 해주기만 바라는 것이다. 소미가 던진 질문이 그랬다. 물론 콕 집어서 꼭 이런 대답, 이라는 정답이 있는 건 아니었지만, 원철의 대답은 소미가 원했던 답이 아니었다. 허탈해진 소미는 내심 원했던 대답을 질문으로 바꿔 말했다.

“우리 결혼할까?”

그사이 게임에 진 원철이 침대에 털썩 앉으며 무덤덤하게 대답한다.

“갑자기 왜?”

“칠 년이나 만났으니까.”

소미는 그런 엉뚱한 대답을 하고서는 무심히 천장만 본다. 소미를 흘끔 바라볼 뿐 원철은 말이 없다. 소미는 이 순간, 그가 어떤 대답을 할지 몰라 떨리지만 애써 태연한 척 무심함을 연기한다. 만약 그가 거절하면 어떤 얼굴로 무슨 말을 해야 하나. 도망가야 하나, 아니면 화를 내야 하나. 그렇게 최악의 상황만을 그려보는 자신에게 짜증이 날 무렵, 원철이 말했다.

“그래, 하자. 결혼.”

원철은 자신의 말에 놀란 소미를 귀엽다는 듯 쳐다보며 미소 짓는다. 그런데 소미는 그의 미소가 문득 아득한 미래로 멀어져가는 듯한 느낌을 받는다. 그 느낌이 묘하게 아프다. 소미는 버릇처럼 다시 무심함을 연기하며, 시선을 돌려 웹툰을 본다. 원철 역시 다시 게임을 시작한다. 그렇게 두 사람은 언제나 반복되어왔던 휴일 오후의 일상으로 돌아간다.

웹툰을 보며 소미는 생각한다. 역시 현실은 늘 이런 식이다.

다른 사람들의 현실도 이럴까? 다들 결혼은 어떻게 하는 걸까? 결혼을 결정하고 나면 어떤 마음이 되는 걸까……?

10월 마지막 주 일요일 아침 열시. 싱겁게 결혼을 결정한 후, 숨가쁘게 달려온 한 달이었다. 그리고 이제 결혼식을 고작 일주일 남겨둔 오늘. 마침내 오늘을 맞이한 소미의 마음은 남달랐다.

바닐라 향이 묻어날 듯한 하얀 벽면 아래, 옅은 살굿빛 핑크가 감도는 삼나무 탁자와 파릇한 새싹 같은 연둣빛 의자. 그리고 정오의 태양을 닮은 조명을 받아 반짝이는 진열장에는 수백 개의 매니큐어들이 색색을 빛내며 줄지어 서 있다.

마치 햇살 좋은 봄날 삼나무숲길을 걷다, 그 숲길에 쉼표처럼 자리한 작은 잔디밭에 앉아 색색의 젤리빈을 깨물어먹는 듯한 느낌이 드는 공간. 이 열 평 남짓한 작은 공간이 바로 소미의 개인 네일숍인 '소미의 내일'이다.

구석구석 제 손길이 담긴 이곳을 눈길로 가만히 쓰다듬어보는 소미의 눈에 어느새 그리움이 담긴다.

이제 스물여섯이 된 소미의 기억 속에 남아 있는 열아홉의 소미는 당돌했다. 공부에는 손톱만큼의 취미도 없었고, 고작 체면치레를 위한 대학졸업장에 지불해야 하는 등록금은 아까웠다. 그래서 그녀는 그저 그런 여대생이 되는 대신 네일아트를 배울 수 있는 전문학원을 선택했다.

그렇게 고삼 시절을 전문학원과 함께 병행한 덕분에, 졸업 무렵엔 네일아트 자격증을 따낼 수 있었다. 그 후 선배 가게에 취직해 숨가쁘게 달린 결과로 마침내 삼 년 전 '소미의 내일'이라는 네일숍을 열었고, 즐겁게 꾸려왔다. 단골손님도 꽤 생겼고, 수입도 퍽 만족할 만한 수준이 되었기에 자신의 선택이 새삼 대견스러웠다. 가끔 편견의 담벼락에 부딪힐 때만 빼고는 늘 그랬다.

문에 달아둔 풍령 소리가 작게 울리며, 소미를 다시 현실로 불러왔다.

"아우, 이 산뜻하게 쌉쌀한 나무냄새— 역시 좋아."

코끼리 발소리만큼 우렁찬 목소리가 뚜벅뚜벅 가게 안으로 걸어들어온다. 같은 오피스텔 9층에 있는 작은 무역회사에서 십 년째 근무중인 고은아였다.

올해 마흔 살에 99사이즈인 그녀는 자칭 '브론즈 미스'였다. 직원 셋이 전부인 작은 회사의 직원에 불과하지만 야무진 알뜰함으로 서울 근교에 있는 집 한 채를 대출 없이 자신의 명의로 깔고 앉아 있으니 골드나 실버는 못 돼도 브론즈 정도는 된다는 게 그녀의 주장이었다. 때문에 그녀는 휴일인 오늘도 출근을 가장해 부당 수당을 취하는 가운데, 낭만적인 사랑과 그 결실 끝에 만나게 될 완벽한 결혼을 꿈꾸고 있었다. 그러나 그녀는 가장 중요한 한 가지를 모르고 있었다. 사회가, 아니 남자가 따지는 신붓감의 등급 조건에는 외모가 포함된다는 사실이다. 그것도 꽤 큰 비중을 차지하기에, 그저 안타까울 뿐이었다.

더불어 또하나, 여자에게 나이는 가장 빛나는 스펙 중 하나라는 것. 그녀의 나이가 어느새 마흔이라는 건 남자들이 그녀에게 매기게 될 형편없는 점수를 말해준다는 사실을 귀띔해주면 저 무시무시한 주먹으로 맞게 될까? 하지만 그것이 우리가 살고 있는 현실의 시선이다. 잔인한 편견들로 무장되어 개인을 끊임없이 상처 입힌다.

소미는 열아홉에 처음 일을 시작해, 자신이 개발한 네일아트 기술을 사수에게 빼앗기고 내쫓겼던 스물한 살의 겨울에 깨달았다. 자신의 눈에 세상을 맞출 수 있는 게 아니라 세상의 눈에 자신을 맞춰야 한다는 사실을. 그렇게 자신을 향한 혹독한 객관화가 계속된다는 것을. 그 뻔한 이치를 여전히 깨닫지 못한 채 자신만의 세상에 사는 고은아가 안타까운 한편 부럽기도 했다.

"나 모레부터 휴가야. 본격적으로 겨울 오기 전에 대만으로 온천여행 가서 피부 월동준비하려고."

"네, 그런데…… 오늘은 좀 힘들 거 같아요."

"왜?"

소미가 눈길을 한곳으로 보낸다. 그곳에는 정리중인 짐들과 빈 박스들이 입을 벌리고 있다. 이를 분명 보았을 고은아지만, 특유의 뻔뻔함으로 모른 척한다.

"어머, 이사해, 자기? 어디로?"

"그게 아니라, 지난번에 말씀드린 것처럼 그만……"

"아잉, 그러지 말고 해주라. 나 자기 아니면 내 발 아무한테도 못 맡기잖아. 그렇다고 미운 발로 해외까지 나가서 나라 망신시키는 여자 될 수도 없구…… 응?"

이미 지난번에 충분히 납득시켰다고 생각했는데, 은아는 듣지 않았던 모양이다. 아니면 제 욕심을 채우기 위해 일부러 모르는 척하는지도 모른다. 자신의 상황에 대해 좀더 구체적인 설명을 더해 돌려보내려다 소미는 그만둔다. 그녀는 '소미의 내일'의 첫 손님이었다.

그에 대한 예우로 소미는 가게 안쪽에 마련된 페디큐어 공간에서 통통한 그녀의 발을 정성스레 보듬는다. 나이가 고스란히 드러나는 얼굴에 비해 토실토실한 발바닥은 유난히 보드랍고 촉촉하다. 제 무게를 견디는 것만으로 힘에 부쳐 늘 단화를 신고, 거기다 발바닥 보호쿠션까지 항상 착용하는 그녀였다. 그런데다 종일 사무실에만 앉아 있으니 발바닥이 거칠어질 틈이 없었다. 마치 사내의 손길에 익숙해질 틈이 없었던 그녀의 은밀한 속살처럼.

"으음— 이거 그거 맞지? 나무에서 나오는 그거, 피톤패치 맞지?"

"네, 피톤치드요. 삼나무에서 나오는 거예요."

깊이 숨을 들이쉬는 듯하더니, 이어지는 은아의 날숨에는 어느새 졸음이 묻어나온다. 그렇게 그녀는 언제나처럼 졸음 속으로 빠져든다. 소미는 그녀의 일방적인 수다에 시달리는 것보다는 코골이를 들으며 작업하는 게 훨씬 수월하다는 걸 다시 한번 느끼며 작업에 몰두한다. 그리고 마지막이라는 생각에 가장 예쁘게 해주기 위해 애쓴다.

어느새 다디단 휴일의 단잠을 끝내고, 페디큐어에 만족한 은아가 묻는다.

"얼마야? 나 지난번에 패키지 끊어둔 거 남았나?"

"지난번에 오셨을 때가 마지막이었어요."

"정말? 나 지금 현금 없는데…… 얼마?"

"오늘은 그냥 해드린 거예요. 제가 가게 그만두는 기념으로. 지난번에 말씀드렸던 거 기억하시죠?"

소미는 문밖에 걸어놓은 폐업 안내를 가리킨다. 끝내 끝은 오고 말았다는 듯한 못마땅한 얼굴로 은아가 묻는다.

"근데 가게 진짜 그만두는 거야? 왜?"

“그게……”

소미가 잠시 단어를 고르는 사이 고은아는 다음 말을 잇는다.

“그만두지 마라. 나 자기 없으면 이제 어떡하라구. 내 맘에 맞는 네일숍 찾기가 얼마나 어려운지 알아? 정말이지, 마음 맞는 미용실, 네일숍 없어질 때가 제일 싫어. 대체 그럼 앞으로 내 손톱은 어쩌냐구……”

“더 좋은 곳 소개해드릴게요. 저보다 실력도 좋고, 서비스도 좋은 데요.”

“그럼 비싼 거 아냐?”

“가격도 다 얘기해둘게요.”

“어쩔 수 없지 뭐. 근데 자기 설마 시집가서 그만두는 거니? 그러진 마라, 정말. 그거 너무 프로 정신 없는 무매너야. 알지? 암튼 새로운 가게도 자기한테 받던 딱 그만큼이면 좋겠다. 약속하는 거지?”

“네, 제가 해드리던 것보다 훨씬 더 만족스러우실 거예요.”

“믿어볼게.”

그렇게 소미는 은아의 커다란 엉덩이와 무사히 작별했다. 은아에게만은 결혼 때문에 그만둔다고 말하지 않았다. 괜히 마흔의 노처녀를 괴롭히고 싶지 않았다.

“참…… 별 사람 다 있어.”

어느새 와서 순서를 기다리던 또다른 손님, 선옥의 말이었다. 그녀는 소미의 마지막 손님이라기보다는 마지막 의식에 가까운 사람이다. 네일숍을 찾는 대부분의 사람들 중에는 자신의 이야기를 쏟아낼 만한 공간에 목말라 있는 이들이 많다. 그들의 하소연 혹은 근거 없는 자랑 퍼레이드를 받아주는 것 역시 소미가 제공하는 서비스의 중요한 부분 중 하나였다. 가끔은 손보다 귀가 더 바빴고, 입으로 장단을 맞춰주는 게 제일 까다로운 일이 되기도 했다. 그 지친 일과 중에 만난 선옥은 신선했다. 여성지 기자로 일한다는 선옥은 주로 인터뷰 기사를 담당한다고 했다. 그래서인지 자신보다 상대에게 집중하는 일에 익숙했고, 그만큼 내밀한 이야기를 끌어내는 기술이 있었다. 마음속 얘기를 남에게 잘 하지 않는 소미지만, 자연스레 선옥에게 이끌려 자신의 인생을 세세히 스케치했고, 선옥은 소미가 지나온 시간들에 공감과 애정을 보여줬다.

그렇게 선옥은 여덟 살의 나이 차이를 극복한 특별한 친구, 특별한 단골이 됐다. 가게 문을 닫는 오늘, '소미의 내일'을 보내는 마지막을 그녀와 함께하는 것은 소미에게는 당연한 일이었다.

소미는 고은아에 대한 선옥의 말에 동조하는 미소를 보낸 후, 자리에 앉아 선옥의 손을 매만지기 시작했다. 자연스러운 손놀림이 이어지고, 마침내 능숙한 엣지 셰이프로 선옥의 손톱을 마무리한다. 선옥의 손톱에는 마치 살아 움직이는 것 같은 비너스 그림이 완성되어 있었다.

"진짜, 여기서 그만두긴 아까운 실력이라는 덴 브론즈 미스랑 의견이 같아. 그냥 계속한다고 해."

"오빠가 싫대요."

"하긴…… 이젠 남의 손톱 만지고 있는 게 눈에 차겠어?"

"그런 게 아니라 오빠가 오래된 내 꿈을 알거든요. 고생했으니까, 이제 꿈 꾸래요."

"꿈? 아…… 그때 말했던 그거, 화가?"

"네, 그림 공부 제대로 해보려구요."

"근데 꿈 꾼다는 사람 얼굴이 왜 이렇게 아쉬워?"

"아픈 것도 추억이고, 힘든 것도 그립고…… 다 그런 거 아니에요?"

소미의 대답이 얄밉다는 듯 선옥이 눈을 흘긴다.

"야, 부럽다! 최원철 셰프, 완전 능력자에 완소남에 꼬픈남의 전형이잖아. 확 우리 여성지에서 인터뷰 따서 소미 너 결혼 못하게 만들었어야 되는 건데…… 지금이라도 내봐?"

"우와, 정말요? 우리 오빠 좋아하겠다. 인터뷰, 해주세요. 레스토랑 홍보도 하고……"

"뭐야, 이 자신만만은?"

"칠 년이잖아요."

"암튼, 오소미! 딸랑 주방보조랑 주야장천 연애하기에 이런 바보가 있나 했더니…… 요렇게 앙큼한 대박 될지 누가 알았겠어? 역시 남자는 킵 해두기 나름이야, 그치?"

"그게 아니라 사랑이죠."

"근데 결혼 꼭 해야 돼? 여자만 손해야. 나 봐봐. 다시 일 잡느라고 똥줄 빠졌잖아."

"그래서 지금 결혼하지 말고 앞으로도 쭈욱 연애만 하라구요?"

"하긴, 칠 년인데 헤어질 거 아님 결혼하는 게 맞지. 그게 의리고 책임이야."

"의리……"

소미의 얼굴에 그늘이 진다. 선옥은 제 입방정을 주워담으려는 듯 서둘러 말한다.

"그게 아니라, 내 동생 때문에 그래."

"동생분이 왜요?"

"아니, 번갯불에 콩 볶듯이 결혼한다더라고. 둘이 만난 지 백일? 아니 한 달은 넘었나 몰라."

"우와, 불같은 사랑?"

"불장난 아니면 다행이지."

칠 년을 만난 끝에 '자장면 먹을래, 짬뽕 먹을래? 영화 볼래, 한강 산책 갈래?'처럼 일상의 흔한 선택지 중 하나처럼 결혼을 선택하게 된 소미와 원철이었다. 그와 달리 만난 지 한 달 만에 결혼을 하게 된 그 뜨거운 커플은 어떤 이야기, 어떤 마음들을 가지고 있을까.

"뭐, 시커먼 사내녀석 냄새 나게 늙어가는 거 언제까지 데리고 있어야 하나 걱정했는데, 이번에 내보내니까 덕분에 나도 편해. 집도 넓어지고. 남편이랑도 제2의 신혼일 테고."

"프러포즈 어떻게 했대요?"

"안 물어봤는데……"

소미는 그 커플의 이야기가 궁금했다.

"어때요, 두 사람? 우리처럼 오래된 커플이랑은 많이 달라요? 뭐가 달라요?"

"뭐, 철없고 도깨비 같은 놈이니까 생긴 대로 그래. 사진 볼래?"

소미가 호기심 가득한 눈망울을 반짝이자, 선옥이 동생의 웨딩 사진을 보여줬다.

선옥의 말처럼 개구진 인상에 독특한 발랄함이 엿보이는 신랑과, 새침하고 단정해 보이지만 뜨거운 미소가 매력적인 신부가 다정한 포즈를 취하고 있었다. 서른 살 동갑내기 예비부부,

고대복과 강이라였다.

"오늘 신혼집에 살림 들여놓는다는데…… 궁금하기도 하고 걱정되기도 하네."

연애는 꿈,
결혼은 현실

선옥의 기우와 달리 야무진 예비신부 이라는 잘 해내고 있었다. 단정한 외모만큼이나 하나하나 꼼꼼하게 체크하며 설치기사들에게 지시를 내리는 그녀에게 빈틈은 없어 보였다. 설치기사들은 그런 이라의 요구에 따라 분주히 움직이며 진땀을 뺐다. 그 가운데 철없는 예비신랑 대복은 3D 스마트TV만 살뜰히 닦는 중이었다. 그의 눈길에는 뿌듯함이 배어 있었다. 그때, 냉장고를 들고 방으로 향하던 기사가 회색 빛깔의 날씬한 냉장고로 TV를 살짝 건드렸다. 대복은 대번에 조심하라고 난리법석을 떨었다. 그러다 냉장고가 방으로 들어가는 걸 보며 말했다.

"아저씨, 그건 주방으로 가야죠. 바빠서서 착각하셨나봐."

대복의 말에 기사가 코웃음 친다.

"사장님, 이건 옷 냉장고예요. 스타일러라고."

생각지도 못한 설치기사의 말에 당황한 대복은 놀라서 냉장고 문을 열어본다. 여느 냉장고와는 다른 낯선 내부가 눈에 들어왔다. 이상했다. 옷들이 주르륵 걸려 있는 냉장고라니, 가죽 채로 도축되어 냉동창고에 걸려 있는 돼지들처럼 옷 입은 시체 꼴로 자신의 도플갱어들이 갖가지 옷을 입고 걸려 있는 모습이 떠올랐다.

"엥? 옷이 더위 타요? 이런 거 필요 없는데……"

"사모님이 직접 고르신 겁니다."

"대복씨, 천연 원단들은 적정 온도를 유지해줘야 오랫동안 잘 입을 수 있어요."

"우리 엄마는 그런 거 없어도 관리만 잘하시던데."

대복의 눈치 없는 말에 서늘한 냉기가 훅 불어온다. 이라의 온도 변화를 눈치채지 못한 건 대복뿐이다. 설치기사들은 행여 불똥이 튈까 싶어 재빠르게 움직여 이라의 시야에서 벗어난다. 이라는 그런 설치기사들을 향해 다시 한번 확인하는 것을 잊지 않는다.

"기사님, 옷장 옆에 공간 마련해뒀으니까, 거기 꼭 맞게 넣어주세요. 콘센트 단자랑 동선 체크도 부탁드리구요. 그리고 대복씨— 욱—"

이라는 미처 말을 끝맺지 못한 채 화장실로 뛰어들어간다. 곧이어 헛구역질하는 소리가 화장실 문 너머에서 들려온다. 대복이 걱정스런 얼굴로 얼른 뛰어들어가 이라의 등을 두드려준다. 이라는 힘 조절을 못해 거의 때리다시피 하는 대복 때문에 짜증이 일었다.

"대복씨, 난 괜찮으니까 기사님들 어떻게 하는지 가서 좀 봐줘요."

"괜찮겠어요?"

"네……"

"내가 대신 애를 밸 수도 없고."

이라는 그 순간에도 행여 설치기사들이 대복의 말을 들었을까 염려스럽다. 문득문득 대복의 이런 경솔함에 자꾸만 마음이 한 발씩 물러나곤 했다. 아빠처럼 재미없는 남자가 싫었고, 대복처럼 재미있는 남자가 좋았다. 하지만 때때로 아빠처럼 진중한 남자가 말할 수 없이 그립기도 했다. 딱 지금 같은 순간마다.

"대복씨, 기사님들한테 괜히 이상한 말 하지 말고, 나 그냥 속이 안 좋은 거라고 얘기해야 해요."

"알겠어요."

이라는 울렁이는 것이 제 마음인지 몸인지 알 길 없는 가운데 변기를 부여잡고 주저앉는다. 대복이 이라의 등을 쓸어주고 나오기가 무섭게 한 설치기사가 대복의 귀에 대고 속삭인다.

"어이구, 돈 주고 못 사는 혼수를 가져오셨구만."

"어떻게 아셨어요?"

"척하면 착이지. 남의 집에 새 물건 설치해줄 땐 자고로 집주인 눈치를 잘 살펴야 일이 순조롭거든. 이거 다 직업병이야."

"그렇군요…… 전문적이시네요. 근데 아는 척 마세요. 부끄러워하거든요."

대복과 기사들이 눈빛으로 모종의 도모를 하는 사이, 간신히 추스르고 나오던 이라는 뭔가 미묘한 변화를 느끼지만 몸이 너무 힘들기에 무시하기로 했다.

"대복씨, 저 콜라 좀 사올게요."

"내가 갔다 올게요. 이라씨는 집에 있어요. 몸도 안 좋은데."

"바람 쐬고 싶어서 그래요. 설치기사님들 일 하시는 거 잘 지켜봐요. 물건에 흠집 안 나게요."

따라 나서려는 대복을 남겨둔 채 이라는 현관을 나선다. 이라가 문을 닫고 사라지기가 무섭게 설치기사가 툭 뱉는다.

"부끄러울 게 아니라 자랑이지. 요즘 같은 저출산시대에 이보다 좋은 혼수가 어딨다고!"

"그죠? 사실 저희는 한 방에 척! 성공했다는 거 아닙니까."

설치기사들이 호응해주자 대복은 으쓱한 기분이 되어 아이처럼 들뜬다.

"저희 진짜 영화처럼, 그랬거든요."

그 말이 신호탄이 된 듯 자연스럽게 자리를 잡고 앉는 남자들. 대복은 아저씨들 사이에서 무용담을 늘어놓듯 자신이 이라를 얻게 된 러브스토리를 풀어놓는다.

대복과 이라는, 클럽에서 만났다. 인스턴트 커플 온상지인 불타는 금요일 밤의 클럽, 그곳에서 열린 댄스대회에서 둘은 운명적으로 만났고 그 결과 일등 경품을 함께 나눠 갖는 커플이 됐다. 그날 이라의 목표는 오로지 일등 경품인 스마트TV였고, 대복 역시 마찬가지였다. 이라에게 그 TV는 아버지에게서 독립을 선언하기 위한 첫걸음이었다. 대복에게는 누나에게 얹혀살았던 핍박의 세월을 종식시켜줄 뇌물이었다. 그렇게 둘은 양보할 수 없는 각각의 이유로 댄스대회에 열정적으로 임했다.

세련된 스모키 메이크업에 발랄하면서도 섹시한 스타일로 유니크한 힙합 춤을 추는 이라는 단연 독보적으로 빛나는 존재가 되어 단번에 사람들의 시선을 사로잡았다. 그에 비해 위아래 딱 떨어지는 '깔맞춤' 스타일로 등장한 대복은 촌스러움으로 시선을 모았다. 그러나 그의 비보잉은 수준급이었고, 재치 있는 무대 매너는 신선했다. 두 사람은 전혀 다른 분위기로 댄스배틀을 팽팽하게 이어가나 싶더니 이내 열기가 과열되어 커플 댄스를 추는 지경에 이르렀다. 승부는 쉽사리 끝이 나지 않았다. 그러자 길어지는 시간 속에서 사람들은 점차 흥미를 잃어갔다. 결국 이라와 대복의 공동 우승이라는 무책임한 결론을 내린 주최 측은, 경품 TV의 소유권 역시 둘이서 알아서 하라며 행사를 끝내버렸다.

대복과 이라는 그렇게 TV와 함께 금요일 밤 홍대 거리로 내쫓겼다. 둘 중 누구도 양보할 생각이 없었고 끝을 보자 덤볐다. 그것이 스마트TV에 대한 미련인지 서로가 함께 있기 위한 핑계인지, 명확하지 않았다. 두 사람의 시간은 트위스트 게임판 위로 이어졌다. 평범한 자세로 시작된 게임은 서로에 대한 질문이 이어지는 것과 동시에 복잡하게 꼬여 점점 더 야릇한 자세로 변해갔다.

"왜 힙합이에요?"

게임의 규칙에 따라 한 발을 그녀 쪽으로 내밀며 대복이 물었다. 이라 역시 한 발을 대복 쪽으로 가까이 가져가며 대답했다. 두 사람은 그렇게 차츰 가깝게 엉켜갔다. 춤꾼에게 어울릴 만한 아크로바틱한 자세였다.

"욕이 좋아서요."

"랩도 해요?"

"아뇨, 난 욕 안 해요."

"욕이 좋아서 힙합이라면서요?"

"네, 그래서 대신 춤추잖아요. 욕은 듣는 걸로 충분히 시원하니까. 그러는 그쪽은 왜 안 어울리게 힙합이에요?"

"안 어울린다니. 난 딱 봐도 힙합보이, 핏속까지 힙합인의 끼가 흐른다구요."

이라는 대복의 근거 없는 자신감에 웃음이 났다. 대복은 줄곧 새침하던 그녀가 자신과 한결 가까워진 채 얼굴을 맞대고 웃자 두근거렸다.

"엄마가 물으면 입시 스트레스에 대한 해방구였다고 하고, 여자가 물으면 첫사랑이 남기고 간 습관이라고 하죠."

"뭐가요?"

"힙합이요. 알죠? 그는 가고 물건은 남고, 그녀는 가고 습관은 남는 그런 거…… 스무 살 첫사랑이 했던, 춤추는 남자 멋있다는 그 한마디에 배우기 시작했는데…… 그녀랑 헤어지고 나서도 이게 유일한 위로가 되더라구요."

"그렇게들 말하면 로맨틱할 거라고 착각하나봐. 여자들은 첫사랑 얘기 듣는 거 별론데……"

"그럼 신데렐라는 어떤 얘기 좋아해요?"

"신데렐라요?"

"그쪽, 열두시면 어떤 남자도 마다하고 사라진다고 해서 신데렐라라고 유명해요."

"사람들 참 할 일 없이 심심한가봐요."

"그렇다기보단 그쪽이 좀 예쁜데다 눈에 띄게 행동하니까…… 원래 아쉽게 만들면 애끓기 마련인 게 남자잖아요."

"지금 시간, 열두시 삼십 분 전. 오늘은 어떨 거 같은데요?"

"일단은 난 진짜 유리 구두 반쪽으로 추정되는 TV를 가지고 있으니까…… 가능성이 좀 있지 않나?"

"양보한다는 얘기로 들어도 돼요?"

"아뇨, 난 둘 다 가질 거예요."

둘은 이제 게임판 위에서 거의 누운 자세로 밀착되었다. 코앞에 서로의 얼굴을 두고 뜨거운 호흡을 이어가던 야릇한 순간이었다. 이라가 어디 한번 해보라는 듯 도발적인 미소로 대복을 보고 있었다. 대복은 그 미소에 심장이 펑 폭발하는 걸 느끼며, 주체할 수 없는 마음으로 눈을 꼭 감고 그대로 그녀에게 돌진했다. 두 사람의 사고 같은 첫 키스였다. 이라는 그의 거친 키스가 낯설었지만, 어떤 꾸밈도 없이 솔직하게 느껴지는 게 좋았다. 그렇게 그녀는 그날 열두시를 넘겼다.

그날 이후, 이라와 대복은 하루도 빠짐없이 만나 데이트를 했다. 대복의 적극적인 애정공세 덕분이었다. 이라 역시 그가 싫지 않았다. 더구나 하룻밤 일로 치부하기엔 그가 보여주는 열정에서 든든한 책임감이 느껴져 꼭 보호받는 기분이 들었다. 그러나 대복의 외모는 때때로 이라를 시험에 들게 했다. 미러볼 조명 아래서 춤추던 대복은 멋있었지만, 태양광 아래 '깔맞춤' 패션을 고수하는 경상도 사나이 고대복은 촌스러웠다. 세련되고 단정한 스타일의 이라에게는 그런 그가 종종 버겁게 느껴졌다. 하지만 행여 그에게 상처가 될까 싶어 말을 아꼈다. 옷에 대한 지적을 하느니 그만 만나자고 말하는 게 더 쉽게 느껴질 정도로 이라는 조심했다. 이라는 딱 부러진 외모와 달리 싫은 소리를 못하는, 그런 성격이었다.

그러던 어느 날이었다. 그날 이라는 대복의 손에 이끌려 간 야구장에서 고민에 빠져 있었다. 꼭 할 말이 있다고 진지하게 말한 터였지만, 그런 그녀를 대복은 혼자 신이 나서 야구장으로 끌고 왔다. 이라는 이 상황이 마음에 들지 않았다. 하지만 사람들의 소란스러운 응원에 휩쓸려 얼떨결에 파도타기를 하고 있다보니 어느 순간 생각이 가벼워졌다. '그래, 별일 아니다. 이렇게 한번 휩쓸려가는 파도처럼, 지나고 나면 다 별거 아니다. 괜히 폼 잡고 무게 두려다 힘만 더 든다. 아무것도 아닌 것처럼, 그렇게, 그러자. 그래.' 그렇게 마음먹은 이라는 야구 경기에 집중하고 있는 대복에게 뭔가를 내밀었다. 막대 풍선을 든 채 응원에 열중하던 대복은 이라가 던져준 것을 확인했다. 산모수첩이었다. 대복은 상황이 어떻게 돌아가는지 전혀 모르겠다는 눈길로 이라를 보았다. 이라는 최대한 담담하고 무심한 척 앞만 보고 있었다. 그러나 내심 대복이 어떻게 나올지 몰라 걱정이됐다. 심하게 떨리는 목소리에 무게를 잡으려 애쓰며 마른 입술을 어렵게 뗐다.

"책임지라는 거 아니에요. 그래도 애 아빠니까 알긴 해야 될 거 같아서……"

놀란 대복은 눈만 끔벅댈 뿐 이렇다 저렇다 말이 없었다. 이라는 그런 대복의 반응에 실망했고, 벌떡 일어나 마음에도 없는 말을 뱉었다.

"애는 내가 알아서 해요. 어차피 엔조이 한 번 한 거뿐이니까."

목소리가 공기 중에 흩어지자마자 후회가 밀려왔다. 행여 누가 듣기라도 했을까봐 온몸에 열이 오르는 걸 느끼며 자리를 서둘러 떠나려 했다. 그렇게 이라가 돌아서려 할 때 멍하니 있던 대복이 갑자기 벌떡 일어나 커다란 목소리로 외쳤다.

"결혼해요!"

선언에 가까운 대복의 말에 주변의 관중들이 일순 응원을 멈추고 그들을 쳐다봤다. 이라는 그 순간 안도했지만 입으로는 거짓을 이야기했다.

"싫어요. 애 땜에 발목 잡는 결혼 따윈."

간신히 대복만 들을 수 있는 작은 목소리였다. 그러자 관중들은 더욱더 귀 기울이며 그들에게 관심을 보였다. 모르는 사람들에게 자기들의 사정을 알리고 싶지 않은 이라와 달리 대복은 거칠 게 없었다.

"예상했던 일은 아니지만…… 나 이라씨 좋아해요. 진짜예요. 즐기려고 만난 거 아니고 좋아서 만났어요. 결혼도 난 이미 다 생각했어요. 아니, 이라씨를 처음 봤을 때부터 결심했어요."

경기를 촬영하던 카메라가 쉬는 시간 동안 두 커플을 찍기 시작하자 관중들의 이목은 더욱 집중됐다. 덕아웃 근처에 있던 선수들과 코칭스태프들까지도 둘을 보고 있었다. 이라는 대복의 말이 반갑고 좋으면서도 과연 이 말이 그의 진심일까 하는 의문이 들었다. 그때, 대복이 무릎을 꿇고 손을 내밀었다. 촌스럽지만 진심이 느껴지는 표정으로 그는 말했다.

"우리 만난 시간, 한 팔백 시간, 남들한텐 쇼트타임일지 모르겠지만, 저에게만큼은 죽여주게 행복한 순간들이었습니다. 앞으로 팔천 시간, 팔만 시간……"

대복의 프러포즈가 채 끝나기도 전에 관중들이 외치기 시작했다.

"받아줘! 받아줘!"

이라는 눈물을 글썽이며 대복의 손을 잡았다. 그러자 기다렸다는 듯 관중들의 외침이 이어졌다.

"뽀뽀해! 뽀뽀해!"

이때다 하고 대복은 이라에게 달려들어 키스를 퍼부었다. 관중들은 자기들 일인 양 달뜬 탄식을 터뜨렸다. 대복은 부끄러워 떨어지려 하는 이라를 더욱더 깊이 끌어안고 키스했다. 마침내 이라도 그의 품 안에서 녹아내렸다. 오래도록 떨어질 줄 모르는 두 연인의 모습이 스크린 화면을 가득 채웠다. 그러자 이내 시큰둥해진 관중들이 야유를 보냈다.

"그만해! 그만해!"

여기까지가 대복과 이라의 프러포즈에 얽힌 추억이었다. 그리고 대복과 이라는 지금 그날 야구장 전광판으로 중계됐던 자료 영상을 보며 웨딩 영상에 쓸 소스들을 체크하는 중이었다.

"저날 나 좀 멋있지 않았어요?"

자기가 한 행동이 자랑스러워죽겠다는 기색을 감추지 못하는 대복을 보며, 이라는 어이가 없어 한마디 톡 쏘아붙였다.

"근사해 보이려고 프러포즈 한 거예요? 진심이 아니라?"

"아니죠. 진심이니까 멋있었다, 이거죠. 안 그래요?"

이라가 또 사소한 걸로 따지며 쉽게 넘어가지 않을 분위기다.

대복은 위기를 넘기기 위해 재빨리 뇌물을 내놨다. 멍게와 해삼, 개불과 산낙지 등 싱싱한 해물 종합세트가 담긴 도시락이었다.

"새벽에 수산시장 가서 사온 거예요."

그러나 이라는 금세 표정이 일그러지며 입까지 틀어막는다.

"징그러워요."

"어제 먹고 싶대서……"

"남들이 맛있게 먹는 거 보니까 잠깐 생각이 났다는 거죠. 저 원래 이런 거 못 먹어요."

이라는 아예 뚜껑까지 덮어버렸다. 대복은 이라가 또 헛구역 질을 하려 하자 얼른 도시락을 치우며 말한다.

"그랬어요? 몰랐어요."

"물어보지 그랬어요."

"서프라이즈 하려고…… 뭐 좀 먹긴 했어요?"

"그것보단 아빠가 문제예요. 결혼식 날까지만 잘 버티면 되는 데……"

"그냥 말씀드리는 게 낫지 않을까요?"

"나 교회에서 혼전순결 서약했다고 얘기했죠! 우리 아빠, 나 만큼은 진짜, 대한민국에서 제일 순결한 딸인 줄 안다니까요. 게다가 명색이 목사 외동딸인데……"

목사인 아빠를 위해서 결혼 전까지 비밀로 하고 아이는 팔삭

둥이로 정리하는 게 최선이라며 이라는 딱 부러지게 말했었다. 대복은 이해는 하지만 한편으로는 답답하고 서운했다. 자신은 기쁘기만 한데, 마치 잘못을 감추려는 듯한 지금의 상황이 썩 내키지 않았다.

"이해해요. 클럽 죽순이라는 것도 십 년 넘게 완벽히 숨겨왔으니까."

"한 번만 더 그런 말 해요!"

이라의 눈에서 불꽃이 인다. 진짜 위험신호다. 대복은 얼른 이라가 만든 영상물로 화제를 돌리며 분위기 반전을 노린다.

"이야, 우리 이라씨 솜씨 진짜 좋네요."

"지금 그게 문제가 아니에요."

강경한 말투에서 절대로 그냥 넘어가지 않겠다는 이라의 의지가 느껴진다. 결국 대복은 얼렁뚱땅 넘겨보려던 걸 포기하고 이라의 잔소리를 조신한 태도로 기다린다. 이라는 빽빽한 체크리스트를 펼쳐놓은 채로 지친 표정으로 묻는다.

"대복씨, 축도 기도도 안 되겠어요?"

예식 문제를 의논하다 보면 곧잘 평소 하던 직업적 말투가 튀어나오고 만다. 그녀는 그런 자신의 모습이 마음에 들지 않지만 일과 사생활을 분리하는 게 쉽지 않다. 더구나 지금은 웨딩플래너인 자신의 결혼식을 준비중이니 더욱 그랬다. 다른 예비부부의 분쟁을 조율하는 일에는 감정이 섞일 일이 없으니, 신경은 쓰여도 마음까지 힘들진 않았다. 그러나 자신의 일이 되고 보니 아주 사소한 일에까지 감정을 소모해야 했고 그러다 보면 매 순간이 충돌이었다. 더구나 경상도 시골 보수적인 집안의 장손인 대복과 개척 교회 목사의 외동딸인 이라 자신의 가치관 사이에는 커다란 간극이 존재했다. 그것은 곧 둘 중 하나가 양보해야 될 일들이 한둘이 아니라는 뜻이었다.

"그게…… 울 엄마가 기독교식은 죽어도 싫다고…… 주례 안 세우는 건 제가 양보했으니까, 어떻게 좀…… 네?"

"……아빠한테 잘 말해볼게요."

"화…… 내시겠죠?"

"대신 폐백은 양가 모두 하는 걸로 해요, 여행은 어떻게 할까요?"

정말 어느 것 하나 쉽지가 않다. 서로 조금만 양보하면 될 줄 알았는데, 그 조금이 이렇게 어려운 일인지 몰랐다. 이라는 웨딩플래너로 일해오면서 늘 생각했다. 나는 결혼할 때 저러지 말아야지. 그런데 어쩌면 지금껏 보아온 부부들의 문제를 모두 합쳐놓은 문제의 종합선물세트 같은 결혼이 자신들의 결혼이 아닐까 싶었다. 그럴 때면 문득문득 견딜 수 없는 우울감이 그녀를 덮쳐왔다. 혼전 임신에 종교 문제에 성격차이까지. 참 골고

루다. 그런 문제 없이도 결혼 전에는 누구나 예민해진다는데, 거기에 덜컥 하룻밤의 대가로 임신을 했으니 우울에 시달리는 건 오히려 자연스러운 결과라 여겨졌다.

그러나 대복은 이라를 이해할 수 없었다. 신혼여행을 무슨 열두 시간씩 비행기를 타고 가야 하는 곳으로 정하자는 건지. 그냥 가면 될 것을 꼭 남들 보기 좋으라고 리무진을 타고 가야 하는 건지.

"리무진 양보했잖아요. 무슨 베니스까지 가요. 그냥 동남아로 쉬러 갑시다."

이라는 그런 대복이 야속했다. 시작은 불장난 같은 사고였지만, 결혼식으로 이뤄질 공식적인 시작은 그야말로 남들이 부러워할 정도로 완벽하게 준비하고 싶었다. 그런데 곧 남편이 될 이 남자는 자신이 입고 다니는 옷만큼이나 촌스럽다.

"쉬기만 할 거면 뭐하러 돈 주고 해외까지 나가요?"

"그 몸으로 비행기 타려면 각서 써야 되는 거 알죠?"

"쓰면 되지!"

이렇게 두 사람은 신혼여행지를 두고도 합의점을 찾지 못할 만큼 달랐다. 이야기가 진행될수록 체크리스트를 더해갈수록, 점점 더 서로가 정말 다르다는 현실적인 차이를 마음 깊이 느낄 뿐이었다.

"지금 나 때문에 어쩔 수 없이 그런다는 거예요?"

"뭐, 꼭 그런 건 아니고요."

"아, 뭘 하나 정할 수가 없어. 다 내 탓인 것처럼 말하고……"

"나만 그랬어요? 이라씨도 맘대로 하려고 하잖아요."

"내가 언제요?"

결국 체크리스트에 완료 표시를 한 건 하나도 없다. 둘 다 충분히 지쳐 녹초가 됐을 뿐이다.

대복은 흔들의자를 앞뒤로 흔들어대며, 멍하니 천장을 바라봤다. 끼익― 끼이익― 끽― 끽― 이라는 흔들의자가 움직일 때마다 들리는 매끄럽지 못한 소리가 여간 신경 쓰이는 게 아니다. 대복을 향해 몇 번이고 불만을 얘기하려다 참는다. 체크리스트에 하나도 체크를 할 수 없었던 순간, 오늘은 싸우지 말자고 마음먹었다. 사람들 사이에서 생기는 문제를 능숙하게 조율하던 그녀였고, 설사 그것이 자신의 문제가 되더라도 잘 해결할 수 있다고, 남들보다 오히려 더 잘할 수 있다고 확신했었다. 철없는 오만일 뿐이었다. 인간은 누구나 찍어 먹어봐야 된장인지 똥인지 구별하는 어리석음을 모태 장착한 채 태어나는 게 분명했다. 이라는 지친 몸을 이끌고 조용히 일어나 신혼집을 나선다. 말없이 나가는 이라를 보고 놀란 대복이 붙잡지만 그녀는 아랑곳 않고 현관문을 나섰다.

"나중에요. 생각을 좀 해야겠어요."

그렇게 결혼을 일주일 앞둔 그들의 밤이 마음 사이에 팬 골처럼 깊어져갔다.

D-day 6

다음 날 이라는 복잡한 마음을 정리하고 달랠 틈도 없이 고객과 함께 백화점에 가야 했다. 자신의 결혼 준비로도 빠듯한 시간 동안 오히려 남의 결혼식을 위해 혼신을 다해야 하는 자신의 현실이 새삼 징그럽게 느껴졌다.

그때 휴대전화가 정신없이 울리며 연이어 문자가 도착했다. 누구인지 안 봐도 뻔했다. 아니 뻔하길 바랐다. 그러나 한편으로는 겁도 났다. 언제였던가. 한때 연인이었던 과거의 한 놈과 헤어지고 돌아온 날, 장문의 문자로 이별을 통보받았던 기억 때문이었다. 개자식, 나쁜 자식, 차가운 겨울날 얼음 웅덩이에 엉덩방아 찧고 꼬리뼈에 금이나 가라, 실컷 욕을 해댔지만 전혀 분이 풀리지 않았던 그날의 기억. 그때의 일을 또다시 겪게 될까 두려웠다.

"실장님, 문자 계속 오는데요."

"응, 나중에."

부하직원인 도아에게 고객의 쇼핑 리스트를 넘겨주며 에스컬레이터에 오르려는데, 그녀의 눈에 들어오는 게 있다. 세련된 세미캐주얼 스타일로 코디된 마네킹이다. 완벽하게 세팅된 그 옷을 보자, 또다른 의미로 늘 완벽하게 맞춰 입는 대복이 떠올랐다. 그 순간 다시 한번 문자 수신음이 그녀를 채근한다. 두근거리는 심장을 다독이며 용기를 내 문자를 확인한다. 그제야 옅은 미소가 이라의 얼굴 위로 떠오른다. 조금은 아이같이 칭얼대는 투로 언제나 진심을 그대로 뱉어내는 솔직한 말투, 그런 대복의 목소리가 들려오는 듯했다. '무조건 미안해요' '하자는 대로 할게요' '화 풀리면 답장 주셈', 그 끝에 유치하기 짝이 없는 사과의 이모티콘까지, 딱 대복의 성격 그대로다. 먼저 사과해준 것이 고마웠지만, 한편으로는 이것이 또다른 시작이고 그 걸음을 내딛는 순간 어제처럼 폭풍 같고 전쟁 같은 두려운 날들이 이어질지도 모른다는 생각에 심란했다. 그러나 마음과 달리 몸은 단순했다. 그녀는 어느새 마네킹이 입고 있는 옷의 가격과 사이즈를 확인하며 카드를 꺼내고 있었다.

대복은 비뇨기과 접수 데스크에 앉아 휴대전화만 노려보고 있었다. 그렇게 많은 문자를 보냈는데, 정확한 이유도 알지 못한 채 무조건 잘못했다 빌고 모두 다 맞추겠다고도 했는데 왜 그녀는 이토록 차가운 침묵으로 일관하는 걸까. 갑자기 화가 났고, 먼저 사과해버린 게 억울했고, 아까웠다. 눈썹을 씰룩이던 대복이 비장하게 손가락 스트레칭을 하더니, 타자를 치기 시작한다. 그는 이라의 그 변화무쌍하고 예상 불가능한 심리 상태에 대한 도움을 얻기 위해 묘책을 강구했다. 그건 바로 여자들이 많이 모여 있는 인터넷 카페에 잠입해 의견을 묻는 방법이었는데, 누나 선옥 덕분에 알게 된 방법이었다. 누나는 늘 버릇처럼 이 카페에 들러 의견을 교류하며 만족해했다. 때문에 대복은 지금 누나의 이름을 빌려 의견 교류에 나선 것이다. 대복은 평소 성격처럼, 누나 아이디를 빌려 쓰는 글이라는 솔직한 소개도 잊지 않는다.

"사사건건 충돌은 어쩔 수 없다 치고, 여자가 이중생활의 달인입니다. 홀 아빠 앞에선 최강 순수. 밖에선 클럽 죽순이 섹시 레이디. 또 말투나 표정도 카멜레온. 가끔 겁날 정도로. 뭐 그 모습에 뿅 갔지만, 헷갈려요. 이런 여자, 괜찮을까요? 게다가 문제는 결혼식까지 잠자리 보이콧 선언! 아, 원래 결혼 앞두면 다 낯설고 무섭고. 그런 건가요?"

대복이 키보드가 부서져라 엔터키를 누른다. 그러자 실시간으로 댓글들이 달리기 시작한다. 그런데 이상하다. 하나같이 대복을 욕하는 댓글다. '너 같은 놈 믿고 결혼한다는 그 여자가 불쌍하다, 당연히 아빠 앞에서는 순수한 게 딸이다, 몰랐냐. 아빠의 환상을 지켜주는 건 딸의 의무다, 결혼 앞두면 당연히 심란한 게 여잔데, 그 마음 하나 이해를 못 해주냐, 이거 저거 다 핑계고 중요한 건 잠자리 보이콧이지? 넌 결혼 보이콧감이다, 반할 땐 언제고 그게 싫다니 그 여자 누구냐, 가서 너 같은 놈이랑 결혼하는 거 말려야겠다' 등등 난리들이다. 여자들의 생각이 궁금했을 뿐인데, 물어뜯겨 도망 나오듯 글을 삭제한다. 그때, 선글라스로 눈을 가린 한 남자가 조심스러운 걸음으로 병원을 들어서며 주위를 살핀다. 조심스러운 몸짓과 어울리지 않는 건장한 그의 체격이 오히려 시선을 더 붙잡는다. 대기중이던 환자들이 일제히 그를 본다. 이어서 그들의 시선은 자연스럽게 다리 사이의 와이 곡선, 그곳에 이른다. 그는 사람들의 시선을 느꼈는지 몸둘 바를 몰라 하며 병원에서 나가려 한다. 대복은 직업정신을 발휘해 새로운 환자가 도망가기 전에 얼른 붙잡아 세운다.

"처음 오셨나요?"

엉거주춤한 자세로 붙잡힌 남자가 대답한다.

"……네."

얼른 접수 데스크로 오라는 대복의 눈짓에 마치 첩보 스파이가 접선을 시도하듯 조심스럽게 다가오는 남자, 건호다. 대복은 건호가 무안하지 않도록 적당히 장단을 맞춰 낮은 목소리로 속삭이듯 묻는다.

"어떤 증세로 오셨을까요?"

건호는 잠시 주변을 돌아보더니, 접수증 밑에 깨알만한 글씨를 적어 대복에게 내민다. 대복은 자세히 들여다보고서야 '안섬'이라고 쓴 작은 글씨를 발견한다. 그에게 걱정 말라는 듯 자애로운 미소를 지어 보이며 건호를 안정시킨다. 그러면서도 휴대전화에서 눈을 떼지 못하지만, 대복의 전화는 여전히 답이 없다.

이라는 인자한 미소가 마치 봄눈 같은 노신사와 마주 앉아 있다. 노신사는 평생 고생해온 아내를 위해 리마인드 웨딩 촬영을 하고 싶다고 이라를 찾아왔다. 노신사는 귀퉁이가 죄다 낡은 작은 노트 한 권을 꺼내놓는다. 첫 장을 넘기자, 노트보다 더 긴 세월을 보냈을 법한 사진들이 빼곡하게 들어차 있다. 결혼의 역사가 담긴 앨범이라며, 이걸 바탕으로 촬영을 하고 싶다고 노신사는 수줍게 고백했다. 웨딩드레스만큼은 최고로 세련되고 예쁜 걸로 준비해달라는 노신사의 특별 주문이 이어졌다. 그 앨범을 보고 있자니, 이라는 결심이 서는 것을 느꼈다.

'그래, 결혼이라는 건 이렇게 평생을 서로의 곁에서 새겨가는

길이다. 우연히 잘못 든 샛길을 고속도로라고 믿으면서 계속 걸어갈 수는 없는 노릇이다.'

노신사가 즐거운 고민에 빠져 있는 사이, 이라는 대복에게 자신의 결심을 전한다. 목소리가 아닌 문자로. 평생 다시는 겪고 싶지 않았던 그 치욕스러웠던 이별 통보의 경험을 이제는 거꾸로 자신이 저지르고 있다.

—대복씨, 아무리 생각해도 우리 정말 안 되겠어요.

유난히 길고 힘든 하루였다. 이라는 무거운 마음과 지친 몸으로 퇴근한다. 집으로 가기 전 아버지 교회에 들러, 열애에 빠진 듯 기도하는 신도들, 믿음 깊은 말씀을 전하는 아버지, 교회 가운데 걸려 있는 십자가에 매달린 예수님을 본다. 이들 모두를 눈으로 담으며, 가만히 속으로 되뇌어본다.

'하나님 저 길을 잃은 거 같아요. 아니, 애초에 제 길이라는 게 있기는 했을까요?'

그녀의 질문 위로 신도들의 열정적인 통성기도 소리가 울려 퍼진다. 이라는 기도를 채 끝내지 못한 채 예배당을 벗어나 바로 뒤편에 있는 집으로 발걸음을 옮긴다. 그런 그녀의 눈에 익숙한 가로등과 그 아래 이제 막 익숙해지려던 다부진 어깨가 보인다. 대복이 차가운 초 겨울바람 속에서, 서성이며 이라를 기다리고 있다. 행여 따뜻한 차 안에 편하게 앉아 있다가 그녀를 놓칠까 염려돼서.

　이라는 골목 어귀에 숨어 그 모습을 가만히 지켜보다가 빙 돌아 뒷문을 통해 조용히 집으로 들어가버린다. 그러고는 불도 켜지 않은 제 방 안에서, 가로등 아래 서 있는 대복을 지켜보고만 있다. 그렇게 두 사람은 한 시간을 흘려보낸다. 그때, 한적하던 골목길이 소란스러워진다. 예배가 끝나 밖으로 나오던 신도들이 가로등 아래서 언 발을 동동거리고 있는 대복의 그림자를 보고 겁을 먹는다. 세상이 흉흉하다 보니, 서성거리는 낯선 남자는 자연스레 잠재적 범죄자로 의심받을 수밖에 없다. 잠시 후, 대복은 신고를 받고 달려온 경찰에게 붙잡힌다. 대복은 억울함에 눈물이 날 것만 같다. 하도 추운 데 오래 있었더니 입이 얼어 말까지 잘 안 나온다. 아무래도 연행될 것 같은 분위기다. 그때, 이라가 집 안에서 튀어나온다.

　"제 애인이에요."

　이라는 그렇게 좁은 동네에 소란스러운 소문이 퍼질 게 뻔한 결말을 짓고 만다. 얼어버린 입을 움직여 대복이 겨우 한마디 꺼낸다.

　"이라씨, 추운데 집에 있었다니 다행이에요."

　이라는 대복의 순수함에 그만 마음이 누그러진다.

　대복과 이라는 데일 정도로 뜨겁게 히터를 틀어놓은 차 안에 나란히 앉아 두 사람만의 대화를 이어간다. 대복은 순식간에 데 워진 공기 속에서 빨개진 볼을 하고는 연신 재채기를 해댄다.

"안 되겠다! 해취— 뭐, 그만하자! 해취— 이런 말, 해취해 취— 또 하기만 해봐요."

"대복씨, 감기 걸렸다…… 어쩌면 좋아."

"그보다 아까 내 말에 대답, 해에에취—"

"놀랐어요, 많이?"

"나 이라씨 없이 못 살아요."

이라는 예쁘게 웃으며 쇼핑백을 하나 내민다. 대복은 콧물을 흘리며 멀뚱멀뚱 보고만 있다. 이라는 휴지로 대복의 콧물을 닦 아주며 쇼핑백을 열어 보여준다. 대복은 그제야 안에 든 옷을 확인하고는 아이처럼 좋아한다. 이라는 그런 대복의 모습을 보 고만 있다.

"내가 진짜 잘할게요, 이라씨!"

"나…… 사랑해요?"

"사랑하니까 이렇게 열심히 투쟁하는…… 귀……"

대복은 난데없이 뜨거워죽겠다는 시선으로 침을 꼴깍 삼킨 다.

"귀가 정말 예쁘네요!"

이라가 수줍은 듯 웃자 대복은 과감하게 이라의 귀에 키스한

다. 거의 귀를 삼킬 지경이다. 이라는 머리끝이 쭈뼛 서는 것 같
아 눈을 꽉 감는다. 대복은 수줍어하는 이라의 모습에 더욱 달
아올라 터져나오려는 재채기를 초인적인 힘으로 참아가며 귀
에서 목덜미로 쇄골로 차례로 입을 맞춘다. 이라의 신음이 점점
깊어지며 온몸의 세포가 파르르 비늘을 세우듯 떨려온다. 대복
이 슬쩍 이라의 허리를 감싸자, 이라는 반사적으로 척추를 세워
대복 쪽으로 기대며 배에 힘을 준다. 그러자 대복이 기다렸다
는 듯 이라의 앞섶을 가르며 봉긋이 솟아오른 여리고 보드라운
가슴을 달콤하게 그러쥔다. 대복은 자신도 모르게 손에 힘이 들
어간다. 대복의 섬세한 터치에 발끝까지 저려오던 이라가 눈을
뜨는 순간, 그녀의 눈에 십자가가 들어온다. 십자가가 순식간에
코앞까지 들이닥치더니 이내 아버지의 얼굴로 변한다. 소스라
치게 놀란 이라가 대복의 손을 떨쳐내며 대복에게 기대고 있던
몸을 뗀다. 그러고는 주위를 불안한 눈길로 살핀다. 이라는 이
미 끝이 났지만 대복은 아직 뜻을 이루지 못했기에 미련 섞인
목소리로 이라의 눈치를 보며 묻는다.

"오늘…… 기분도 그런데 같이 있어줄까요? 우리 신혼집 새
침대에서 와인이라도 한 잔……"

"대복씨! 나 자꾸 죄짓는 기분 드는 거 힘들다고, 참기로 약속
했잖아요!"

"물론, 물론이죠. 그냥 나는 이라씨 다친 마음, 위로하려고……"

"무슨 위로가 그래요?"

"달리 내가 뭘 할 수 있는지 몰라서…… 우리 처음 만났을 때도 이렇게 해서 이라씨 마음 얻었으니까…… 나는…… 그냥 내가 제일 잘하는 걸로…… 이라씨, 내가 정말 잘할게요."

아무런 계산도 없는 듯한 대복의 솔직함에 다시 한번 마음이 누그러진다.

"알았어요."

신나서 다시 달려드는 대복을 이라는 부드럽게 밀어낸다.

"여기서 말고. 아까 대복씨 말처럼 와인 마시면서 처음부터 다시…… 그래줄 거죠?"

이라의 말이 채 끝나기도 전에 대복은 벌써 시동을 걸고 있다.

얼마나 밟았는지 평소보다 빨리 도착한 이라와 대복은 쇼핑백을 챙길 새도 없이 성급하게 신혼집 현관으로 들어선다. 대복은 제 이성을 이미 안드로메다로 보낸 지 오래고, 이라도 보는 눈이 없다는 생각에 무장해제하고 대복에게 자신을 맡긴다. 대복은 이라의 가슴께로 손을 가져가며 달뜬 사랑을 속삭인다. 그런데 그때 찢어질 듯한 이라의 비명이 대복의 귓속으로 직진해 뇌까지 진동시킨다. 이라는 비어 있어야 할 집 안에서 인기척을 느끼고 놀란 것이다. 그 바람에 덩달아 놀란 대복까지 비명을 질러댄다. 그때, 그림자 하나가 그들에게 다가온다. 다름아닌, 대복의 어머니다. 대복 어머니는 고무장갑을 낀 채로 한참 일을 하던 참이다. 퉁명스럽게 들리는 경상도 사투리로 그들을 맞이한다.

"왔나?"

거사를 미처 끝내지 못한 대복은 아쉽기만 하다. 그런데 이라는 난데없는 대복 어머니의 등장보다 더 낯설고 황망한 전경을 보고 얼어 있다. 그녀가 혼자서 하나하나 꼼꼼히 고른 모노풍의 화이트 가구들 사이에 이질적으로 섞여 있는 오래된 디자인의 체리색 가구들. 앤티크라 하기에도 애매한 체리색 가구와 함께 놓인 모노풍의 가구는 마치 이라처럼 길을 잃고 낯선 곳에서 잠시 멈춰 있는 듯 보인다. 더구나 이곳이 안식처가 아닌 잘못된 쉼표처럼 보이는 결정적 한 방이 있었으니, 그건 바로 현관 한가운데 붙어 있는 커다란 부적이었다. 이라의 흔들리는 눈빛을 눈치챈 듯 대복의 어머니가 말한다.

"용한 점쟁이한테 빌어가 비싸게 써온 기다. 함부로 뗄 생각 마라. 그라고, 대복이 니는 여 오고, 새아가 니는 가서 커피 쫌 타온나."

황망하기 짝이 없는 이 신혼집에 적응하기도 전에 이라는 어느새 쟁반을 다소곳이 받쳐들고 나와 어머니 앞에 무릎을 꿇고 앉는다. 이라가 무릎을 꿇자, 편하게 앉아 있던 대복도 그 옆에 무릎을 꿇고 앉는다. 대복 어머니는 그 모습이 영 탐탁지 않은 듯 둘을 향해 차가운 시선을 보낸다.

"내 이랄 줄 알았다. 대복이 야가 그래도 우리집 장손이라가 내가 큰맘 먹고 이리 널찍하이 집을 해줬구마는, 뭐가 이래 휑하노 이 말이다. 그래가 내가 가구 좀 채아느웃다."

이라는 거짓말을 한다.

"감사합니……"

그러나 그마저도 뜻대로 마무리하지 못한다. 어머니의 따가운 목소리가 그녀의 말허리를 끊고 들어왔기 때문이다.

"저짜 가구점에서 샀으이까네 니가 내일 가서 계산하믄 되는기고……"

이라는 이 상황이 도무지 접수가 되지 않는다. 그러나 어른이 말씀하실 땐 되바라지게 굴어서는 안 된다고 배워왔다. 바삭하게 마른 입으로 겨우 알겠노라 대답한다. 그러나 폭탄은 그게 끝이 아니었다.

"그라고, 내 니한테 할 얘기가 쫌 있는데…… 니도 알다시피 우리 집안이 뼈대 있는 집안이다 아이가. 즉, 우리 쪽에 일가친지가 쪼매 된다. 숟가락만 돌리도 장난이 아일 끼다. 즉, 그거는

예단비 반을 못 돌려주는 이유기도 하제. 니 이해하제? 안사돈
이 계시마 충분히 아셨을 낀데……”

“네……”

이라는 애타는 눈길로 대복에게 구원 요청을 해본다. 그러나
대복은 제 어머니를 이길 재주가 없기에 난감한 듯 괜히 애먼
데로만 눈동자를 굴릴 뿐이다. 이라는 그런 대복의 모습에 실망
을 감출 수가 없다. 그러거나 말거나 어머니의 3차 폭격이 다시
시작됐다.

“그래도, 딴 사람들맨치로 내가 명품가방 사돌라고 안 하는
게 어디고. 또…… 너거 손님은 거진 서울내기들이지만서도, 우
리 쪽은 다르다 아이가. 대구서 버스 몇 대 대절해 올 낀데, 생
각해봐라. 상식적으로 서울로 오라 한 쪽이 내야 안 되긋나.”

더 이상은 양보가 아니라 강탈이라는 생각에 이라가 조심스
레 의견을 내본다.

“그 문제는 대복씨가……”

다시 한번 애타게 대복에게 도움을 요청하는 눈길을 보내자
이번에는 대복도 입술을 달싹인다. 그러나 기싸움의 고수인 어
머니는 쉽게 틈을 주지 않는다.

“이래 봬도 대복이 저거 아부지가 동네 이장이다. 혼사 끝나
믄 잔치도 한 번 해야 할 끼고, 그거는 내가 전적으로 부담할 테

이까…… 내 그케 깨사시리운 시어매 아이다. 알아듣재, 아가?”

이라는 어쩔 수 없이 고개를 숙이고 다소곳하게 또 한번 거짓말을 전한다.

“네, 어머님.”

“그카고 저짜 저 부적 저거 절대로 띠마 안 된데이. 띠마 클난다. 니 기분 나쁜 거 아이재? 다 느그 잘살라고 해놓은 기다…… 이라 야 사주에 대복이 니를 잡아먹을……”

큰일이다. 궁합을 봤다는 걸 알면 간신히 꺼놓은 다툼의 불씨가 다시 활활 타오를 게 분명하다. 대복은 냉큼 어머니의 남은 말씀을 잘라먹고는 서둘러 어머니를 돌려보내려 애쓴다.

“엄마, 아유, 벌써 시간이…… 너무 늦었어. 가셔야죠?”

“그케, 벌써 시간이 이래 됐노. 마, 자고 가까?”

“아이, 아부지 엄마 없으마 잠 못 잔다 아이가. 큰일 난다. 내 터미널까지 바로 태와주꾸마. 얼른 가자.”

“그케…… 느그 아부지가 글체?”

대복 어머니는 못 이기는 척 주섬주섬 일어나 현관으로 향한다. 그러면서도 입은 쉴 줄을 모른다.

“아 마따 까묵을라…… 정지 찬장에 프리마랑 설탕 한 봉다리 사났따.”

“어머님, 저희는 그거 안 먹어요……”

"맛을 모리는구만. 커피는 프리마랑 설탕 맛인기라. 그라고……"

어머니는 엉덩이를 다시 바닥에 붙이고 앉아 설교를 연장한다. 대복은 미안하다는 표정으로 이라를 보지만, 이라는 무표정하다. 시어머니의 잔소리가 한없이 길어질 조짐이 보이자 이라는 딴생각에 빠진다. 어렸을 때 예배당에서 아버지의 설교를 듣는 게 힘들 때마다 누구보다 똘똘해 보이는 얼굴로 무장한 채 마음속으로는 다른 곳에 가 있었던 경험이 이렇게 쏠쏠하게 쓰인다. 이라는 생각했다. 만약 엄마가 있었더라면 이럴 때 내 편을 들어주었을까? 확신이 서지 않는다. 아버지를 이기지 못한다는 핑계로 어린 이라를 버리고 떠난 엄마였다. 이런 상황에서도 자신의 편이 되어줄 리가 없다는 생각 쪽으로 무게가 자꾸만 기울어 마음에 멍이 드는 듯했다.

결국 어머니는 하고 싶은 말씀을 몽땅 하고 가셨고, 안사돈이 없다고 만만해하며 당신의 욕심을 한껏 챙기고 돌아가셨고, 다 딸처럼 생각해서 그러는 거라고 여느 시어머니들의 미사여구까지 완벽하게 던져주고 가셨다. 한껏 달아올랐던 분위기는 차갑게 식어버렸고, 화해 직전보다 더 어색한 분위기가 되고 말았다.

"안 자고 갈 거죠……?"

"대복씨."

"네……"

"제발 오늘 하루는 여기서 끝이었으면 좋겠어요. 오늘 하루가 너무 기네요."

그렇게 이라는 하루의 마침표를 찍었다. 이라를 바래다준 대복은 집으로 들어가면서도 끝까지 자신을 돌아보지 않는 이라 때문에 속이 상했다.

대복은 집에 도착하자마자 어머니에게 전화로 따지고 들었다. 다 알아서 하고 있다며 엄마가 아니라 이라와 사는 거라고 강조했지만 어머니는 더 큰 소리로 쩌렁쩌렁 대복을 나무랐다. 그러자 대복은 자연스럽게 전화를 멀찌감치 떼어내고 호통이 잠잠해질 때까지 기다렸다. 그러다 자신을 한심스럽게 바라보고 있는 누나 선옥과 눈이 마주쳤다. 누나는 딱 자신들의 어머니처럼 혀를 끌끌 차며 말했다.

"이 누난 니 매형이 출장을 자주, 또 멀리 가는 게 늘 좋아. 이럴 땐 특히 더 다행이지, 이 더부살이 동생아. 쯧쯧."

머쓱해진 대복은 누나가 입가에 묻혀놓은 치약 자국을 굳이 알려주는 친절을 베풀며 매형이 바람 안 나는 걸 자신은 특히 다행이라 여긴다고 받아쳤다. 그 결과 대복은 전화로는 어머니에게, 몸으로는 누나에게 흠씬 두들겨 맞았다. 녹다운이 된 몰골로 전화를 끊은 대복이 볼멘소리로 투덜댔다.

"엄마 변했어."

"멀쩡하던 엄마들도 시자 들어가면 다 변하게 돼 있어."

"누나, 결혼이 원래 이래? 뭐가 이렇게 어려워?"

"연애는 여자가 성사시키지만, 결혼은 남자가 완성시키는 거라는 말 못 들어봤어? 중간에서 네가 잘해야 돼."

"잘하고 싶지. 가뜩이나 입덧 땜에 예민해져 있는데……"

"뭐, 인마? 니들…… 사고 쳤어? 어쩐지 번갯불에 콩 볶기다 했어."

"아…… 비밀인데 이거…… 누나, 절대로 비밀이다, 알았지?"

이 입방정을 이라가 알게 되면 또 어떻게 될까 눈앞이 캄캄해졌다. 정말이지, 결혼이라는 건 멀고도 험한 길이었다. 자신의 정자가 이라의 난자를 향해 달려가던 그때는 명품 스포츠카를 타고 독일 아우토반을 시원하게 달리는 기분이었는데, 결혼을 향해 달려가는 지금은 아마존 오지의 흙길을 경차를 타고 간신히 뚫고 가는 것처럼 험난하기 이를 데 없었다.

　찬란한 조명 아래 끝없이 펼쳐진 웨딩드레스들은 모두 같은 옷처럼 보이지만, 하나하나 자세히 보면 너무나 달라서 쉽게 고를 수가 없다. 마치 이 지구상에 존재하는 수억의 사람들 중 자신과 꼭 맞는 짝을 찾는 일이 어려운 것만큼이나 자신을 가장 돋보이게 해줄 드레스를 찾는 일 역시 만만하지 않다. 모든 신부가 이 엄청난 드레스들 앞에서는 까다로워지는 만큼 우유부단해진다. 이게 좋을까, 저게 좋을까. 이건 이래서 아쉽고, 저건 저래서 아쉽다. 그게 자연스러운 반응이다. 그렇지만, 아무리 그렇다 해도, 오늘의 신부는 별나도 너무 별나다. 그러나 프로페셔널로 무장한 이라는 흐트러짐 없는 친절로 신부를 대했다. 부하직원인 도아가 시계를 가리키며 입모양으로 투덜댄다. 고민과 선택의 시간이 아무리 길어져도 보통 세 시간을 넘기지는 않는다. 무엇보다 신부 자신이 지치기 때문이다. 그러나 이 신부는 벌써 네 시간하고도 사십오 분째다. 이번에는 제법 마음에 드는 것을 골랐나 했는데, 여지없이 머리를 갸웃댄다. 이라는 그 모습을 보며 그녀의 목을 부목으로 딱 고정시켜주고 싶다는 충동을 느낀다. 그 충동을 이성으로 애써 누른다.

"잘 모르겠네요. 뭐가 어울리는 건지……"

"괜찮아요. 드레스 고르는 건 배우자를 고르는 거랑 똑같아요. 기쁘면서도 불안하고, 쉽사리 확신이 들지 않으니까요. 천천히 신중하게 따져봐야 나중에 후회하지 않아요. 다 입어보세요. 남자보다 드레스 피팅이 더 나은 점은, 드레스는 다 입어볼 수 있다는 거죠."

섣부른 판단과 후회. 마치 스스로를 향한 고백처럼 느껴져 괜히 마음이 쓸쓸하다. 별난 신부는 다시 드레스 고르기에 집중하고 도아는 이라의 내공에 감탄한다. 그사이 이라는 피팅룸 거울에 비친 제 모습을 물끄러미 보고 서 있다. 그리고 옆에 서게 될 대복의 모습을 머릿속으로 그려본다. 대복은 좋게 말하면 순박하고, 나쁘게 말하면 만만해 보일 정도로 백치미와 촌스러움이 섞여 있는 남자다. 상상 속의 그가 그녀를 향해 씨익 웃는다. 이라는 그런 대복을 상상하며 웃을 수도 울 수도 없는 미묘한 기분에 사로잡힌다.

병원 진료실에 있는 대복 역시 거울 앞에 서서 이리저리 제 모습을 비춰보고 있다. 이라가 반했던 마네킹의 완벽한 코디, 바로 그 옷을 입고 있다. 옆을 지나던 원장 주영이 스타일을 칭찬하자 대복은 우쭐해진다. 그러나 애인의 안목이라고 자랑하는 사이에도 옷이 제 몸에 맞지 않는지 매무새를 이리저리 고쳐보려 애쓴다. 그때, 문이 열리며 환자가 들어온다. 대복은 얼른 데스크로 돌아가 특유의 미소로 환자를 맞이한다. 비뇨기과의 특성상 환자를 너무 홀대해서도 너무 친근하게 대해서도 안된다. 겁을 먹고 도망갈 수도 있고, 너무 자주 오는 듯한 느낌에 마음이 상해 발길을 끊을 수도 있다. 남자인 대복도 잘 알고 있다. 그런 남자들의 수줍고도 단순한 내심을. 여자의 마음도 이렇게 명확하게 들여다볼 수 있다면 결혼 따위 아무 문제도 없을 텐데.

이제 제법 익숙해졌을 법도 한데, 여전히 건장한 덩치를 자랑하며 수줍게 병원으로 들어서는 남자는 며칠 전 깨알 글씨 '안섬'으로 방문했던 건호다. 대복이 그를 향해 넘치지도 모자라지도 않는 딱 적정선의 친밀감을 보낸다. 그러자 건호가 제 사연을 조심스레 알려온다. 지난번 진료에서 신체적인 문제는 전혀 아니고 심리문제일 뿐이라는 진단을 받았지만, 급한 마음에 약물 치료를 받았으면 좋겠다고 했다.

"선생님이 심리문제라고 딱 그렇게 일축했으면, 환자분 거긴 진짜 건강한 게 맞아요."

"근데 그 약 먹으면 효과는 금방 나오나요?"

"그게 사람마다 약발이 달라서…… 일단 오늘 테스트 한번 해보시죠?"

대복이 파이팅 넘치는 표정을 건호에게 보낸다. 그 표정에 건호는 뭔가 확신에 찬 의욕이 생긴다. 건호를 진료실로 들여보내자 휴대전화가 진동한다. 갑작스러운 진동에 대복의 마음이 덜컥 내려앉는다. 또 이라의 폭탄인가 싶었다. 다행히 이라는 아니었지만 더 난감한 존재, 이라의 아버지였다. 잠시 망설이는 사이, 전화가 끊겼다. 대복은 더 난감해져서 평소답지 않게 고민했다. 전화를 다시 드려야 하나, 말아야 하나. 그런데 그때 갑작스럽게 불청객이 들이닥쳤다. 대복을 비롯한 병원 식구들에겐 익숙한 얼굴, 이 병원 원장인 주영의 애인 태규였다. 태규의 분위기로 봐선 여간 화가 난 게 아닌 듯했다. 심상치 않다. 미처 대복이 말릴 사이도 없이 태규는 이미 진료실 문을 벌컥 열고 안으로 들어가버렸다. 그는 분명 한때 잘나가던 야구 선수였던 게 확실하다. 대복은 진료실로 들이닥친 태규를 막지 못해 조마조마한 마음으로 진료실 안의 상황을 엿들으려 애썼다. 평소 주영의 성격대로라면 곧 엄청난 일이 터질 것은 자명한 일이었기에 준비를 해야 했다. 그렇게 그는 이라의 아버지에게 전화하는 일을 잠시 미뤄둘 수밖에 없었다.

이라는 사무실에 앉아 컴퓨터 화면을 보며 심각한 얼굴을 하고 있다. 이라가 하는 작업을 살짝 엿본 도아가 아는 척을 한다.

"우와, 실장님 예식 동영상도 직접 만드시는 거예요?"

"응, 그럴까 하고……"

"그간 쌓인 노하우의 집대성이 될 테니, 작품 하나 나오겠어요."

이라는 알 수 없는 미소로 답할 뿐이다.

"그럼 방해 없이 집중하시길 바랄게요. 전 이만 퇴근합니다."

"그래. 들어가, 도아씨."

도아가 밝은 기운을 몰고 사라지자, 방금 전까지 미소를 짓고 있던 이라가 금세 표정을 바꾼다. 그녀의 얼굴 위로 쓸쓸함이 떠오른다. 예식 동영상에 쓸 사진들이 전부 형편없었기 때문이다. 고작 1개월하고 20일 남짓한 시간. 완벽한 동영상을 만들 정도로 추억을 쌓기에는 턱없이 부족한 시간이다. 그마저도 두 사람의 첫만남은 클럽이라는 불건전한 곳에서 이루어졌다. 목사님 딸의 결혼식에서는 상상할 수 없는 추억이었다. 파티에서 찍은 사진들은 우스꽝스러울 뿐만 아니라 퇴폐적인 분위기 때문에 보기에 불편하다. 아무도 모르게 숨겨두고 싶을 뿐, 아름답게 포장해 사람들 앞에 꺼내놓고 공유하고 싶지는 않다. 더구나 그런 사연으로 축하받고 싶지도 않다. 그 외의 사진들 역시나 마찬가지였다. 몇 장 괜찮다 싶은 것은 신혼집 아니면 흔한 카페에서 작정하고 찍은 사진들뿐이었다. 두 사람만의 특별한 추억이 없었다. 그녀의 한숨이 앞서 작업했던 고객들의 사진에 가닿는다. 칠 년이라는 시간을 함께하며 오늘의 성공을 있게 했다는 소미와 원철 커플. 고등학교 때 친구로 처음 만나 만났다 헤어졌다를 반복하다가 마침내 결혼에 골인한다는 주영과 태규 커플. 그들에게는 추억이 너무 많아 오히려 고르는 게 더 힘들 지경이었다. 그들과 자신들이 비교돼서 마음이 더 심란했다. 그 외중에 날아든 대복의 문자가 전혀 반갑지 않다는 것이 그녀를 더 아프게 한다.

—새집에서 봐요. 지금 바로!!!

대복 역시 요즘 매일이 너무 힘들다. 특히 이번 주는 이라의 히스테리로 불안하게 시작되더니 어머니와 이라의 신경전 사이에서 등이 터지고, 마침내는 이라 아버지가 던진 폭탄 때문에 그 역시도 폭발하고 말았다. 병원에서 주영과 태규의 거친 다툼을 말리려다 다칠 뻔한 위기를 가까스로 넘긴 후였다. 안도의 한숨을 돌릴 틈도 없이 이라 아버지에게서 다시 전화가 걸려왔고, 그는 아무런 준비도 못한 채 아버지의 호출과 일격에 노출되었다.

대복은 지친 기색으로 신혼집에 들어서는 이라를 화를 누그러뜨리지 못한 상태로 맞는다. 아무것도 모르는 이라는 자신이 선물한 옷이 대복에게 잘 어울린다는 생각에 흐뭇하다. 더구나 자신에게 그 모습을 보여주기 위해 일부러 부른 게 아닐까 하는 생각에 일순 그가 귀엽게 느껴진다. 그런데 이어지는 대복의 말이 그녀의 마음을 부순다.

"아버님 정말 왜 그러세요?"

대복의 화난 얼굴이 낯설다. 그 낯설음에 적응할 사이도 없이 대복은 더 크게 소리친다.

"나도 엄연히 성인이고 신념과 가치관이 있는 사람인데 결혼 전에 개종까지 하게 생겼어요. 나 벌써 찬송가 책 반이나 외운 거 알잖아요! 일단 노력해보겠다고 맹세를 하긴 했는데……"

대복을 이해하지 못하는 건 아니다. 머리로는 그랬지만, 마음에는 또 어느새 서운함이 자리한다. 하지만 더 이상의 다툼은 피하고 싶다. 그리고 대복이 어머니와 자신 사이에서 그랬던 것처럼 자신 역시 아빠와 대복 사이에서 균형을 잃고 싶지 않았다. 스스로에게 실망하고 싶지 않았다. 대복을 아프게 하고 싶지도 않았다.

“잘했네요. 아빠 이해해줘요.”

대복이 이쯤에서 멈춰주길 바라는 마음에서 많은 말들을 삼키고 어렵게 뱉은 한마디였다. 그런데 대복은 그녀의 바람을 들어주지 않는다.

“그래도 이건 아무리 봐도 너무하잖아요. 내가 그렇게 싫으신 거예요? 그런 거면 건실한 교회 오빠나 데려오시든가…… 이라 씨가 밖에서 어떻게 하고 다니는지는 알지도 못하면서 나만 갖고 그러시니까……”

그 말은 하지 말았어야 했다. 이라는 착하고 모범적인 목사의 딸인 자신에게 제멋대로 함부로 살고자 하는 또다른 자신이 숨어 있다는 사실이 미칠 만큼 힘들었다. 아주 가끔씩 조심하며 감행했던 일탈의 결과로 임신과 결혼이라는 무거운 책임을 떠안았다. 이성이 끊어지자 날카로운 목소리가 튀어나간다.

“내가 뭐요? 난 그냥 아빠 맘 안 상하게 하려고 그러는 거예요. 그리고 내가 뭐 죄 졌어요? 나쁜 짓 하고 다녀요? 그래요?”

대복은 실수했다는 걸 알았지만 이미 늦었다. 그런 뜻이 아니었다는 초라한 변명으로 그녀를 달래려 했지만 이번에는 이라가 멈추지 않는다.

“고대복씨! 그쪽도 만만찮거든요? 어머니 또! 전화하셨어요. 저 때문에 아들하고 싸운다고, 결혼하고 싶으면 기독교 포기하

라세요. 나도 엄연히 성인이고 신념과 가치관이 있는 사람인데,
포기라뇨. 어머님은 내가 그렇게 마음에 안 드시면 궁합 잘 맞
는 여자나 데려오시지, 왜 사사건건 이러시는 건데요? 세상에
서 당신 아들이 제일 잘난 줄 아시잖아요!"

"의사가 될 줄 알고 기대가 크셨는데…… 내가 못 그래
서…… 그래서 그래요."

"내가 대복씨 의사 못 되게 했어요? 그게 내 탓은 아니잖아
요! 그리고 취향은 어머님만 있으세요? 왜 내 결혼식에 어머
님 취향이 선택의 기준이 되는 건데요? 오늘은 한복도 맘대로
골라서 보내셨어요. 빨간 치마에 녹색 저고리요. 색동도 아니
고…… 너무 촌스러운데, 그게 새댁의 기본이고 어려 보인다며.
정말…… 내 나이가 뭐요! 반지는요, 누가 요즘 그런 알 굵은 자
수정 반지를 껴요. 내가 다 골라놨는데, 왜 맘대로 바꾸시는 건
데요."

"그, 그랬어요……? 말을 하지 그랬어요."

"집은요! 내가 살 집인데 가구들을 죄다……"

"이건 나도 좀 이상하긴 해요."

"그걸 왜 이제 말해요?"

기가 막힌다. 지난번에 그렇게 도와달라는 눈빛으로 애원을
했건만 끝까지 모른 척하더니 이제와 말이 달라지는 대복을 이

해할 수 없다.

"난 상관없어요. 이라씨 취향이 내 취향이니까…… 다시 바꿀까요?"

이제는 정말, 싫증이 난다.

"우리…… 언제까지 이렇게 무한 반복해야 돼요?"

이라의 깊은 한숨이 대복에게도 전염된다. 이라의 눈에 체리색 가구와 화이트 가구의 부조화가 들어온다. 마치 제 자신과 대복을 그대로 보여주는 듯했다. 평생 조율이 되지 않을 것 같은 그 부조화 때문에 아득함이 밀려온다. 서걱거리는 마음이 마른 한숨이 되어 새어나온다.

"이 결혼……"

또다시 심상치 않다. 대복은 이라가 꺼내려는 말을 막아야 한다는 생각에 얼른 입을 연다.

"이라씨 또! 그 말 안 하기로 했잖아요."

그러나 이라는 전에 없이 차분하다.

"살면서 냉정해져야 하는 순간이 한 번은 있대요. 그게 바로 지금 같아요."

이라는 행여 대복의 행동에 또다시 마음이 흔들릴까 싶어 얼른 뒤돌아 나간다. 그러다 현관 앞에 떡 하니 자리한 흔들의자를 마주한다. 이 집에서 가장 마음에 안 드는 게 바로 이 흔들의

자였다. 흔들의자를 툭 차며 말한다.

"그리고 이 흔들의자…… 정말 보기 싫어요. 꼭 남이 쓰던 물건 같고…… 궁상맞아."

궁상맞다는 말이 대복에게는 충격적이다. 그사이 이라는 현관을 빠져나간다. 대복은 그녀를 놓칠세라 얼른 뒤쫓는다.

"이렇게 가면 어떡해요, 이라씨!"

대복이 신발을 신기 위해 잠시 지체하는 사이, 이라가 밀어낸 현관문이 대복의 눈앞에서 닫히고 만다. 대복은 열쇠를 잃어버린 듯 영원히 저 문을 열 수 없을 것만 같다.

이라는 닫힌 문을 사이에 두고 잠시 멈춰 서서 숨을 고른다. 그러나 문 너머는 조용하다. 잠시 기다려본다. 그런 자신의 모습에서 못난 미련을 눈치챈 듯 스스로를 향해 조소를 던진다. 이라는 다시금 무심한 얼굴로 무장한 채 발을 뗀다.

그렇게 그들의 어긋난 밤은 두 사람의 마음의 거리를 한 뼘 더 벌려놓고 멀리 흘러가고 있었다. 다시는 오지 않을 어제가 되어가면서.

간밤에 그렇게 헤어진 후로 서로 연락하지 않고 있다. 그 틈을 타고 이라에게 득달같이 연락해온 건 그녀의 고객 중 하나인 주영이었다. 주영은 이라가 작업해서 보내준 웨딩 사진을 보고 길길이 날뛰었다. 아침 열시, 근무가 시작되는 동시에 걸려오는 클레임 전화는 하루를 엉망으로 만들고 만다. 자기 얼굴에 버젓이 있는 주름이 사진에 찍힌 것뿐이고, 너무 말끔히 지워버리면 인위적으로 보일까봐 최대한 자연스럽게 작업해주었건만, 눈가 주름이며 목 주름이 너무 노골적으로 보인다며 주영이 폭주했다. 질세라 성질을 피우며 맞대응하고 싶지만, 이라는 프로의 마음가짐으로 애써 평정심을 유지한다. 흥분해서 불만을 호소하는 고객들의 마음까지도 살펴야 하는 게 이라의 일이기 때문이다. 다시 한번 수정해주겠다는 말을 하고 전화를 끊자마자 이라도 폭발하고 만다.

"자기 주름을 나더러 어쩌란 말야! 지 나이 지가 먹었지, 내가 떠먹여줬냐고! 왜 다들 나한테 짜증이냐고!"

도아와 다른 스태프들은 폭발하는 이라의 모습을 처음 보는 듯 눈치만 본다. 그러면서 서로 의견을 공유한다. 역시 결혼을 며칠 앞둔 여자치고 제정신인 경우는 없다고. 그게 아무리 강철 이성으로 유명한 이라라 할지라도 말이다.

시간이 부족하다는 핑계로 미처 다 손보지 못한 제 웨딩 사진까지 눈에 들어오자, 서럽기 짝이 없다. 그간 쌓인 피곤과 서러움이 한꺼번에 터진 듯 이라는 결국 울음을 터뜨린다. 제어꼭 지가 틀어져버린 듯 서러운 울음이 끝없이 터져나온다.

우울하기는 대복도 마찬가지다. 그때 지난번 원장인 주영과 그의 애인이 벌인 사랑싸움 덕분에 비아그라 처방전을 손쉽게 얻어간 건호가 다시 병원을 찾았다. 실망으로 가득한 먹구름을 잔뜩 끌어안은 채로. 그런데 늘 친절하게 잘 받아주던 대복마저 도 오늘은 어두운 기색이었다. 마음 씀씀이가 고운 건호는 대복 에게 괜찮으냐고 먼저 인사를 건넸다. 그러자 대복은 기다렸다 는 듯 건강엑기스를 건네며 하소연을 시작한다. 대복과 건호는 그렇게 진료실 대기 의자에 나란히 앉아, 건강엑기스를 빨대로 마시며 서로의 하소연을 주거니 받거니 한다.

"지난번에 선생님이 정신이 좀…… 죄송해요. 비아그라 대신 수면제를 처방하셨다니…… 신부님이 많이 실망하셨어요?"

"잠들어서 모르겠어요. 이렇다 저렇다 말을 안 하니 알 수도 없고……"

마흔의 노총각 건호는 반년 전 우즈베키스탄 출신의 스물두 살 미녀 비카와 사랑에 빠졌고, 지금은 그녀와 함께 지내면서 결혼식을 준비하고 있다. 젊고 아름다운 그녀는 늘 시도 때도 없이 뜨겁게 달아올라 그에게 달려들었지만, 어느덧 중년인 건호는 때때로 그녀를 만족시켜주지 못해 겁이 났고, 그녀가 자신만으로 만족할 수 없을지도 모른다는 불안에 급기야 Y자 계곡의 그 녀석이 힘을 쓰지 못하는 지경에 이르렀단다. 약의 힘을 빌려서라도 새신부를 만족시키고자 병원을 찾았건만, 때 아닌 수면제 처방으로 기도 펴보지 못한 채 숙면을 취하고 말았다. 그런 건호의 이야기를 들으면서도 대복은 제 사연이 너무 무거워 장단을 맞출 여유가 없었다. 다만 선문답을 할 뿐이다.

"형님, 결혼 한 번 하는 게 이렇게 힘든 일입니까?"

"무슨 일…… 있어요?"

"이상해요. 분명히 한국 여자랑 얘기하고 있는데…… 말이 안 통한다니까요. 딴 나라 사람 같아요."

"진짜 딴 나라 사람인 나는 더해요. 진짜 미치겠다니까요."

"같이…… 살 수는 있는 걸까요?"

"그 마음 솔직하게 말하는 게 좋을까요?"

건호도 같은 마음인 듯 두 사람은 어느새 스스로에게 말하고 있다.

"못하겠어요."

"도망가버릴 거 같아서."

"그쵸……"

둘은 서로의 어깨를 두드려준다. 건호는 대복에게 두 장의 초대권을 건넨다.

"이거…… 초대티켓인데…… 그동안 잘 챙겨주고 그래서…… 여기 가서 데이트라도 하면서 풀어봐요…… 꼭 한번 안아도 주고……"

"오, 캄사합니다!"

자신에게 늘 친절하던 대복에게 도움이 되고 싶어 말은 그렇게 했지만, 건호 역시 고민이 깊기는 마찬가지다. 그러나 그사이 기분이 풀린 단순한 대복은 벌써 이라와 화해라도 한 듯한 분위기다.

"형님, 하나씩 더 마실까요?"

건강엑기스를 여러 개 꺼내 건호와 나눠 마시며 이라와 어떻게 데이트를 할지 건호와 상의한다. 건호는 그런 대복의 건강함과 자신감이 부러운 듯 바라본다.

이번에도 역시 화해의 말을 먼저 걸어온 건 대복이었다. 이라는 대복의 적극적인 면과 금세 화를 푸는 단순함이 좋았다. 그러나 한편으로는 본질적인 고민과 문제는 고스란히 남겨둔 채늘 이런 식으로 그냥 지나버리는 듯해서 겁이 났다. 그럴수록 대복에 대한 확신이, 지금까지 달려오게 한 자신의 선택에 대한 확신이 자꾸만 흐려졌다. 하지만 또 한번 기대를 걸어보며, 대복이 기다리는 곳으로 걸어간다. 이라가 걸어오는 것을 발견한 대복은 차에서 얼른 내려 밝게 웃으며 그녀를 향해 손을 흔든다.

그렇게 두 사람은 건호가 준 티켓으로 아쿠아리움으로 향했다. 마치 그곳에 두 사람의 갈등을 해소시켜줄 비밀의 열쇠가 있기라도 한 것처럼. 그러나 바닷속에 들어간 듯 고요한 분위기의 아쿠아리움에서 두 사람은 할 말을 잃은 채로 구경만 했다. 인어 분장을 한 다이버의 수중쇼를 보는 관객들 틈에 섞여 있는 두 사람은 여전히 서먹하다. 이라는 대복이 왜 하필이면 이런 곳을 골랐을까 골몰하는데, 대복은 주변 사람들을 살핀다. 온통 다정해 보이는 연인들뿐이다. 그들은 꼭 한 몸인 것처럼 밀착해 있다. 대복도 이 분위기에 묻어가고 싶다. 자연스럽게 팔을 뻗어 이라를 뒤에서 안으려는데, 남들과는 영 다른 모습이 된다. 이라의 어깨로 대복이 팔을 올리자 힐까지 신은 이라의 큰 키 때문에 철없이 누나 등에 업히려는 남동생 같은 꼴이 되고 만 것이다. 대복은 팔의 높이를 낮춰 이라의 팔을 감싸안는다. 그러자 손이 자연스럽게 이라의 가슴에 닿는다. 이라는 대복의 손길이 편치 않지만 차마 떨쳐내지는 못한다. 결국 대복이 원한 건 이런 식의 화해였나. 남자들은 이상하다. 왜 마음을 상하게 해놓고 몸으로 풀자는 이상한 공식을 가지고 있는지 모르겠다. 채워주지 못한 마음을 육체로 채워주고 나면 등가교환의 법칙이 성립한다는 걸까? 남자들은 다 그런 걸까? 이라가 생각에 빠져 있는 사이, 대복은 그녀도 좋아하고 있다고 착각한다. 그러곤 더욱 적극적으로 그녀를 끌어안으며 모든 문제가 해결된 듯 행복해한다. 그는 노골적으로 가슴을 압박하는 자세를 취한다. 더욱 가까워진 대복의 숨소리가 불규칙하게 오르내리며 이라의 귓가와 목덜미에 닿는다. 대복의 더운 입김이 목덜미를 덮쳐오자 이라는 순간 더러운 기분에 휩싸이며 폭발하고 만다.

"뭐예요, 지금!"

이라의 거친 반응에 곱지 않은 시선이 대복에게 쏟아진다.

"아녜요, 그런 거…… 절대 아니에요. 이라씨, 말 좀 해줘요."

그러나 그녀는 해명해주기는커녕, 따귀까지 날리고 쌩하니 돌아서 가버린다. 억울한 마음으로 이라를 쫓아가려는데, 주변 사람들이 대복의 덜미를 잡아 세우며 경찰까지 부르자고 난리다. 그들의 소란에 급기야 아쿠아리움 내 경비가 출동하고, 대복이 이끌려가며 소란이 일단락된다.

사람들에게 실컷 당해 수세미꼴이 된 대복이 지하 주차장으로 터벅터벅 걷는다. 차 옆에 서 있는 이라가 보인다. 대복은 이라가 미웠다. 이라 역시 대복이 미웠다. 그러나 차마 그를 두고 혼자 갈 수는 없었다. 차 옆에 서서 대복을 한참 동안 기다린 이라는 발이 아팠다. 그러나 남들 눈이 무서워 차마 신발은 벗지 못했다. 바닥을 콩콩 찧거나 발가락을 꼼지락대는 정도로 아픈 발을 달랠 뿐이다. 대복은 그 모습을 보자 또 금세 미안한 마음이 든다.

"왜 안 갔어요?"

"왜 그랬어요?"

"일단 타요. 데려다줄게요."

대복의 차가 한강 다리를 지나간다. 말없는 두 사람의 얼굴 위로 화려한 야경이 어지러운 그림자를 만들며 스쳐간다. 마치 방황하는 두 사람의 마음처럼.

"나 경찰서 끌려갈 뻔했어요."

이라는 미안한 마음이 들었지만 대복의 행동을 이해할 수 없다.

"싸우지 말고 기분전환 하자면서요…… 대체 왜 그랬어요?"

"아니…… 우리 결혼할 사이잖아요. 나 뭐 큰 잘못했어요? 그

사람 많은 데서 변태 취급이나 하고…… 난 말이에요. 하루라도 빨리 친해지려고 애쓰고…… 그러는 건데, 이라씨는 만나면 늘 결혼식 얘기뿐이고, 결혼식이 결혼보다 더 중요한 거예요? 그럴 때마다 나 진짜 이라씨 무서워요.”

무섭다는 말이 이라에게는 상처가 된다. 그 상처는 더 독하고 미운 말로 변신해 대복을 향한다.

“대복씨 같은 성격보단 낫죠. 그저 사람만 좋아서 허허허. 사람들이 그런 대복씨 얼마나 만만하게 보는 줄 알아요?”

싸우고 싶지 않은데, 말이 저 혼자 튀어나간다.

“이중인격보단 낫죠.”

“이…… 이중인격? 고대복씨, 난 현명한 거거든요? 어느 쪽에도 피해 안 끼치고 마음 안 상하게 적절히 대처하는 거예요. 그게 얼마나 어려운 일인데.”

“그러니까 그거 솔직하지 못한 거잖아. 언제까지 그렇게 자기 자신까지 속이면서 남들한테 감추면서 살 건데요?”

“아, 대복씨는 나에 대해 좀 아는구나. 근데 난 대복씨에 대해 잘 몰라요. 학교 다닐 땐 어땠는지, 왜 병원에 취직했는지, 꿈은 뭐였는지, 당장 결혼할 사이인데, 아는 게 아무것도 없다구요. 같이 해본 것도 너무 없어서 새로운 상황 앞에서 어떻게 행동하는 사람인지도 전혀 몰라요. 근데 대복씨는 그저 뭐든지 대충

대충…… 그저 욕구에만 흥분해서 달려들고……”

“난 그런 건 그냥 살면서 천천히……”

“난…… 불안해요. 잘못하는 걸까봐…… 나중에 이 시간이, 우리의 선택이 다 상처가 될까봐…… 우리 아빠처럼 평생 외롭게 자식한테만 기대서 살게 될까봐…… 전부 다 무섭다구요.”

이라는 자신의 목소리가 파르르 떨려오는 걸 느끼며 눈물을 삼킨다. 대복은 말없이 이라의 말을 듣고만 있다. 이라는 울고 싶지 않다. 투정 부리는 것처럼 비춰지는 게 싫다. 앙탈부리는 게 아닌데 울어버리면 앙탈이 되고 말 것 같다. 이성적이어야 한다. 그렇게 자신을 다잡으려 애쓴다. 대복 역시 한참을 말없이 달리기만 하더니, 천천히 차를 길가에 세운다. 아까와 달리 차분해진 대복이 입을 연다.

“그래요…… 우리 냉정해져요. 이라씨, 리스트 잘 만들죠? 왜 이 결혼을 접고 싶은지 이유를 적어서 보여줘요. 사소한 것도 빼지 말고 전부. 납득이 되면…… 그땐 나도 동의할게요.”

그 말에 간신히 누르고 있던 이라의 눈물이 터지고 만다. 눈물을 뚝뚝 흘리는 이라를 대복이 아프게 바라본다.

“천천히 운전할 테니까 천천히 달래요.”

그들을 태운 차가 한강 다리를 달려간다. 밤의 긴 그림자가 두 사람의 마음 위로 점점 짧아져간다.

결혼의 신뢰 조건
=진실 80+비밀 20?

다음 날, 부신 햇살을 맞이하며 대복은 후회한다. 이라의 눈물 때문에 괜한 짓을 했다. 평소엔 머리만 붙여도 잠이 드는데 간밤은 꼴딱 새웠다. 다크서클을 턱까지 매단 채 휴대전화만 계속 만지작댄다. 메시지 창을 열어놓은 채로 이라 아버지에게 보낼 말을 썼다 지웠다 반복하는 중이었다. 옆에는 찬송가 책이 놓여 있다. 다시 심호흡을 깊게 하며 한 자 한 자 신중하게 메시지 창을 채워간다. '아버님, 만나뵙고 싶습니다'라고 썼다가 지우고, '큰일 났다'고 썼다가 지우고, '아무래도 큰일 날지도'라고 썼다가 지우고 대체 어떻게 써야 진지한 마음이 전해질까 고심하는데, 살벌한 분위기를 풍기며 원장 주영이 갑작스러운 휴진을 선언한다. 그 바람에 깜짝 놀란 대복은 그만 실수를 저지른다. 메시지 창에 'ㅋㅋ'만 찍은 상태로 전송 버튼을 누른 것이다. 모든 것을 망쳐버린 듯 기운이 쏙 빠진다. 찬송가 책에 머리를 찧으며 망했다고 되뇐다.

이라는 대복의 말처럼 리스트를 만들고 있다. 막상 시작하면 쓸 게 없을지도 모른다고 생각했다. 그러나 리스트의 첫번째 항목을 작성한 뒤로는 언제 끝날지 몰라 난감할 정도로 대복과 결혼할 수 없는 이유가 새록새록 떠올랐다. 이렇게 써나가니 이 결혼은 안 되는 게 옳은 결정이라는 확신이 더 견고해졌다. 그러나 이라는 이성이 안 된다고 하면 할수록 왜 안 된다는 건지 도리어 서운해지는 게 이상했다. 스스로의 마음도 이해할 수 없다니, 속상했다.

종일 고심해서 작성한 리스트를 마침내 완성하자마자 이라는 대복에게 만나자고 했다. 습관처럼 신혼집으로 향할 줄 알았는데, 웬일인지 대복은 한강고수부지로 차를 몰았다.

"물 보면, 이라씨 말처럼 이성적일 수 있을 거 같아서요."

이라가 대복에게 리스트를 건넸다. 대복은 리스트를 꼼꼼히 읽었다. 쉼표 하나 놓치지 않으려고 애썼다. 침묵 속에서 담담함을 가장한 이라의 시선이 창밖을 향한다. 초겨울 저녁의 한강고수부지에는 다정한 연인들이 여기저기서 그들만의 열기로 따뜻해진 시간을 보내고 있다. 이라는 함께 앉은 좁은 차 안에서 황폐한 사막에 버려진 기분에 사로잡힌다.

"커피 마실 때 소리 내는 거…… 이게 결혼하기 싫은 이유라구요?"

"제일 싫어하던 상사가 늘 그랬어요. 자꾸 생각나서 싫어요."

이라는 혹여 대복이 상처라도 받을까 걱정됐지만 마음을 굳게 먹기로 한다. 리스트를 보여줄 땐 이미 마지막 문마저 닫은 거라는 사실을 다짐하면서. 그리고 대복 또한 리스트를 보고 나면 자신에게 싫증이 나고도 남을 거라 생각했다. 그런데 대복은 달랐다. 이라가 예상한 것과는 전혀 다른 반응을 보내온다.

"오케이. 고칠게요. 음소거 상태로 마시면 문제 해결. 다음. 촌스러운 깔맞춤? 나 촌스러워요?"

"네."

"대체 어디가?"

맙소사. 엄청난 패션센스보다 더 무서운 건 저 근거 없는 자신감이다. 이라는 헤어질 때 헤어지더라도 그에게 도움이 될 만한 내일을 선사하고 싶었다. 평소의 그녀였다면 그냥 조용히 입을 다물었을 테지만 그에게만큼은 더는 그러지 않기로 결심했다. 대복처럼 솔직해지기로 작정했다.

"가끔 같이 다니기 창피할 때도 있어요."

이라는 생각한다. 이번만큼은 대복의 마음이 정말로 상했을 거라고. 그러나 이라는 정말 대복이라는 남자를 모르고 있다.

"오케이. 옷이야 벗어버리면 문제 해결. 다음. 흔들…… 의자?"

대복이 갑자기 말을 멈춘다. 이제껏 더 예민한 문제도 아무렇지 않게 넘기던 대복이 침묵을 지키자, 이라가 긴장한다. 오늘 이 리스트로 그와 마지막이라 확신하고 결심했으면서도 대복의 예상치 못한 반응에 자신도 모르게 흔들렸던 모양이다. 이라는 대복의 말에 실망하고 상처받게 될까봐 덜컥 겁이 났다.

"흔들의자는 봐주면 안 돼요? 결혼하면 꼭 갖고 싶었거든요."

대복은 그 흔들의자에 앉아서 영화도 보고 아기가 태어나면 품에 안은 채 재워주고, 그렇게 해보는 게 자신의 로망이라고 설명한다. 무뚝뚝한 경상도 집안에서 자란 탓에 마치 가족영화에 나오는 한 장면처럼 다정한 분위기를 만들어보고 싶다고. 그 말에 이라의 감정이 일렁인다.

"그럼 새로 사든가요."

"그거 주워온 거 아니에요. 싼 것도 아니고."

"난 싫어요."

"어렵게 구한 건데……"

그 순간 이라는 못된 마음이 든다. 대복에게 있어 흔들의자보다 자신의 존재가 못하다는 생각에 차분해지던 마음은 어디로 가고 또다시 뾰족하게 날이 선다.

"우와, 대복씨 이렇게 고집이 센 사람이었는지 몰랐네요. 내

가 싫다는데…… 그게 그렇게 양보하기 어려운 문제예요? 지금
도 이러는데 결혼하면…… 어떻게 살지 앞이 캄캄해요.”

대복은 그건 어려운 게 아니라고 말하며 그녀의 손을 잡는다.
그러나 이라는 꽉 쥔 제 손을 풀지 않은 채, 대복의 손을 마주
잡아주지 않는다. 대복은 그녀가 세워둔 경계선에 감전되어 마
비된 듯하다.

“……의자 때문에 그러는 거 아니죠? 나…… 때문이죠?”

대복은 늘 직설적으로 묻는다. 진심은 숨겨둔 채 좋은 말로
둘러대며 적당히 모른 체하려는 이라를 힘들게 하는 지점이다.
이라는 대답하지 못하고 시선을 피한다.

“나랑 결혼하면 불행할 거 같아요?”

“행복…… 할 것 같지는 않아요. 이렇게 매일 싸우기만 하잖
아요.”

결국 대복이 상처받고 말았다는 게 고스란히 느껴진다. 하지
만 지금 잠시 아프지 않기 위해 평생 고통스러워할 수는 없다.
차갑게 식은 대복이 자신을 모른 척한다고 해도 어쩔 수 없다.
이별은 늘 이렇게 모두가 상처투성이가 되는 것, 그게 진실이고
전부니까.

“그러면 안 되는데……”

대복이 애써 웃으며 심상히 말한다.

"난 이라씨가 행복하길 바라는 사람인데……"

이라는 대복의 말에 고개를 돌린다. 마지막까지 좋은 남자로 남고 싶은 욕심 때문인지 아니면 진심인지…… 알고 싶었다. 그런데 자신을 바라보는 대복의 눈을 보고 있으면 아릿한 통증이 인다. 대복의 눈동자에 담긴 제 모습이 그렇게 못나 보일 수가 없다.

"그렇게 힘들면…… 이라씨 말대로 해요. 결혼…… 다시 생각하죠!"

대복은 애써 아무렇지 않은 말투로 얘기한다.

"근데 나도 하나만 물어볼게요. 이라씨…… 나 사랑해요?"

이라는 끝을 내야 하는 이 순간에 날아든 대복의 질문에 어떤 대답을 해야 할지 혼란스럽다. 아니, 스스로도 진짜 마음을 몰라 쉽사리 대답하지 못한다. 그사이 대복의 얼굴 위로 실망과 상처가 떠오른다. 이라가 대복을 만난 후로 가장 상처받은 얼굴이다. 돌이킬 수 없는 아픔이 그의 얼굴에, 마음에 새겨진 게 이라에게도 전해진다.

"내가 오늘 데려다주면 불편할 테니까…… 꼭 택시 타고 가요."

이라는 말없이 차에서 내린다. 마지막 순간까지 대복은 남자다운 멋진 미소를 짓고 있다. 이라는 그 모습이 아프면서도 왠지 모르게 화가 난다. 마지막 인사도 건네지 않은 채 차 문을 쾅 닫고 뒤돌아선다. 이라는 뒤돌아보지 않는다. 대복은 그렇게 멀어지는 이라의 모습을 보고만 있다. 그녀가 끝내 뒤를 돌아보지 않고 사라지자, 대복은 그제야 아이처럼 울음을 터뜨린다.

결혼을 고작 사흘 남겨놓고, 그들의 불꽃같은 시간이 꺼진다. 그렇게 서로의 인생에서 주인공이 아닌 그저 스쳐 지나가는 엑스트라가 되기로 한다. 그때, 대복의 휴대전화가 울린다. 혹시 이라일까 싶어 확인해보니 이라의 아버지다.

―ㅋㅋ 이게 뭔가? 기다리다 연락하네. 찬송가는 잘 외우고 있나?

대복은 더욱더 큰 소리로 목놓아 운다.

혼자 집으로 가는 길에 이라의 휴대전화가 진동한다. 혹시나 하는 마음에 확인해보니, 이틀 뒤 결혼식을 앞둔 고객들의 스케줄과 그다음 날로 예정되어 있던 자신의 결혼식 스케줄을 알려주는 알람들이다. 다른 커플들의 결혼전야는 무사한 걸까? 자신들의 결혼전야는 결국 파혼전야로 끝나고 마는 것일까…… 바람에 흔들리는 한강의 수면은 고요하게 시간을 삼켜갈 뿐이다.

"응, 마음 쓰지 마. 내가 다 확인할 테니까, 오빠 새 메뉴 개발에만 집중해. 선옥 언니네 잡지 인터뷰랑 딱 맞물리면 좋겠다.

응, 끊어.”

　원철에게 씩씩하게 말했지만, 소미는 조금 서운하다. 결혼하자고 한 것도 자신이고, 결혼 준비를 도맡아 하는 것 역시 자신이라는 사실 때문에, 아닌 척하려 해도 쓸쓸했다. 더구나 원철은 아직 이렇다 할 프러포즈조차 하지 않았다. 하지만 소미는 괜찮다고 스스로를 다독였다. 둘에게는 칠 년이라는 시간이, 그리고 앞으로도 함께할 긴 시간이 있기 때문이다.

　‘소미의 내일’ 네일숍 내부까지 말끔히 정리하고 나자, 시간은 어느새 오후에 놓여 있었다. 이제 백수가 된 소미의 일상은 지나치게 한가했다. 그래서였는지도 모른다. 결혼을 고작 일주일 남겨둔 지금, 제주도 여행을 계획한 것은. 그전에 드레스 피팅과 나머지 결혼준비를 모두 완벽하게 끝내고 싶었던 소미는 웨딩플래너 이라를 찾았다. 일요일이었지만 이라는 흔쾌히 그녀의 부탁을 들어주었다. 와서 보니 그녀를 괴롭히고 있는 건 비단 자신뿐만이 아니었다. 덕분에 미안한 마음의 무게를 덜었다. 이라는 소미 자신보다 더 꼼꼼하게 소미와 원철의 결혼식에 필요한 것들을 체크해서 알려주었다. 다만 드레스 피팅은 당일엔 불가능하다고 했다. 소미는 예고 없이 찾아온 자신을 탓하며, 결혼 전에만 하면 상관 없다며 시원하게 말했다. 그때, 이라의 전화가 울렸다. 내내 차분하던 그녀가 아이 같은 미소를 띠고 말했다.

"저도 곧 결혼하거든요. 아버지가 결혼식 때문에 전화 주신 거 같은데, 잠시 받아도 될까요?"

"네, 그렇게 하세요. 그럼 저는 이만 가볼게요."

"제가 배웅을……"

"아니에요. 아버님 전화 받으세요."

행여 이라가 쫓아 나올까 서둘러 그녀의 시야에서 벗어난 소미는 엘리베이터가 도착하기를 기다린다.

그때, 드레스숍 안쪽에서 웨딩드레스를 입어보던 예비신부 중 하나가 잔뜩 날이 선 목소리로 어떻게 된 일이냐며 항의한다. 소미는 그 목소리가 귀에 익었다. 키가 크고 다소 마른 체형에 지적인 매력을 가진 신부, 주영이었다. 지난번 원철과 함께 계약을 하러 왔을 때, 주영네 커플과 마주쳤었다. 원철이 먼저 주영을 알아봤기에 소미는 그녀를 기억하고 있다. 주영은 레스토랑 근처 비뇨기과의 원장으로 레스토랑 단골이라고 했다. 원철과 인사를 나누는 주영을 보며 소미는 그녀의 얼굴을 기억 속에 저장했다. 칠 년이다. 원철이 어떤 스타일에 호감을 느끼는지 소미는 잘 알고 있다. 폭풍우가 치고 사고가 날 만큼의 바람만 바람이 아니다. 문에 달린 풍경은 살며시 스치는 미풍에도 소리를 낸다. 소미는 사람의 마음도 같다고 생각한다. 무엇보다 요리를 사랑하는 원철은 감정소비에 많은 에너지를 투자하지 않는다. 때문에 그는 뿌리가 흔들릴 정도로 위험한 바람 따위는 피우지 않는다. 다만 때때로 낯선 여인들과 친절을 주고받으며 미필적 고의의 미풍에 흔들리기를 즐긴다. 소미는 이를 알면서도 모른 척해왔다. 원철이 결정적으로 흔들릴 리 없는 튼튼한 마음뿌리를 가졌다는 걸 알기 때문이다. 원철과 만나기 시작한 첫 일 년은 이 문제로 많이 힘들었다. 그러나 한 해 두 해, 한 계절 두 계절을 지나는 사이, 어느새 익숙해졌다. 그리고 이제는 마음 앓이를 하던 애달픔은 사라지고 그가 친절을 나누는 상대의 얼굴을 정확하게 기억하는 버릇만이 남았다. 소미는 그렇게 버릇으로 기억된 그녀의 얼굴을 저장고에서 꺼내보며 주영의 사연을 함께 기억해냈다. 비뇨기과 의사 신주영. 그녀는 소미와 같은 날 결혼한다고 했다. 그리고 그들에게는 공통점이 또하나 있었다. 어느 야구구단 2군 코치로 있다는 동갑내기 애인과 그녀는 오래된 커플이라고 했다. 아니, 따지고 보면 훨씬 오래된 인연이었다. 칠 년의 곱절인 시간을 함께 보내왔단다. 긴 시간을 함께했다는 이유로 하게 된 결혼이라는 점에 묘한 동질감을 공유했던 주영이 화를 내는 이유가 궁금해져 귀를 쫑긋 세웠다. 그런데 때마침 엘리베이터가 도착해 소미는 잠시 망설이다가 관심을 접는다. 타인에 대한 호기심 따위 먼지처럼 털어버리고 자신의 인생길로 다시 걸음을 옮긴다. 오래된 건 그게 뭐든 이미 넘치도록 잘 알고 있다고 생각하면서.

그사이, 이라는 전화를 서둘러 끊고 화가 난 신부를 향해 다급하게 뛰어간다.

"주영 신부님, 무슨 일이세요?"

"내가 찍어놓은 웨딩드레스가 없어졌잖아요. 그…… 가슴 확 파이고 펄 샤방하게 들어가서 화려한 게 약간 아이보리 컬러였는데…… 섹시하게 어려 보이는 그거."

주영의 설명만으로 어떤 드레스인지 기억해낸 원장이 난처한 듯 말을 꺼낸다.

"아…… 그거 다른 신부님이 초이스 하셔서…… 그것보다 훨씬 잘 빠진 신상이 들어왔는데 보시겠어요?"

주영의 얼굴에 짜증을 담은 주름이 제 모습을 선명하게 드러낸다.

"그게 제일 마음에 든댔잖아요. 강실장, 어떻게 된 거예요?"

이라는 주영에게 사과하며 같은 드레스를 고른 또다른 신부의 예식 날짜를 체크한다. 애석하게도 두 신부는 같은 날에 결혼한다. 그리고 하필이면 그 신부 역시 이라의 고객이다. 우즈베키스탄에서 온 비카 알렉산드로브나. 주영은 팔짱을 끼고 서서 이라의 해결 능력을 감시할 태세다. 이라는 그녀의 따가운 시선을 받아내며 하루 뒤로 잡혀 있는 비카의 피팅 일정을 확인한다. 그런데 원장이 바로 지금 옆방에서 비카가 피팅중이라고 말한다. 날을 세우고 있던 주영이 그 말이 떨어지기 무섭게 옆문을 열고 들어간다.

가슴 라인과 긴 다리가 강조된 화려한 드레스를 입은 비카가 자신의 모습을 요목조목 살펴보고 있다. 주영이 말한 바로 그 드레스였다. 맞춤옷처럼 잘 어울리는 비카를 보자 주영은 자신도 모르게 움찔한다.

"비카 신부님, 저한테 연락을 하고 오시죠."

이라의 질타 섞인 말에 비카는 서툰 한국어지만 또박또박 대답한다.

"미안해요. 갑자기 났어요. 시간."

"그때 이 드레스 맘에 안 든다고 하셔서, 다른 신부님이 입기로 하셨어요."

"오우, 아뇨! 나 마음에 들어요. 꼭."

옆에서 원장이 비카의 말을 잘못 알아들었다며 자신의 실수를 슬쩍 흘린다. 종종 이렇다. 꼼꼼한 체크 능력자인 이라라면 절대로 실수할 리가 없지만, 이라의 주변 사람들은 종종 이런 실수를 저질렀다. 중요한 건 잘잘못을 따지는 게 아니라 이 일을 수습하는 거였다. 그런데 지금 이 순간 천하의 이라에게도 묘책이 쉽사리 떠오르지 않는다. 주영은 여간 깐깐한 성격이 아니었고, 비카는 한국말 소통이 자유롭지 않아 결국은 제멋대로 결정해버리는 막무가내 스타일이기에 조율이 쉽지 않았다. 이라가 고민에 빠진 사이 그녀를 믿지 못하겠다는 듯 결국 주영이 나선다.

"저기요. 착오 같은데 그거 내가 찜했거든요?"

주영이 당장 내놓으라는 눈빛으로 쏘아보지만, 비카 역시 지지 않는다.

"미안. 나도 좋아요."

"저도 미안해요. 근데, 양보 못 해요. 그쪽은 딱 봐도 어리고 예뻐서 아무거나 다 어울리겠지만, 난 드레스 빨이 좀 필요하거든요. 그쪽이 양보 좀 하세요."

이라가 예민해진 신부들을 다독이려는데, 비카가 당돌한 제안을 한다. 서툰 한국어지만 뜻은 명확하게 전달된다.

"언니 입고, 나 입고. 더 예쁜 사람 해요."

마치 드레스의 주인처럼 잘 어울리는 비카의 모습이 눈에 들어온다. 그러나 쉽게 양보할 수 없다. 평생 단 한 번 가장 빛나게 될 순간에 입는 드레스인데 타협이란 있을 수 없는 일 아닌가! 주영은 끝까지 해보자 마음먹는다.

하지만 탈의실에서 주영이 마주하게 된 현실은 냉정했다. 몇 개의 뽕을 넣어 가슴을 부풀리고 숨을 참아 아랫배의 인격을 재정비해봐도 비카와 자신은 비교 대상이 될 수조차 없었다. 글래머러스한 D컵의 44사이즈와, 빈약한 A컵의 마른 55사이즈. 시력이 아무리 나빠도 실루엣만 가늠할 수 있는 사람이라면 누구나 판단이 가능할 정도의 명백한 차이였다. 어쩔 수 없이 양보해야 할 상황이지만 초라해지긴 싫다. 주영은 드레스를 들고 우아하게 걸어나와 기분 좋은 날 얼굴 붉힐 일 없이 자신이 양보하겠다고 말한다. 순수하게 고마움을 전하려고 비카는 덥석 주영을 안는다. 주영은 자신의 밋밋한 가슴께로 전해지는 푹신한 D컵 가슴을 느끼며 우즈베키스탄이 아닌 한국에서 태어난 자신에게 원망을 돌린다. 이라가 특유의 센스를 발휘해 주영이 더 마음 상하지 않도록 서둘러 새로운 드레스를 권한다.

"신부님, 이 신상이 더 잘 어울리실 거 같은데, 한국에선 아직 오픈 안 된 머메이드 드레스거든요. 어떠세요?"

아직 한국에서 오픈되지 않은 머메이드 신상, 그것이 주영의 마음을 누그러뜨린다. 이라의 영리한 센스가 빛을 발한다.

드레스숍에서 받은 스트레스를 풀기 위해 주영은 두 가지를 선택했다. 하나는 모든 여자들이 스트레스 만병통치약으로 애용한다는 쇼핑이고, 또다른 하나는 시시콜콜한 일상까지 모조리 공유하는 애인 태규와의 통화였다. 그러나 애인은 쇼핑과 달리 제 뜻대로 움직여주지 않는다. 요즘 살이 더 빠져서 그랬을 뿐 자신도 충분히 글래머러스하다며 투덜대는 주영에게 태규는 다정한 위로는커녕 원래 빈약한 A급 몸매라며 짓궂게 놀린다. 태규에게 제 편이 되어주길 기대한 게 잘못이라는 걸 습관처럼 깨닫는 주영은 쓸쓸했다.

"그러니까 밥 좀 잘 먹어. 다이어트고 뭐고, 그렇게 무리하다가는 드레스 입기도 전에 쓰러져, 너."

하지만 태규의 한마디로 다시 위로받는다. 투박한 말투로 구박하는 태규였지만, 진심 어린 걱정이 담겨 있다는 걸 안다. 그때, 백화점에 전시된 텔레비전 화면으로 홈런을 치는 선수가 보이고 공이 담장을 넘어간다. 태규네 팀의 경기 중계였다. 주영은 태규팀의 승전보를 보며, 태규를 위해 스팀다리미를 구매했다.

신혼집으로 온 주영은 새 스팀다리미로 태규의 셔츠를 정성스레 다림질한다. 옷걸이에 셔츠를 걸어둔 채로 손쉽게 쓱쓱 쓸어주기만 해도 물기 머금은 다리미가 깔끔하게 주름을 지운다. 새 다리미의 뛰어난 성능에 감탄하며, 주영은 참 많은 것들이 편해졌음을 체감했다. 태규와의 역사는 마치 다리미의 변천사와 같은 길에 놓여 있다는 생각이 든다. 말끔하게 다려지는 셔츠를 보며, 주영은 옛 기억을 떠올린다.

주영이 처음으로 다렸던 태규의 셔츠는 교복이었다. 열일곱이었던 주영과 태규는 고등학교에 갓 입학한 일학년이었다. 그때도 야구부였던 태규는 늘 이어지는 연습과 시합으로 수업에 거의 들어오지 않았다. 아주 간혹 시험기간에만 머릿수를 채우려고 앉아 있곤 했다. 수석으로 입학한 주영과 특기자 전형으로 간신히 입학한 태규, 이 둘은 친해지려야 친해질 수 없는 관계였다. 여자란 모름지기 여성스러워야 한다며 긴 생머리에 빨간 입술, 애교 담긴 눈웃음을 이상형의 조건으로 꼽는 태규였다. 그런 그에게 선머슴처럼 짧은 커트에 두꺼운 뿔테안경까지 쓴 주영이 매력적일 리 없었다. 주영에게 태규 역시 마찬가지였다. 지적 교류와 경쟁을 즐기는 주영에게 뇌를 모조리 털어봐야 잡다한 연예 가십 혹은 사내녀석들끼리 돌려보는 에로물에 대한 정보가 고작인 태규가 근사해 보일 리 만무했다. 그런 두 사람은 어쩌다 친구가 됐고 급기야 연인으로 발전하더니 오늘날에 이르러서는 결혼까지 하게 됐다. 인연이라는 건 참 신기하다. 물론 그 시간 안에는 사귀다 헤어져 남남으로 흘려보낸 시간이 십 년이나 된다. 긴 공백기를 각기 다른 모습으로 채워온 두 사람이었다. 어느덧 삼십대 중반을 향해가는 서른셋이라는 나이의 시간축 앞에서 두 사람은 서로의 다른 과거를 자연스레 인정할 만큼은 성장했다. 서로에게 잘 보이기 위해 조금은 억지로 꾸민 표현들로 긴장감을 유지했던 게 십 년 전 덜 익은 첫 연애의 매력이었다면, 지나치게 솔직하다는 게 다시 함께하게 된 농익은 연애의 매력이었다. 주영은 그렇게 서로를 너무 잘 알아 꾸밈없이 소탈할 수 있는 서로가 좋았다. 그러나 한편으로는 십 년의 공백기에 대해 완전히 공유하지 못했음을 떠올리며 조금 걱정했다. 서로를 이해할 만큼의 시간을 보냈고, 충분히 나이 먹은 어른이 되었지만 모두의 마음 한구석에는 영원히 자라지 못하는 철없는 소년과 소녀가 살고 있다. 이 소년 소녀를 달래며 과거를 공유할 수 있어야 결혼의 마침표가 무사히 찍힐 텐데……주영은 자신의 고민도 셔츠의 주름처럼 다리미가 좌악 펴주면 좋겠다는 생각을 한다.

문이 열리는 소리와 함께 건강한 기운을 몰고 태규가 들어왔다. 주영은 그를 반기며 오늘 경기에서 이긴 것을 축하해주었다. 괜히 멋쩍은 태규는 양말부터 벗어던지며 주영의 바람대로 아이돌인 감독님 딸의 축가 섭외에 성공했다는 말로 화제를 돌렸다. 그러고는 칭찬을 바라듯 주영을 향해 어리광 섞인 미소를 짓는다. 주영은 그런 태규가 귀여운 듯 그의 엉덩이를 토닥여준다. 태규는 그녀의 손을 잡고, 그 손을 돌려 그녀를 뒤에서 감싸 안는다. 턱을 그녀의 어깨에 올려놓으며 직접 찐하게 축가를 불러주고 싶었다며 너스레를 떤다. 주영은 목덜미를 간질이는 태규의 숨결에서 익숙한 편안함을 느낀다. 땀냄새 섞인 그의 달콤한 체취가 코끝을 자극하자, 솜털들이 사르르 촉을 세우며 하늘거렸다. 그사이 태규는 찬장 아래 비죽 튀어나와 있는 박스를 발견하고는 묻는다. 주영은 그에게 줄 결혼 선물을 미처 숨겨놓지 못해 속이 상한다. 그런 그녀의 마음을 아는지 모르는지, 태규는 상자를 열어보려고 한다. 주영이 그를 막아서며 결혼하기 전까지 절대 열어봐서는 안 된다고 으름장을 놓는다. 늘 왈가닥에 선머슴 같은 주영이 이렇게 수줍어할 때마다 태규는 그녀가 사랑스러웠다. 앞을 막아 선 주영을 품 안으로 당겨 안고는 그녀의 입술에 키스한다. 짧고도 달콤한 입맞춤. 이 익숙함과 이제 영원히 이별하지 않아도 된다니, 태규는 마냥 좋았다. 그녀와 함께해온 긴 시간들을 떠올리자 낮에 경기장에서 만난 오래된 인연이 떠올랐다.

"참, 나 고선옥 만났다?"

주영은 태규의 입에서 나온 이름에 멈칫했다. 고선옥, 두 사람의 고등학교 동창이자 주영의 친구. 그녀는 알고 있다. 태규와 헤어져 보낸 십 년의 시간 동안 주영이 겪어온 모든 일들을. 그러나 그 일들 사이의 세세한 사정까지는 알지 못했기에 문제가 될 소지가 다분했다. 과정 없이 결과로만 축약된 주영의 과거를 선옥으로부터 듣게 된다면, 오해하게 될 게 뻔했다. 태규는 늘 단순 명쾌했다. 보이는 걸 보이는 대로 들리는 걸 들리는 대로 곧이곧대로 믿었다. 그런 그에게 설명할 수 없는 행간의 의미까지 들여다보라는 건 무리다. 주영은 예상치 못한 장애물의 등장에 난감했다. 미처 방어 작전을 마련하지 못한 채 상대에게서 기습 공격을 당한 기분이다. 주영은 제 방식대로 태규가 모르는 과거를 공유할 생각이었다. 그를 위해 특별히 편집된 그녀의 과거에는 진실보다 우선한 진심이 있었고, 둘의 미래를 위해 남겨둔 비밀도 있었다. 때문에 신중해야 했다. 주영은 태규의 표정을 다시 한번 조심스레 살펴본다. 고민의 흔적은 보이지 않는다. 알고 싶지 않은 주영의 과거를 대면한 후, 고통스러워한 흔적도 보이지 않는다. 아직 그는 그녀의 과거에서 자유로운 상태다. 선옥은 태규에게 말하지 않은 게 분명하다. 이에 안도한 주영은 시시한 과거 따위 모두 잊은 듯 대꾸한다.

"어? 누구?"

미세한 변화를 눈치챘을 리 없는 태규는 제 기분에만 취해 주영의 허리를 더 깊이 감아 안는다.

"슈퍼돼지 있잖아. 나 쫓아다니던."

"음……? 아…… 아……! 개……"

태규에게서 즐거운 흥분이 읽힌다. 자신을 좋아했던 여자를 마다하고 오직 제 여자만을 위해 달려온 스스로가 대견해서 상을 주고 싶은 모양이다. 과거를 공유한 누군가 덕분에 두 사람의 오랜 인연이 새삼 더 근사하게 느껴진 것이다. 이 순간, 주영은 그와 같은 흥분을 느낌과 동시에 미묘한 죄책감을 느낀다. 그래서 달뜬 흥분으로만 달려드는 태규를 슬쩍 밀어낼 수밖에 없다.

"땀냄새 나. 빨리 씻어."

"언젠 땀냄새 좋다며."

"이제 날이 추워졌어. 안 씻고 겨울바람에 땀 말리다간 감기 든다구."

주영은 태규에게서 벗어나 주방으로 향했다. 태규는 제 예상과 달리 시큰둥한 주영의 태도에 투덜대며 욕실로 간다. 평소의 태규라면 다시 한번 달려들고도 남았다. 그러나 얼마 전 웨딩 촬영을 하던 날 이후, 알게 모르게 주영의 눈치를 보며 조심한다. 태규를 피해 주방으로 온 주영 역시 웨딩 촬영을 하던 날을 떠올렸다.

한 달 전, 유난히 햇살이 맑았고 공기 중에 딱 알맞은 가을의 정취가 담뿍 담긴, 그런 날이었다. 그러나 계산된 설정으로 판에 박힌 웨딩 사진을 찍어대다 보니 그저 지겹고 힘들 뿐이었다. 전문 모델이 아니고서야 카메라 앞에서 설정된 포즈를 취하고 사진을 찍느라 하루를 꼬박 보내는 일이 익숙할 리 없었다.

마지막 촬영을 앞두고 지쳐서 혼을 반쯤 빼앗긴 몰골을 한 주영과 태규는 각각 치어리더와 고교 야구복을 입고 야외 세트에 앉아 촬영을 기다리고 있었다. 그사이 이라와 사진작가는 주영이 주문한 콘셉트에 맞도록 야외 세트를 조정했다.

몇 시간 동안 긴장한 채 포즈를 취한 탓에 온몸이 욱신거린 주영은 결혼 한 번 하려다 골로 가겠다며 푸념했다. 곁에 선 태규는 치어리더 복장의 주영을 야릇한 시선으로 보며, "아직 자기 괜찮다"며 음흉한 감탄사를 보냈다. 주영은 자신만만함으로 응수했다. 그간 쏟아부은 돈과 시간이 상당하다는 너스레도 더했다. 태규가 욕망이 담긴 손길로 주영의 엉덩이를 덥석 잡아 쥐는데 이물감이 느껴졌다. 엉덩이 뽕까지 넣었냐는 그의 질문에 주영은 태규의 손길을 쳐내며 평생 남는 웨딩 사진은 섹시하게 새겨 길이길이 남기는 거라 대꾸했다. '섹시'라는 말에 태규는 한층 더 끈적해진 시선을 보내며, 휘어지는 변화구를 감싸듯 주영의 허리를 휘감아 안았다.

"자기야! 이거 입으니까…… 옛날 생각나지 않아?"

주영은 일부러 모른 척했다. 그를 애태우고 싶었다.

"옛날?"

"그날 말이야. 졸업식 날. 설마 까먹은 거야? 처음…… 이었는데?"

좀더 모른 척했다. 그가 이렇게 자신과의 추억을 떠올리며 설레는 게 좋았다.

"글쎄…… 무슨 날이더라……"

말로는 시침을 떼면서도 주영은 달콤한 몸의 언어로 태규를 유혹했다. 태규도 바로 반응했다.

"하고 싶다, 지금!"

주영은 미쳤느냐며 태규를 밀어내려 애썼지만, 자신의 몸 역시 뜨거워지고 있었다. 그날, 두 사람은 유난히 뜨거웠다. 촬영장에서 스태프들의 시선을 피해 달아오른 순간을 보내며, 응축된 정규 경기처럼 서로의 혼신을 불태웠다. 웨딩 촬영을 끝내고 돌아온 신혼집에서도 달아오른 서로를 주체하지 못해 연장전을 뛰던 두 사람. 9회말 2 아웃. 만루 홈런은 계획적으로 아껴두었다. 뜨겁게 키스하며 집 안으로 들어선 두 사람은 만루 홈런을 치기 위해 타석에 들어선 참이었다. 입구에 나란히 세워둔 두 대의 자전거가 상대 수비수처럼 거치적거렸다. 그러나 두 사람은 그러면 그럴수록 더 서로를 탐하며 둘만의 경기에 집중했다.

"오늘 풀코스로 완전 죽여줄게."

"이런 식으로 프러포즈 땡치는 거 아니지? 그건 절대 안 된다. 내가 몇 년을 기다렸는데……"

“오늘은 시범경기. 정규시즌 시작하면 근사한 걸로……”

태규는 만루 홈런의 성공을 위해 성급하게 바지를 벗으려다 발이 걸려 넘어졌다. 주영은 그런 태규를 덮치며 태규의 만루 홈런에 힘을 실어준다.

“기대하겠어.”

주영이 태규에게 키스하려는데, 태규가 절정을 향한 도움닫기로 고백했다.

“자기야. 나 닮은 애로 낳아줘.”

순간 주영은 만루 홈런을 향한 예비 동작을 그대로 멈춰버렸다.

“뭐? 안 돼. 싫어.”

“어차피 나이도 있고 얼른 얼른……”

“나 애 싫어. 애 낳아야 되는 거면 결혼 안 할래.”

주영은 달라붙는 태규를 밀쳐내고 풀었던 블라우스 단추를 꼼꼼히 채웠다. 그러고는 서둘러 주방으로 피했다.

애매한 옷차림으로 현관 바닥에 버려진 채 태규는 아이처럼 떼를 썼다.

“왜애! 왜 싫은데에!”

주영은 그의 목소리를 지우려는 듯 싱크대의 수도꼭지를 최대한 세게 틀었다. 그러고는 괜히 새 그릇들을 꺼내 설거지를 시작했다.

오늘도 마찬가지다. 태규를 화장실로 밀어넣은 후, 그날처럼 괜히 설거지에 몰두한다. 그릇을 다 닦아낸 주영은 다시 떠오르는 그날의 기억으로 마음이 복잡하다.

생각해보니 그날 이후로 태규도 주영에게 아이 이야기를 꺼내지 않았다. 아마도 저 편할 대로 오해하고 있을 터였다. 독립심 강한 주영이기에 아직은 아이를 가지고 싶지 않을 뿐이라고, 아이에게 양보하는 삶이 아닌 자신만의 삶을 살고자 하는 욕망 때문일 거라고. 하지만 결혼을 하고 언젠가 자연스럽게 아이가 생기게 되면 그녀 역시도 자신만큼 행복해할 거라 착각하는 게 뻔했다.

주영의 생각은 달랐다. 태규가 자신에게 동화되기를 바랐다. 아이에 대한 욕심 따위는 버리고 둘만의 결혼생활에 만족해주기를 원했다.

그러나 한편에는 절대로 지울 수 없는 고민의 무게가 존재했다. 그와의 행복한 미래를 위해 비밀로 남겨두길 선택했지만, 이대로 계속 끝까지 갈 수 있을까, 그래도 되는 일일까. 이렇다 할 답을 내지 못한 채 질문만을 반복하게 된다. 그런데 고선옥이라는 예기치 못한 먹구름이 두 사람의 내일 위로 몰려와 있다. 주영은 고선옥이 뿌릴지도 모를 비바람를 피하기 위해 서두르기로 한다. 그러나 쉽게 떨어지지 않는 입술 때문에, 결국 다음 날로 해결의 순간을 미룬다. 그리고 무거운 마음을 감추기 위한 뻔한 핑계, 결혼 전에 흔히들 경험하게 된다는 '매리지 블루(Marriage Blue)'로 그 원인을 돌린다. 핑계로 무장한 채, 단단한 태규의 품 안에서 안도하며 그렇게 단 하루만 더 유예하기로 한다.

모든 건 주영의 실수였다. 지난밤 주영은 태규와 자신의 과거를 공유해야만 했다. 서로를 위한 비밀은 남겨두더라도, 서로를 위해 편집한 과거는 공유했어야 옳았다. 하루만 더 아무런 생각 없이 태규의 따뜻한 품에 안겨 있고 싶었던 욕심이 모든 걸 망쳤다.

주영은 진료실에서 천 피스로 나눠진 웨딩 사진의 퍼즐을 맞추며 통화를 하고 있었다. 여간 어려운 일이 아니었다. 마치 여러 갈래로 나뉘어져 쉽게 하나로 맞출 수 없는 두 사람의 마음처럼. 한 귀퉁이의 작은 한 조각과 다른 작은 한 조각을 맞춰 끼우는 것조차 힘이 들었다.

"닥터 김, 청첩장 받았지?"

수화기 너머로 '그 사람이냐'고 묻는 목소리가 들린다. 주영은 그에게 미안한 마음이 든다.

"응…… 나 못됐다. 그치?"

미안해하는 그녀에게 수화기 너머의 남자는 넉넉한 마음을 건넨다.

"고마워."

그리고 그녀가 태규에게 감추고 있는 비밀에 대해서도 함께 걱정한다.

"기회 보는 중이야. 괜찮을 거야……"

그때, 노크도 없이 문이 벌컥 열리며 화가 난 얼굴을 한 태규가 들어온다. 주영은 여러 의미로 당황함을 감추지 못한 채 허둥댄다. 아직은 태규에게 비밀인 퍼즐을 얼른 종이로 덮어 가리고, 다시 전화하겠다는 말을 남기고 서둘러 전화를 끊는다.

"어제 경기 하느라 피곤했잖아. 안 쉬고 왜 나왔어?"

주영은 태규를 다정하게 반긴다. 그러나 돌아오는 반응은 뾰족하다.

"누구야? 또 닥터 김인가 머시기야?"

"청첩장 보냈거든. 뭐야, 아직도 질투해? 그냥 친구라니까."

주영은 그의 질투가 싫지 않다. 오히려 반갑다. 그에게 미소를 보내는데, 태규는 웃지 않는다. 주영의 눈을 똑바로 바라보며 차갑게 말한다.

"혼인 신고…… 하러 갔었어."

올 것이 왔구나, 싶다. 그녀는 흔들리지 않으려 애쓰며 태규의 딱딱한 시선을 그대로 받아낸다. 그러자 태규가 화가 난 상태로 말을 뱉기 시작한다.

"설마 했는데…… 자기 첫번째 결혼식 때 부케 받은 슈퍼돼지 얘기가 맞았더라?"

고선옥, 결국 말했었구나. 두 사람 사이에 불편한 침묵이 이어진다. 태규가 평소와 달리 고집스러운 눈빛으로 주영에게 대답을 요구한다. 주영은 이제 더는 그냥 넘길 수 없음을 느낀다. 더는 외면해서는 안 되는 게 옳다. 설령 이것이 마지막이 된다 하더라도. 다만, 서로가 필요 이상의 상처를 주고받게 되지 않기를 바라며 조심스레 입을 연다.

"미안……해. 말하려고 했는데…… 그러질 못했어."

"그러질 못했어? 미안해? 뭐가?"

태규는 헛웃음이 절로 난다.

"결혼했었다는 게? 날 속였다는 게? 어떻게 이럴 수가 있어? 너 이거 사기야. 고소할 수도 있어. 알아?"

"어렵게 다시 만났잖아…… 예전처럼 또 놓쳐버리고 싶지 않았어."

"어쩐지. 너 웨딩 촬영 때 진짜 능숙하더라. 그놈이랑도 그대로 했냐?”

뭐라 대답할 새도 주지 않고 태규가 억지를 쓰듯 말을 이어
간다. 그러자 주영의 마음에 이는 아픔의 파장이 억울한 화로
변질되어간다.

“그래, 그랬어. 범상치 않았어. 밤마다 보여줬던 그 원천기
술…… 그놈이랑 쌓았던 거냐?”

“아냐, 아니라구!”

왜 아프면 마음에도 없는 말로 서로에게 부질없는 상처를 남
기게 될까. 곧 후회하게 될 것을. 막상 현실이 되고 나면 결국은
또 같은 실수, 같은 상처를 주고받으며 싸우게 된다. 서로를 사
랑하는 만큼 잔인해진다.

“얼마나 살았어? 숨겨둔 애는 없고? 아…… 너 그래서 나랑
애 갖기 싫었던 거야, 설마?”

“아냐, 그런 거. 이러지 말고 차분하게 얘기하자. 설명할게.”

“하지 마! 말하지 마! 듣기 싫어! 지난 십이 년 동안 네가 어
떻게 살았을지 왜 한 번도 생각 안 해봤을까?”

두 사람 사이를 아픈 침묵이 짧게 가르고 지나간다.

“끝내자, 우리.”

결국 태규가 그 말을 뱉고 만다. 주영이 피하려고 그토록 애
쓴 그 말을. 태규의 말에 허탈해진 주영이 한숨을 쉬듯 말한다.

"넌 항상…… 쉽구나."

"내 탓 아냐."

태규가 주영을 보지도 않고 그대로 나가버린다. 아득해진 주영이 따라 나가려는데 그녀의 옷깃에 걸린 퍼즐 조각 하나 때문에 나머지 조각들까지 와르르 함께 쏟아져내린다. 애써 맞춰놓았던 조각들마저 흔적을 잃은 채 처참한 모습으로 바닥에 낱낱이 흩어진다. 멍하니 보는 주영의 시선에 깊이를 알 수 없는 슬픔이 차오른다. 꼭 뒤죽박죽 엉망으로 부서져버린 자신과 태규의 마음처럼 보인다.

하루를 어떻게 보냈는지 진료는 어떻게 봤는지, 주영은 그렇게 넋이 나간 채로 시간을 겨우 견뎌냈다. 태규의 전화는 당연한 듯 꺼져 있었다. 주영은 어쩔 수 없이 신혼집에서 기다려보기로 했다.

어제처럼, 그 지난밤처럼 그가 찾아오기를 기다린다. 그리고 태규의 셔츠를 정성껏 다림질하는 일로 마음을 달랜다. 이미 반듯하게 다려진 셔츠는 부질없이 매만지는 주영의 손길에 구겨진다. 결국 괜한 짓이다 싶어 다림질을 그만둔다. 잠시 멍한 눈길로 집 안을 둘러본다. 혼자서 태규를 기다리는 이곳은 너무 고요하다. 혹시나 하고 전화기를 확인해보지만, 아무런 연락이 없다. 그녀의 움직임이 잠잠해진 집 안에는 또다시 적막이 감돈다. 주영은 그 적막을 쫓아보려는 듯 단축 버튼을 눌러본다. 짧은 신호음이 가자, 주영은 기대한다. 그러나 들려오는 건 전화가 꺼져 있다는 기계 음성뿐이다. 울음이 터질 것 같았지만, 울지 않기로 한다. 울어버리면 그와의 관계가 정말로 끝나버릴 것만 같다. 울음을 참아내는 동안, 그의 마음이 무사히 정돈되기를 바라본다. 희망을 담아 주영은 다시 다림질을 시작한다. 주름을 지워내는 무의미한 동작을 반복하면서.

그러나 그날 밤, 태규는 결국 오지 않았다. 그렇게 예정된 결혼식을 향해 약속한 시간은 다가오고, 약속한 마음은 등을 돌린 채 더 멀어져갔다.

D-day 4

스트레칭을 하며 준비중인 선수들 사이에서 깡— 깡— 겁나는 소리가 들린다. 태규가 거칠게 방망이를 휘두르고 있다. 그에게 공을 던져주던 후배가 의아하단 듯 농담을 던진다.

"진작 좀 이러셨으면 여태 현역인데…… 형수님이 힘 좋다고 아주 죽겠습니다? 더 멀리! 더 세게! 더 깊이!"

태규는 눈치 없는 후배의 농담에 대한 답례로 녀석의 바로 옆으로 공을 꽂아 보낸다. 그 서슬에 놀란 후배가 벌렁 넘어진다. 태규는 방망이를 바닥에 팽개치더니, 외야 트랙을 전속력으로 달린다. 생각이 땀으로 떨어져나가길 바라듯 자신을 혹사시키려 애쓴다. 잠시 멍해 있던 후배는 다 알겠다는 듯 또다시 헛다리를 짚는다.

"허니문을 위한 체력 단련! 그래, 현역이 대수야? 마누라가 대수지. 좋아, 좋아! 더 빨리!”

태규는 그대로 몸을 돌려, 후배를 향해 무서운 속도로 달려와 이단 옆차기를 날린다. 그러나 재빠른 후배는 얼른 몸을 피한다. 그 덕에 우스꽝스러운 모습으로 바닥에 내동댕이쳐진 것은 후배가 아닌 태규 자신이다. 눈으로 쏟아져들어오는 하늘이 너무 파랗다. 하늘이 너무 파래서 이렇게 끝낼 수는 없다는 생각이 든다.

만나자는 태규의 연락에 주영은 밥을 먹는 중이라며 와서 함께 먹자고 말한다.

“난 아무것도 못 하겠구만, 지금 이 상황에 목구멍으로 밥이 넘어가?”

태연한 그녀의 반응에 약이 바짝 오른다. 이건 아니다 싶어 한달음에 레스토랑으로 달려간다.

그러나 주영은 힘겹게 밥을 먹고 있다. 애써 꼭꼭 씹어서, 명치에 걸려 있는 불편한 마음까지 전부 소화되길 바라면서 그녀는 열심히 먹는다. 그런 그녀 앞에 태규가 앉는다. 땀범벅이다.

“씻고 오지.”

“지금 그게 문제야?”

“밥 안 먹었으면 시키고……”

“됐어. 너랑 마주 보고 밥 먹다간 다 토할 것 같거든.”

그녀의 눈빛에서 아픔이 전해진다. 말이 좀 심했나 싶어, 태규는 시선을 돌린다.

"나 병원에 빨리 들어가야 돼. 점심이 좀 늦었거든."

"야, 나도 바빠."

주영은 덤덤하게 앉아 있다.

"암튼 그래, 그럼 빨리 묻지. 어떤 놈이야, 뭐 하는 놈이야, 그 놈이랑 언제, 어디서, 어떻게 만난 거야? 연애기간은? 이혼은 왜 했어? 이혼하고 연락해? 그놈 거는 어때? 나보다 커? 나보다 잘해? 그 놈팽이랑 할 때 오르가즘은 느꼈어? 나랑은 몇 번이나 느꼈어? 많이 사랑했어, 그놈? 얼마큼? 나보다 더?"

그의 속사포 같은 질문 세례, 더구나 유치하기 짝이 없는 내용에 주영은 어이가 없다. 깊이 고민하고 아파한 제 자신이, 진심이 초라하게 버려지는 듯하다. 호흡을 정리한 태규가 말을 잇는다.

"말해봐. 들어보고 결정할 테니까."

태규는 빤히 보기만 하는 주영의 시선이 불편하다. 저렇게 말없이 볼 때마다 미묘한 죄책감을 느끼곤 했다. 그런데 오늘은 왠지 그 죄책감이 더 무겁게 전해왔다. 그래서 더 불편하고 기분이 나쁘다. 잘못은 주영이 했는데, 왜 죄책감은 자신이 느껴야 하는가. 그사이 마음 정리를 한 듯 주영도 입을 연다.

"그 여자는…… 어떤 여자였어? 뭐 하는 애였니?"

"뭐야. 대답이 아니잖아, 그건."

"아…… 모델이었지?"

태규가 움찔한다. 주영이 작심한 듯 태규처럼 속사포로 뱉어댄다.

"그 여자랑은 시타 행사 때, 야구장에서, 코치하면서 만났고, 연애기간은 동거 포함해서 삼 년 팔 개월. 왜 깨졌어? 걔가 유명해지면서 차인 건가? 헤어지고 연락해? 그 여자는 어떻디? 나보다 잘해? 원천기술은 있고? 많이 사랑했니, 그년? 얼마큼? 나보다 더? 아, 너도 웨딩 촬영은 하고 헤어졌지. 어쩐지 그날 포즈, 낫 배드더라."

태규는 예상치 못한 그녀의 반응에, 그리고 이유가 생긴 죄책감으로 말을 잃는다.

"내가 미안한 건 미안한 거고…… 현재 상황은 1대 1 같은데…… 어때?"

"어떻게…… 알았어?"

"너 한때 유망주였잖아. 그 정도 루머도 몰랐을까. 그 여자랑 깨지고 바닥 치다가, 공 얻어 맞고 선수생명 끝났는데……"

"알면서 모른 척한 거야? 아, 약점 잡았다고 생각했구나. 킵하고 있다가 이렇게 불리해지면 써먹으려고…… 와, 비겁하다……"

"맞아, 나 비겁해. 그래도 너라면…… 내 과거 감싸줄 줄 알았어. 난 그럴 수 있으니까……"

그 말에 태규는 잠시 멍해지다가 이내 기분이 나빠진다.

"그럴 수 있으니까? 와, 대인배 나셨네. 너, 나 갖고 논 거야, 알아? 이제 확실해졌네? 혹시나 했는데, 취소다, 이 결혼! 안해! 못 해!"

태규가 제 분에 못 이겨 씩씩거리며 자리를 박차고 나가버린다. 이번에는 주영도 그를 잡을 마음이 없다. 그렇게 두 사람은 형편없는 끝을 아프게 맞이하고 있었다.

주영은 주변의 시선을 느꼈지만, 특유의 당당함을 발휘해 마지막까지 식사를 마무리한다.

겉으로는 씩씩하게 식사를 마치고 진료실로 돌아왔지만, 속까지 그럴 순 없었다. 소화약을 챙겨 먹으며 아픈 속을 제 손으로 쓸어주며 위로한다.

그때 진료실 문을 열고 낯익은 환자가 들어온다. 며칠 전 진료를 받았던 그는 마흔 살의 꽃집 주인 건호였다. 그는 환상적인 몸매의 우즈베키스탄 출신의 여성, 그것도 열여덟 살이나 어린 여성과 결혼을 앞둔 탓에 그 나름의 '매리지 블루'를 혹독하게 겪고 있었다. 마음을 편히 가지는 게 가장 좋은 약이라는 처방을 내렸었다. 그런데 다시 온 걸 보니, 결국 약에 의지하겠다고 결심한 모양이다. 어린 신부를 맞이해 그녀를 붙잡아두려다 보니, 마음이 급해진 것이다. 왜 아니겠는가. 남자들은 항상 이런 식이다. 내부의 문제를 늘 눈에 보이는 다른 것으로 해결하려 애쓴다. 사람과 사람 사이에선 눈에 보이지 않는 문제가 훨씬 더 중요하다는 사실을 일부러 모른 척하고 싶어하는 것 같다. 그러나 비뇨기과 의사인 주영이 환자의 삶의 태도에까지 훈수를 둘 자격은 없다. 그녀는 그저 환자에게 문제가 있는 곳을 부분적으로 치료해줄 뿐이다. 며칠 사이 그에게 좋은 변화가 있었는지 알아보기 위해 다시 한번 그의 신체를 확인해본다.

앞선 경험 덕에 건호는 망설임 없이 주영 앞에 몸을 내보이고 눕는다. 주영은 아무렇지도 않게 건호의 그곳을 건드려보며 반응 정도를 체크한다. 그런데 그때, 예고도 없이 태규가 들이닥친다. 건호는 너무 놀라 일어나야 하는지 망설이는데, 주영은 태연하다. 태규 또한 건호는 보이지도 않는다는 듯 주영에게 말한다.

"다시 얘기 좀 해."

"진료시간이야. 환자 안 보여?"

"죄송합니다. 잠시만요."

그제야 태규가 사과의 말을 건넨다. 그 바람에 더 난감해진 건호는 바지를 올리려다 말고 어색하게 다리를 꼬아 제 것을 감춘다. 그러거나 말거나 주영과 태규는 건호는 아랑곳 않고 말다툼을 이어간다.

“곰곰이 생각해봤는데…… 네 과거, 닥터 김인지 뭔지는 알지? 수상하다고 생각했는데…… 너 정말 너무한다? 어떻게 그걸 그놈하곤 공유해?”

“그래, 닥터 김은 알아. 같은 병원 출신이니까. 그래서 뭐?”

“그래서 뭐?”

“그런 얘기할 거면 가. 환자 기다려.”

주영이 누워 있는 건호를 손으로 툭 친다. 건호는 그녀의 손을 슥 밀어내며 눈을 감고 다시 태연한 환자인 척한다. 꼰 다리를 풀어야 하나 말아야 하나 고민하고 있는데, 그 순간 태규의 속사포가 다시 발포된다.

“좋아. 닥터 김은 그렇다 치고, 근데, 이건 진짜 접수가 안 돼. 어떻게 너랑 나랑 1대 1이야?”

“결혼이나 동거나 같이 산 건 마찬가지 아냐? 난 일 년, 넌 삼 년. 오히려 네가 더 오래 살았잖아.”

“애 봐라. 난 법적으로 깨끗해. 그게 어떻게 같아?”

“그럼 내가 삼 년간 동거만 했으면…… 네가 이렇게 화내진 않았겠네?”

주영의 말이 틀리지 않은 터라 태규는 잠시 멈칫한다. 하지만 이성으론 이해한다 해도 화가 치민다.

"남자랑 여자랑 똑같냐? 난 돼도 넌 안 되지!"

"후지다, 정말."

주영이 자리에서 일어나 조용히 서랍을 연다. 건호는 더이상 참기가 어렵다. 두 사람의 싸움은 쉽게 끝날 것 같지 않다.

"저, 저는 그럼 옷을 좀……"

건호가 바지를 추켜올리는데, 뒤에서 갑자기 굵직한 비명이 들려온다. 주영이 서랍에서 수술용 가위를 꺼내들더니 갑자기 달려들어 태규의 바지를 내리려 하고 있었다. 너무 놀란 태규는 이렇다 할 반격도 하지 못한 채 비명을 지르고만 있다. 건호가 제 바지를 올리다 말고 주영을 말린다. 날뛰는 주영을 진정시키려다 조절이 안 돼 너무 세게 그녀를 밀쳐버리자 주영이 균형을 잃고 휘청거린다. 그 틈에 태규는 운동신경을 발휘해 진료실 문을 열고 도망친다. 건호가 서둘러 그 뒤를 따른다. 균형을 간신히 되잡은 주영은 다시 살기를 장전하고 도망치는 태규를 향해 돌진한다.

진료실 밖으로 튀어나오는 태규와 건호, 두 사람 모두 바지가 허벅지에 엉거주춤하게 걸려 있다. 둘의 모습이 꼭 이상한 짓을 하다 쫓겨 나온 커플처럼 보인다. 바지를 추켜올릴 새도 없이 발이 꼬여 넘어지며 동시에 바닥에 엉켜 뒹굴자, 흡사 열렬히 사랑하는 커플의 애정행각으로 착각할 정도다. 주영이 그들을 향해 코웃음을 날리고는 수술용 가위를 치켜들며 달려든다. 대기 의자에 앉아 기다리고 있던 환자들이 너무 놀라 아무 말도 못 하고 있는 사이, 안내 데스크에 있던 대복이 상황을 수습하려 나선다.

"이 양반들이…… 아무리 급해도 그렇지, 여기서 이러면 어떡해요!"

대복이 건호와 태규를 일으키려는데 주영이 봐주지 않겠다는 듯 덤벼든다. 살벌한 분위기로 태규에게 곧장 달려들어 팬티까지 내리려 하고, 태규는 필사적으로 버틴다.

"그래! 남자랑 여자랑 달라. 그래서 뭐! 똑같이 만들면 될 거 아냐. 너 일루 와. 빨리!"

무작정 달려들어 수술용 가위를 획획 내리꽂으려는 주영의 손은 가히 살인무기다. 그녀의 서슬에 잔뜩 겁먹은 태규가 주영을 말리려 애쓰는 대복 뒤로 몸을 숨긴다.

"쟤 미쳤어요. 좀 말려줘요."

수술용 가위로 위협하며 다가오는 주영의 가윗날을 피하느라 어쩔 줄 몰라 하면서도 대복은 그녀를 진정시키려 애쓴다.

"원장님! 릴랙스~"

　그러나 주영에게 대복은 보이지 않는다. 그녀는 목표물인 태규의 중심을 향해 무자비하게 가위를 내리꽂는다. 그 짧은 사이 그들을 말리려던 대복이 태규를 덮치듯 넘어지고, 그 아래로 태규가 깔린다. 주영이 내리꽂은 가위가 아슬아슬하게 대복의 사타구니 사이에 꽂힌다. 그사이 그들의 전투에서 빗겨난 건호는 조금 떨어진 곳에서 눈을 감은 채 자신의 아랫도리를 소중하게 감싸고 있다. 대복은 아찔한 순간이 지나 긴장이 풀린 듯 축 늘어지며 쓰러진다. 짐짝처럼 제 위에서 기절한 대복의 가랑이 사이를 뚫고 들어온 가위를 본 태규는 화가 머리끝까지 치솟는다.

　"너 진짜 찔렀어? 미쳤구나, 진짜."

　주영은 말없이 태규를 노려보기만 한다. 주영의 가윗날에 찢겨나간 것은 대복의 바짓가랑이가 아니라 우리의 관계라고 말하는 듯한 눈빛이다. 태규 역시 처음 보는 주영의 행동에 질리고 만다.

D-day 3

웨딩플래너 이라가 웨딩 판넬 사진을 보내왔다.

그러나 주영은 하나도 마음에 들지 않았다. 눈주름, 목주름, 주름이란 주름은 죄다 그대로였다. 아니 오히려 강조돼 보이기까지 했다. 그렇게 몇 번이나 주의를 주며 상세하게 부탁한 문제였다. 세상 사람이 모두 제 말만 듣지 않는 것 같아 폭발한 주영은 괜히 이라에게 퍼붓는다.

물론 알고 있다. 이 문제의 진짜 핵심은 태규라는 걸. 상대의 진심은 궁금해하지도 않으면서, 자기 입장만 주장하고 자기 상처만 크다고 자랑하는 옹졸한 남자. 그런 놈에게 미련을 버리지 못해 이렇게 속상해하는 못난 자신. 모든 것이 싫다. 행복하자, 사랑하자 하며 시작한 결혼인데, 시작도 전에 자신이 지켜온 전부를 모조리 부수고 있다.

이쯤에서 그만둬야 하는 게 옳다는 생각이 든다. 한 번 실패를 해놓고서도 똑같은 실수를 하다니……

결혼은 판단력 부족, 이혼은 인내력 부족, 재혼은 기억력 부족이라더니, 셋 다 꼭 맞는 말이다. 그러는 와중에도 태규에게서 아무런 연락이 없다는 게 미치도록 견디기 힘들다.

이 상황을 받아들이기 어려운 건 태규 역시 마찬가지다.

태규는 주영에게 묻는 대신 나름대로의 방법을 생각해냈다. 그래서 그는 지금 선옥의 취재 현장에 난입해 있다. 사진작가와 취재 준비중인 선옥은 그런 태규가 귀찮다.

"가라, 제발. 이 주둥이가 저지른 실수는 한 번이면 족하다고 본다. 난 너보다 주영이가 좋아. 그러니까……"

"그러니까 얘기해줘야지. 그래야 내가 해결하지, 응?"

"끝장을 내겠다는 게 아니고?"

"왜 이혼했대? 왜?"

"내가 어떻게 알아…… 주영이 미국 가자마자 연락 끊어졌다고 했잖아."

선옥은 태규를 피하며 사진작가와 카메라 앵글을 체크한다. 그러나 태규는 포기하지 않는다.

"좋아. 전 남편이 누구야? 얼굴만 보고 올게. 누군지만 알자, 응?"

선옥이 계속 무시하자, 태규는 어깃장을 놓는다.

"이 슈퍼울트라 돼지야. 너 계속 이러면, 네가 나 덮쳤던 과거 행각 주영이한테 다 까발린다."

너무 유치해서 당황한 선옥이 얼른 사진작가를 데리고 나간다. 태규는 선옥의 곁으로 붙으며 주영에게 전화를 거는 시늉을 한다.

선옥이 긴 한숨을 내뱉으며 말한다.

"내가 아는 거 확실한 거 아니야."

"됐고, 알고 있는 거 다 얘기해."

선옥이 알려준 전 남편의 존재는 생각보다 싱거웠다. 태규가 익히 알고 있던 바로 그였다. 그러나 그 익숙하고 싱거운 사실에 더 기분이 상했다. 전화 너머로만 알고 지낸 사이. 그는 과연 어떤 사람일까. 경쟁심을 감춘 채 태규가 찾은 곳은 종합병원의 비뇨기과였다.

'닥터 김. 전 남편이 닥터 김이었다니.'

의학박사 비뇨기과 전문의 김병식. 명패를 노려보는 태규의 시선에 슬며시 느긋함이 퍼져나간다.

상상 속의 닥터 김은 스위트하고 스마트하고 핸섬한 그런 완벽한 남자였다. 하지만 현실로 마주한 닥터 김은 그냥 말 그대로 아저씨다.

심지어 헐렁한 머리카락 배열 때문에 속살이 수줍게 드러나 있는 머리는 안쓰러울 정도였다. 태규는 머리부터 발끝까지 자신이 자신이 월등하다 자부하며 즐거워했다.

'생긴 거 봐라…… 딱 변태에 쫌생이네. 위자료도 안 줬다 이거지?'

바지를 내리고 자신의 아랫도리를 닥터 김에게 내보일 때는 자신감이 하늘을 찔렀다. 이리저리 살펴보는 닥터 김의 얼굴에 의아함이 떠오른다.

"별 이상 없어 보이는데요."

"그렇죠? 변태 닥터 김이랑 비교도 안 되게 좋죠?"

닥터 김은 그런 태규가 진짜 변태구나 싶다. 태규는 닥터 김이 오해하거나 말거나 실실 웃음을 흘리며 바지를 올린다.

닥터 김은 별 이상한 사람 다 보겠다는 듯 진료실 문을 나서는 태규를 보고 피식 웃는다. 그런데 그때, 태규가 갑자기 비명을 지르며 진료실을 뛰쳐나간다.

밖에서 진료를 기다리던 사람들과 복도를 지나던 사람들이 일제히 태규를 본다. 태규의 돌발 행동에 놀란 닥터 김이 뒤따라 나온다.

그런 닥터 김을 보자, 태규는 못 볼 걸 봤다는 듯 혼신의 연기를 시작한다.

"저 선생님이…… 안 아프다는데도 강제로 막 눕히더니…… 내 거기를 입으로 막…… 당신, 두고봐, 성폭행으로 경찰에 신고할 거야!"

그렇게 내지르고는 무책임하게 뛰어가버린다. 모두들 경악한 얼굴로 닥터 김을 향해 비난의 시선을 던진다.

닥터 김은 억울함을 호소하며 절대 그런 게 아니라고 손사래쳐보지만, 그럴수록 사람들은 더욱 확신을 가지며 그에게서 멀어질 뿐이다.

소란한 틈을 타 병원을 빠져나간 태규는 복수했다는 마음에 한결 기분이 좋아진다.

태규는 기분 좋은 발걸음으로 신혼집을 찾는다. 그의 손에는 꽃바구니와 와인병이 들려 있다.

리듬을 타듯 신나서 현관 비밀 번호를 누르는데, 이상하다. 문은 열리지 않고 경고음만 들린다. 흥분해서 실수했나 싶어 다시 한번 차분하게 번호를 눌러본다. 그러나 다시 경고음이 들린다.

당황한 태규는 번호를 신중히 누르면서 주영에게 전화를 건다. 그런데 전화를 받지 않는다.

문을 두드려보는데, 그의 눈에 뭔가가 들어온다. 주영의 자전거와 함께 나란히 세워져 있던 자신의 자전거다. 자신의 자전거만이 쓸쓸하게 문 밖에 세워져 있다. 그제야 주영의 마음을 알아차린 태규는 화가 나 자전거를 발로 차버린다. 그때, 주영에게서 문자가 온다.

─어떻게 닥터 김을 찾아갈 수가 있어? 내 남자라고 생각했던 놈이 이렇게 후지고 찌질하고 유치하고 비열하기까지한지 몰랐다. 원하는 대로 해줄게. 그래, 결혼 때려치자, 때려쳐!

'뭐라고? 후지고 찌질하고 유치하고 거기다 비열하기까지 하다고?'

이게 진짜 날 뭘로 보고, 하는 생각에 다시 전화를 건다. 그러나 보기 좋게 또 한번 수신을 거부당했다는 기계음성만이 귓가를 맴돈다. 음성메시지로 넘어가버리는 기계음이 들려오자 태규는 화를 주체하지 못한다. 결국 그는 전화기에 대고 다다다 뱉는다.

"누구 맘대로 결혼을 깨? 전화 받든지 문 열어! 안 그러면…… 진짜…… 끝낸다!"

메시지를 저장하겠느냐는 소리에 일말의 이성이 태규의 흥분을 가라앉힌다. 잠시 망설이던 태규는 메시지를 저장하는 대신 전화를 그대로 끊어버린다. 그러고는 풀이 죽은 채로 넘어진 자전거 옆에 털썩 주저앉는다.

그렇게 앉아 한참을 기다렸지만, 주영은 오지 않았다. 전화도
없었다.

연애는 설렘,
결혼은 안정감?

D-day 2

주영은 지난밤 잠을 설쳤다. 습관처럼 출근해 일할 준비를 하지만 머리는 계속해서 생각에 생각을 거듭하고 있을 뿐이다. 힘겹게 헤어졌다 운명처럼 다시 만난 그였다. 그래서 더 소중했고, 이제야 돌고 돌아 제 인연을 만났다고 생각했다. 깨진 그릇은 깨진 그릇일 뿐인 걸까. 깨진 그릇은 그 깨진 문양을 잊지 않는다. 그래서 또 똑같은 부분이 벌어지며 그전보다 더 처참하게 깨지고 만다. 두 번 다시 붙일 수 없도록. 그러니 여기서 브레이크를 걸어야 한다. 그러지 않으면, 그에게서 받은 상처로 두 번 다시 일어설 수 없을지도 모른다. 조각난 진심 앞에서 주저할 필요는 없다. 주영은 대복과 간호사들에게 휴진을 선언하고 자신의 생각을 행동으로 옮기기 위해 병원을 나선다.

정리할 물건들을 챙기기 위해 신혼집에 가장 먼저 들렀다. 쓰러진 자전거와 현관문에 찍힌 발자국이 눈에 들어왔다. 씁쓸한 미소가 지어졌다. 며칠 전까지만 해도 달콤하고 따스한 온기가 가득했던 곳이다. 그런데 이제는 휑하니 쓸쓸해 보일 뿐이다. 무엇부터 정리해야 할지 쉽사리 엄두가 나지 않았다. 그 가운데 태규의 셔츠를 다렸던 스팀다리미가 눈에 들어왔다. 우선 저것부터 환불하자는 생각이 들었다. 그다음으로는 마음에 들지 않는 사진을 보내온 웨딩 플랜 사무실과의 계약을 파기해야겠다고 마음먹는다.

지난밤 끝내 주영과 통화하지 못한 태규는 어쩔 수 없이 또 주영의 병원을 찾았다. 그런데 휴진 팻말이 걸려 있다. 황당하고 기가 막힌 태규는 주영에게 전화를 걸어보지만 당연하다는 듯 꺼져 있다. 화가 난 태규는 병원 문을 세게 걷어찬다. 바로 요란한 경보음이 울린다. 놀란 태규는 주변을 두리번거리더니 이내 줄행랑을 친다.

착찹한 얼굴로 마주한 두 여자, 이라와 주영이다. 이라는 직업상의 예의가 아닌 진심을 담아 주영을 위로한다.

"두 분 정말 잘 어울리셨는데……"

주영은 이미 담담하다.

"얼마나 돼요, 환불액?"

"계약서 보셔서 아시겠지만, 반도 못 받으세요……"

“스팀다리미, 이것도 안 바꿔준대요. 한 번 썼다고…… 그 새
끼 셔츠 때문에 산 건데……”

눈물이 나올 것만 같아 꾹 참으려 애쓴다.

“에이씨, 돈만 날렸어.”

주영은 차를 몰고 거리로 나섰다. 한참을 가다가 길가에 차를
세웠다. 자기도 모르게 눈물을 뚝뚝 흘리며 한참을 서럽게 그렇
게 울었다. 그러고는 말개진 얼굴로 목소리를 가다듬고 태규의
어머니에게 전화를 건다. 담담한 목소리로 태규와 헤어졌다고
말하곤 전화를 끊는다.

태규는 터덜터덜 신혼집을 찾는다. 혹시나 하고 번호키를 눌
러보지만, 역시나 경고음만이 들릴 뿐이다. 잠시 망설이던 태규
는 작정하고 앉아 번호를 맞춰가기 시작한다. 그는 주영에 대한
모든 기억을 끄집어내어 관련된 번호를 눌러보고, 그와 그녀에
게 소중한 번호도 거듭해서 눌러본다. 모두 맞지 않았다. 상황
이 이렇다보니, 그가 알고 있는 것이 모두 거짓 같았다. 그와 그
녀의 시간이, 그녀라는 사람이 실체 없이 사라져버린 것만 같은
아득한 기분에 휩싸인다. 그 순간, 마지막이라고 생각했던 숫자
를 눌러본다. 그러자, 거짓말처럼 문이 열린다. 왜 하필…… 이
런 번호를…… 문이 열렸음에도 쉽사리 안으로 들어갈 수 없었
다. 비밀번호는 십이년 전 그와 그녀가 헤어지던 날, 혹은 프러

포즈를 하려 했던 바로 그날의 날짜였다.

주영은 모든 일을 처리한 뒤 지쳐서 신혼집을 찾는다. 놀랍게도 태규가 자신을 기다리고 있다. 결국 번호를 찾아낸, 아니 기억해낸 모양이다. 그 사실에 마음이 아프다. 그런 주영의 마음도 모른 채 태규는 다짜고짜 화부터 낸다.

"야! 너 하루 종일 어디 갔었어!"

주영은 그저 덤덤히 마른 목을 축인다.

"병원까지 닫고, 전화는 왜 꺼놨어?"

태규는 물컵을 든 주영의 손에 반지가 없는 것을 발견한다.

"야, 반지는 왜 빼놓고 다녀!"

주영이 긴 한숨을 내쉰다.

"그만 좀 하자. 나 힘들어……"

"너만 힘드니? 우리 고향집 난리 났어. 나한테 말은 했어야 할 거 아냐!"

"말했잖아! 결혼 취소했어. 네가 원하는 대로. 위약금 땜에 식이라도 할까 했는데, 그게 무슨 훈장이라고……"

"너 일부러 이래? 그런다고 정말 엎어?"

주영의 표정, 태규는 그 표정을 알고 있다. 끝을 알리는 그녀의 표정을. 태규는 그제야 애가 탄다.

"결혼, 할 거야! 우리…… 십이 년 전에 이미 약속했잖아."

"그 약속, 그때도 네가 깼어."

잠시, 두 사람 사이를 아픈 침묵이 가른다. 태규도 그제야 화를 누그러뜨리고 차분하게 말한다.

"너무 흥분했었나봐. 나도 잘한 거 없는데…… 네 말처럼 동거나 결혼이나…… 그래, 너무 너만 몰아세웠어. 미안해. 근데 화가 났어. 내 과거 속 너는 그런 모습이 아닌데…… 차라리 잘 살지. 다른 놈하고 잘 살았으면……"

"네 과거 속의 나?"

주영의 눈에 눈물이 차오른다.

"주영아……"

"내 기억 속의 너는 어떤지 알아? 내 과거 속의 너는…… 드럽게 나쁜 새끼야. 너 때문에 내가 어떻게 살았는데…… 얼마나 아팠는데……"

태규는 자신이 모르는 진실이 또 있음을 그제야 알아차린다. 주영은 이제야 감춰둔 비밀을 꺼내놓으려는 듯했다. 이제 정말 끝이라는 듯. 미래를 위한 비밀이었으니, 끝을 위해서는 더 이상 비밀일 이유가 없다는 듯.

"나 숨겨둔 애 없어. 나 한국에 있지도 못했어. 다 아는 척하더라. 어떡하냐? 애까지 가졌는데 어떡하냐고!"

애라니, 도무지 무슨 말인지 알 길이 없다.

“닥터 김이랑 미국 갔었어. 일 년밖에 못 살았지만, 그 사람도 할 만큼 했어. 딴 남자 애 유산한 여자 돌봐주는 게 쉽지 않았으니까.”

“임신……? 왜 말 안 했어?”

“안 한 게 아니라 못한 거야. 밤새 수술하고 집에 갔었어. 그때 너 내 침대에서 뭐 하고 있었는지 알아? 귀엽다던 팬 여자애 안고 있었어. 내가 어떻게 해야 했을까?”

“그냥, 그땐 그랬…… 술김에……”

못난 변명을 이으려는 태규 앞으로 뭔가가 날아든다. 주영이 늘 지갑 속에 가지고 다니던 초음파 사진 한 장이다.

“우리 아이야. 너 때문에 유산됐어. 넌 어린 여자애랑 뒹굴고 있을 때, 나 혼자……”

“주영아……”

“애 빨리 갖고 싶댔지? 십 년, 아니 죽을 때까지 그애한테 미안해서 나 애 다시 못 가져. 안 가져. 다신 남자 따위 안 믿는다고 다짐했는데…… 그래도 너니까…… 다시 돌아온 너라면…… 또 시작할 수 있지 않을까 싶었어.”

태규는 주영의 아픔이 고스란히 제 가슴을 파고드는 것을 느낀다. 다 알고 있었으면서. 때때로 강한 척하는 주영이지만, 속내는 누구보다 여리다는 걸. 그 여림을 감추기 위해 더 씩씩한 척하고 아닌 척한다는 걸 다 알고 있었으면서. 자신의 경솔한 행동도 귀엽게 봐주며, 자신의 실수를 누나처럼 눈감아주던 주영이라는 걸 알고 있었으면서.

"헛똑똑이. 결국 이렇게 될걸……"

"미안해…… 나 정말 몰랐어……"

"영원히 모르길 바랐어. 이렇게 구질구질하게 굴긴 싫었으니까. 이미 끝난 일로 너까지 아프게 할 생각도 없었으니까. 그만 가줄래? 갖고 싶은 거 다 갖고 가고, 다신 오지 마."

주영은 방 안으로 들어가버린다. 거실에 혼자 버려진 태규는 주영이 던지고 간 초음파 사진을 줍는다. 물끄러미 바라보는 그의 눈길에도 물기가 어린다. 이것이 끝이라는 걸 알면서도 끝이어서는 안 된다 생각하지만, 주영의 마음을 돌릴 방법이 없다. 이렇게 깊은 상처를 낸 상대가 다름아닌 자신이라는 걸 알기 때문에 그녀 앞에 설 용기가 나지 않는다.

바다 물기가 담긴 청량한 바람과 야자수 나무의 생경한 전경이 그녀를 반긴다. 폐부 깊숙이 신선한 제주도 공기를 채우고, 몸 안에 쌓여 있을 서울 공기를 뱉어낸다.

소미는 지금 제주도에 와 있다. 결혼식까지 불과 엿새 남았다. 소미의 심장이 야릇한 설레임으로 두근거린다.

그녀는 원철에게 결혼식과 친척 이야기를 했지만, 다 거짓말이었다. 피치 못할 사정으로 결혼식에 올 수 없어 안타까워하는, 마음은 가깝지만 촌수로는 먼, 원철이 알지 못하는 친척 따위, 없다. 이곳 제주도 방문에는 훨씬 가치 있는 다른 이유가 있었다.

소미에게 어제 하루는 유난히 특별했다. 스물다섯 해를 살아온 그녀 인생이 새로운 반환점을 위한 방점을 찍었기 때문이다. 어제 '소미의 내일' 네일숍을 팔았다. 네일아티스트로서의 마지막 걸음이었고, 새로운 직업(?)인 스타 셰프 원철의 아내가 되기 위한 첫걸음이었다. 이제 네일아트는 직업이 아닌 취미가 될 터였다. 원철은 소미와의 결혼을 결정한 후, 가장 먼저 네일숍을 정리하자고 했다. 순수하게 소미를 위한 배려였고 오래된 약속이기도 했다. 어린 나이부터 남들의 손발을 매만지다 허리디스크가 생긴 소미의 건강을 걱정해서였고, 경제적 이유로 포기했던 화가의 꿈에 다시 도전하게 해주려는 마음 씀씀이였다. 그것은 원철이 한낱 주방 보조로 오 년 반을 먼지처럼 굴러다녔을 때도, 연이은 요리대회에서 실패를 거듭했을 때도, 화려한 유학 스펙과 인맥을 가진 동료들에게 새치기를 당했을 때도, 언제나 한결같이 원철의 요리를 최고로 맛있게 먹어주고, 원철을 세계 최고의 남자로 대접해준 소미를 위한 결혼 선물이었다. 소미는 그의 진심과 배려가 고마웠다. 그러나 한편으로는 미묘하게 섭섭하기도 했다. 원철의 논리로 따지자면, 원철 역시 자신의 재능을 불특정 다수를 위한 서비스로 소비하고 있다. 요리로 사람들에게 한 끼의 행복감을 주는 것과 네일아트로 며칠의 아름다움을 선사하는 것이 뭐가 다른가. 소미는 자신의 직업을 홀대하는 거냐고 생각하기도 했지만, 원철의 마음은 그게 아님을 알고 있다. 원철에게 요리는 처음과 시작이었다. 요리를 할 때 그는 제일 행복했고, 누군가가 그 요리를 맛있게 먹어줄 때 두 번째로 행복했다. 그에 비해 소미의 시작은 화가였고, 네일아트는 타협안이었다. 그림 그리는 것은 좋아했지만, 타인의 영양가 없는 수다에 장단을 맞추고 손 때와 발 때를 벗겨주는 것이 마냥 행복한 일만은 아니라고 늘 투덜댔다. 그렇기에 원철은 자신들의 처음 사랑이 결혼으로 결실을 맺듯 그녀의 처음 꿈인 화가에 도전하라고 응원해주는 것이다. 그러나 칠 년이다. 칠 년을 사랑해온 원철이 소중하듯 칠 년을 몸담은 네일아트 역시 하찮을 순 없다. 이렇게 결혼을 핑계로 내팽개치기엔 직업인으로서의 칠 년이 가여웠다. 그녀는 네일아티스트로서의 칠 년에 대한 가치를 공식적으로 인정받고 싶었다. 그래서 이곳 제주도에 온 것이다. 이틀 뒤, 이곳 에서 국제 네일아트대회가 열린다. 그곳에서 소미는 자신의 칠 년이 담긴 작품을 선보일 것이고,

상을 받아서 인정받고 싶었다. 원철에게 솔직하게 말하지 않은 이유는 순전히 자존심 때문이었다. 연인 사이에도 커리어를 두고는 자존심을 세우게 된다. 보란 듯이 세계 대회에서 일등을, 그것도 한식이 접목된 퓨전 요리로 일약 스타 셰프가 된 원철이다. 소미는 그와 나란히 서고 싶었다. 상을 받은 뒤에 원철 못지않게 가치 있는 삶을 살았다고 당당하게 자랑해도 늦지 않다. 잘 키운 떡잎에게 덥석 시집가는 운 좋은 여자가 아닌, 사랑하는 남자를 위해 자신의 일도 양보할 수 있는 멋있는 여자이고 싶다. 소미는 이런 생각들을 다시 한번 정리하며, 공항 안내 데스크에서 받아온 제주도 관광지도를 펼쳐 대회 장소에 커다랗게 표시를 해둔다. 바다 냄새와 감귤 냄새가 뒤섞인 듯한 공기는 원철의 해산물 샐러드를 생각나게 했다. 소미는 그렇게 익숙함과 신선함을 동시에 느끼며 공항을 나선다.

지도와 대회 팸플릿을 소중히 가방에 넣은 소미는 여행사 가이드를 찾느라 눈동자를 바쁘게 움직인다. 그런데 이상하다. 찾을 수가 없다. 그때, 그녀의 시야에 피켓 하나가 들어온다.

'오소리님! 오소옵서예.'

피켓을 든 남자는 가이드라기보단 보헤미안에 가까워 보인다. 모든 게 그랬다. 표정도, 자세도, 차림새도. 소미는 세련된 상냥함까진 아니더라도 단정한 소박함 정도를 바랐다. 게다가 넘치게 자유분방한 스타일인 그 남자 뒤에는 오래돼 보이는 승합차가 서 있다. 설마 아니겠지, 아니 절대 아니어야 한다고 생각하며 다시 한번 주변을 꼼꼼하게 살펴본다. 그러나 사람들이 들고 있는 피켓 중에서 자신의 이름과 가장 비슷한 건 '오소리'뿐이다. 소미는 어쩔 수 없이 그 '오소리' 피켓 쪽으로 가서 묻는다.

"혹시…… 여행사?"

"오소리씨?"

"오소미거든요?"

남자는 소미의 날선 반응에도 그저 무심하게 대꾸할 뿐이다. 맹렬히 날아드는 벌을 툭 쳐버리는 것처럼, 고객의 이름을 잘못 알았음에도 일말의 미안함도 내보이지 않는다.

"아, 리 아니라 미. 2박 3일 가이드 맡게 된 한경수입니다."

자신을 소개한 남자가 자연스럽게 승합차 쪽으로 시선을 돌린다. 그런데 그 안에는 옹기종기 모여 앉은 아줌마들이 여럿이다.

"일대일 택시 가이드 부탁했는데?"

"아, 원래 택시였는데, 갑자기 단체가 겹쳐버려서요. 코스가 같으니까, 내일 오전까지만 합승할게요."

거짓말. 소미는 가이드라는 이 남자가 마음에 들지 않는다.

미안한 마음 한 톨 없이 뭐가 저렇게 당당할까. 일부러 돈을 내고 개인 가이드를 부탁, 아니 선택한 건데, 이건 말도 안 된다.

"이러시면 안 되죠. 여행사에서 나온 거 맞아요?"

"본사 착오 같은데, 하루 반만 봐주세요. 항의하고 그러면 담당자 시말서 쓰고, 모처럼 여행인데, 서로 기분 나쁠 거고……"

"그래도 이건 아니죠."

소미는 전화를 꺼내 여행사 번호를 찾는다. 소미의 뾰족한 반응을 보며 경수는 능구렁이마냥 회유한다.

"혼자 다니는 것보단 몇 배는 재밌을 텐데……"

소미는 이 남자가 정말 마음에 안 든다. 원철이라면 이러지 않았을 것이다. 하긴 원철이었다면, 애초에 이런 여행사에 예약했을 리도 없다. 아무리 급한 일정이었더라도 찬찬히 이곳저곳을 비교한 후 여행사를 고르고 꼼꼼하게 따져서 예약했을 것이다. 소미가 비밀로 하지 않았다면 원철이 모두 알아서 해줬을 텐데…… 그래, 결국은 자신의 탓이다. 지금 원철은 곁에 없다. 스스로 해결하기 위해 소미는 직접 여행사에 전화를 걸어 따지기로 한다. 그런데 긴 신호음만 반복될 뿐이다. 여유만만한 표정으로 알아서 하라는 듯한 경수의 태도만 보면 꼭 남의 일 같다. 그때다. 낡은 승합차의 문이 열리더니, 아주머니들의 얼굴이 차례로 튀어나온다. 그러고는 소미를 향해 반갑게 인사를 건넨다. 시골 부녀회임을 알리는 단체옷까지 맞춰 입은 그녀들이 한마디씩 하며 소미를 반기자, 도리어 여행사에서 전화를 받으면 어쩌나 걱정까지 된다. 아주머니들의 인사에 반응하며 소미의 표정이 미세하게 흔들리는 걸 경수는 놓치지 않는다. 기다렸다는 듯, 소미를 승합차로 안내한다. 그렇게 소미는 자의적 망설임과 강력한 권유로 느닷없는 단체 관광길에 오른다.

소미는 원철이 그립다. 도착했다는 연락을 하려다 지금쯤 선옥 언니와의 인터뷰가 한창일 거란 생각에 방해하지 않기로 한다. 요리하는 모습을 촬영하고 인터뷰까지 모두 브레이크 타임 내에 마치려면 빠듯한 스케줄이기에 더 마음이 쓰인다. 소미는 스스로 자신은 참 내조를 잘한다는 생각이 든다.

소미의 예상대로 원철은 그의 레스토랑에서 요리를 직접 선보이며 인터뷰를 하고 있었다. 지금껏 선옥은 사랑에 빠진 연인들이 하는 제 애인에 대한 설명은 반을 툭 꺾어서 들어야 그나마 객관화된 시각이라 여겼다. 그런데 원철은 달랐다. 아니, 원철을 직접 보고 나니, 소미의 그간 행동이 모두 이해가 됐다. 고작 주방 보조로 지내는 애인과 함께 암흑 속에 갇힌 미래를 향해 걸어가면서도 지치지 않을 수 있었던 이유는 바로 원철에게 있었다. 시원스러운 키와 건강한 생활습관으로 다져진 근육질

몸매, 단정하지만 귀여운 미소. 그런 외모뿐만이 아니었다. 요리할 때 망설임 없이 드러나는 카리스마가 근사했고, 완성된 요리를 그릇에 옮겨 담는 모습은 그림처럼 섬세했다. 그리고 무엇보다 가장 탐나는 건 조용하지만 세심한 배려였다. 그가 선보인 요리 속엔 선옥에 대한 배려가 곳곳에 담겨 있었다. 오후 세시. 다이어트중이지만 남은 일과와 스트레스를 달래기 위한 탄수화물 보충이 간절한 선옥을 위한 메뉴였다. 자신의 재능을 뽐내기 위해서라면, 대회에서 상을 받았던 요리나 새롭게 선보일 요리를 하는 게 영리한 선택일 테다. 하지만 원철의 요리철학은 한결같다. 재능을 뽐내기 위해서가 아니라 대접할 상대를 위한 요리를 하는 것. 그런 원철을 보고 있자니, 요리가 아닌 그의 사랑과 연애가 궁금해졌다.

"연애를 오래 하셨다는데, 결혼까지 골인한 비법 같은 게 있을까요?"

선옥의 질문에 원철은 쉽게 답하지 않고 가만히 생각을 정리한다. 그리고 차분하게 대답한다.

"글쎄요. 요리와 결혼, 비슷한 점이 있다고 생각해요. 레서피대로만 하면 늘 같은 맛이 될 것 같지만, 그게 그렇지가 않아요. 사랑에 관한 많은 매뉴얼들은 마치 딱 하나의 정답이 있는 것처럼 떠들어대지만 결국 다들 각자의 방식으로 하게 되는 게 사랑이잖아요. 전문적인 요리사는 컨디션이나 재료의 상태 등에 구애받지 않고 되도록 일정한 맛을 선사하는 게 기본이라 생각하는데…… 결혼도 비슷하지 않을까 해요.”

원철의 말을 들으면서 선옥은 ‘사랑밖에 난 몰라’인 소미를 떠올린다. 그사이 원철은 제 생각을 마무리한다.

“늘 같은 재료, 늘 같은 컨디션일 수 없는 것처럼, 늘 같은 사건, 같은 마음일 수 없잖습니까. 수치화할 수 없는 재능에 의지하기보단 매일 하는 노력, 즉 생활이 되어야 하듯이 스스로도 확신할 수 없는 감정에 흔들리기보다는 함께 가는 게 생활이 되도록 해야 한다는 게 제 생각이에요. 재료를 어떻게 섞어야 최고의 맛이 되는가 고민하는 것처럼, 서로의 습관과 성격을 어떻게 조율해야 최선의 행복을 나눌 수 있나 고민하는 거죠. 오래된 연애가 그런 거 같아요. 마침내 최고의 레서피가 완성되는 것처럼 최상의 파트너와 결혼…… 그렇게 되는…… 그렇게 보면, 안정감이 제일인 거 같아요. 예상치 못한 일이 생겨도 재료의 성질을 알고 있듯이 상대에 대해 알고 있으니까…… 대충 알 수 있거든요.”

선옥은 소미를 떠올린 이유를 어렴풋이 깨닫는다. 그리고 소미가 왜 원철을 사랑하는지도 알 것 같다. 감정에 솔직하고 사랑에 전부를 거는 게 소미의 매력이었고, 강단 있으며 한결같은 점이 원철의 매력이었다. 어릴 때는 자신과는 다른 사람을 사랑하게 된다. 그러나 세상을 알고 철이 들면 자신과 닮은 사람을 사랑하게 되는 경우가 많다. 이 둘은 어릴 때 만나 계속 사랑을 지켜왔다. 이 사랑, 이 결혼의 마침표는 과연 괜찮을까. 결혼 선배인 선옥은 이 연인을 보며 호기심이 생긴다. 물론 걱정은 아니다. 자신과는 또다른 방식의 사랑을 이어가는 이들의 이야기가 궁금할 뿐이다. 역시 사랑에는 정답이 없다. 그것만은 원철에게 동의한다. 그리고 원철이 매력적이라는 소미의 말에 전적으로 동의한다. 매일 먹는 밥처럼 매일 보는 남편이 아니라 매력적인 외간남자를 인터뷰하는 이 시간, 선옥은 이런 순간 때문에 제 일을 아낀다. 선옥은 제주도에서 일탈의 시간을 즐기고 있을 소미에게 '네 남자 탐나는 남자로 인정한다'는 메시지에 원철의 사진을 첨부한 포토메일을 보내 인터뷰가 끝났음을 알려주었다.

단단한 몸체에 탐스럽게 익은 감귤들이 조롱조롱 매달린 감귤 나무가 끝도 없이 펼쳐져 있다. 소미는 그 한편에 서서 선옥에게서 온 포토메일을 확인하며 여행사에 대한 불만을 잊는다. 그러고는 신이 나서 원철에게 문자를 보낸다.

—나만큼 맛있는 감귤 두 박스 보냈음. 내일 도착 예정!

그때, 경수가 큰 소리로 소미를 부른다.

"오소미씨! 경비에 감귤 따기 체험 비용도 포함돼 있어요. 나중에 억울해 말고, 얼른 따요!"

소미는 경수의 말을 못 들은 척하고 원철의 답장만을 기다린다. 인터뷰가 끝났다는 걸 알기에, 답장이 늦어지는 게 서운하다. 슬쩍 돌아보니, 경수와 부녀회 아주머니들은 신이 나서 경쟁적으로 감귤을 따고 있다. 그런데 이제 보니 경수도 제법 키가 크다. 아주머니들을 위해 높이 매달린 감귤들은 척척 따주는 경수는 제법 듬직한 남자처럼 보인다. 아니다. 지나치게 편안한 차림과 자유분방한 헤어스타일은 꼭 농장의 일꾼처럼 보이기도 한다. 경수는 감귤로 저글링까지 해 보이며 아주머니들에게 재롱둥이로 사랑을 톡톡히 받고 있다. 늘 단정하고 어른스러워 의지가 되는 원철과 달리 경박하고 제멋대로인 경수가 소미는 불편하다.

불편함은 점점 심각한 불만으로 커져갔다. 게으르고 자기 멋대로인 보헤미안 가이드 경수가 자연스럽게 또래인 소미를 보조 가이드로 부려먹었기 때문이다. 사실 꼭 경수가 소미에게 책임을 전가한 것만은 아니다. 자유여행이 자신의 가이드 방법이라는 듯, 경수는 관광지에 가서도 이렇다 할 설명이나 직접적인 안내를 하지 않았다. 그저 모두를 내버려두었다. 절정은 갯깍 주상절리 동굴을 찾았을 때였다. 섬세하게 조각한 듯 깎아지른 바위 절벽이 장관인 곳이었는데, 날카로운 바위들로 지형이 험했다. 경수는 그런 곳에 아주머니들과 소미를 역시 별 설명 없이 내려놓고는 자신은 바위에 앉아 바다나 감상하고 있었다. 그 덕에 호기심 많은 여고생들마냥 제주도의 모든 관광지를 보고야 말겠다는 의지로 적극적으로 나서는 아주머니들은 모두 소미 차지가 됐다. 좁고 험한 바위 아래 다람쥐굴이라는 해식동굴로 가려는 한 아주머니의 손을 잡아주고 나니, 나머지 아주머니들도 당연하다는 듯 손을 척척 내밀어 소미에게 의지했다. 소미는 이 상황이 억울했다. 하지만 행여 아주머니들이 마음이 불편해질까 싶어 조심스러웠다. 얄미운 경수에게 상냥한 말투로 위장한 강력한 질타를 보내보지만, 경수는 곧 갈 테니 걱정 말고 자유롭게 구경하라고 한다. 이보다 더 뻔뻔한 여유가 있을까. 돈 받고 일하러 와서는, 책임은 뒷전이고 바다 보며 자연과 사랑에 빠진 예술가 놀이라니. 밉다, 밉다 하니까 진짜 미운 행동만 한다. 소미는 괜히 바위에게 신경질을 부리며 내려가려다 균형을 잃고 휘청인다. 날카로운 바위에 긁혀 엉덩방아를 찧으려는 찰나 어느새 달려온 경수가 소미를 잡아준다. 놀란 눈으로 바라보는 소미에게 경수는 특유의 의뭉스러움을 선사한다.

"고맙죠?"

소미는 전혀 반갑지 않다. 넘어지지 않은 건 다행이었으나,

경수가 옥수수 묻은 손으로 자신을 붙잡은 탓에 새로 산 니트에 옥수수 부스러기가 잔뜩 묻었다. 넘어질 뻔한 건 부끄럽고, 옷에 옥수수 부스러기가 묻은 건 짜증스럽다. 팩 토라져 가버리자 경수는 그런 반응이 재미있다는 듯 멀어지는 그녀의 뒷모습을 보며 웃는다.

　소미는 험악한 바위 동굴에서의 관광과 유별난 아주머니들 관광 수발에 지칠 대로 지쳐버렸다. 제발 밥만은 편하게 먹고 싶은 걸로 먹고 싶었다. 그러나 그 역시도 경수에게 단칼에 무시당했다. 깔끔한 음식점에서 정갈한 음식을 먹자는 소미에게 경수는 그런 곳은 비싸기만 하고 맛은 별로라며 핀잔을 줬다. 부녀회 아주머니들도 경수의 말에 동조하고 나섰다. 그들은 소미의 의견을 묵살한 채 진짜 맛있는 원조는 따로 있다며, 묻지도 따지지도 않고, 해녀의 집으로 갔다. 갈치 전문점이라고 했다. 꼬불꼬불 돌아돌아서 가는 길에 소미는 이미 희망을 버렸다. 마침내 시멘트로 거칠게 마감한 자그마한 건물 외부를 마주했을 때, 그럼 그렇지 하고 체념했지만 아주머니들은 달랐다. 바다 먼지가 가득한 유리문 안으로 들어서더니 진짜 제주도 원조 맛집 분위기가 이런 거냐며 소녀처럼 신나했다. 이미 지불한 돈도 아까웠고, 무엇보다 배가 고팠던 소미는 어쩔 수 없이 일행과 함께했다. 하지만 가게 내부로 들어서자 마음에 들지 않는 것투성이다. 오래 묵은 바다 습기로 끈적이는 장판 위로 신발을 벗고 올라가야 하는 게 불편했고, 바다 벌레들이 분주하게 기어다니는 게 빤히 보이는 것도 싫었다. 그리고 해녀 할머니와 남편, 두 분이서 하는 가게다 보니 일손이 턱없이 부족했다. 음식 나오는 속도가 느린 것은 차치하고서라도 물 한 컵 대접받기까지도 한참이 걸렸다. 어르신들의 느린 움직임에 조금씩 불만을 표시하는 아주머니들 사이에서 눈치를 보던 소미는 어쩔 수 없이 또 스스로 나섰다. 경수와 함께 재빠르게 음식을 나르며 척척 거들었다. 심지어 다른 테이블 음식까지 가져다주느라 바빴다. 그렇게 한참 혹사를 당하고서야 겨우 앉아서 밥을 먹었다. 맛은 있었지만, 과연 자신이 치른 희생과 맞바꿀 정도의 맛인가 묻는다면 그건 아니었다. 제주도산 갈치를 택배로 받아 원철에게 구워달라고 하는 편이 더 맛있고, 그 시간이 더 행복할 거란 생각이 들었다. 소미는 억울했다. 안 할 수도 없고 계속하기엔 이용당하는 것만 같아서 화가 났다. 그럴수록 경수에 대한 불만은 점점 더 켜져만 갔다. 자유로운 영혼의 소유자 경수는 소미의 도움을 너무 당연하게 받아들였다. 마치 처음부터 그녀와 콤비 가이드라도 된 것처럼. 그렇게 경수는 소미를 향한 악행 마일리지를 이자까지 붙여 차곡차곡

쌓는 중이었다. 그 절정은 유채꽃밭에서 단체 사진을 찍을 때 일어났다. 소미는 아예 카메라맨으로 둔갑했다. 물론 이왕이면 여자인 소미보다 젊은 남자인 경수와 사진을 찍고 싶어하는 부녀회 아주머니들의 욕심 때문이기는 했다. 하지만 소미가 미운 건 오직 경수 하나였다. 경수는 소미의 불만을 뻔히 알면서도 미안해하기는커녕 오히려 즐기며 빡빡한 여행 일정을 소화해나갔다. 장소를 옮길 때마다 인원을 체크하는 일마저도 어느새 소미 차지가 돼버렸다. 행여 빠진 분은 없는지 소미가 꼼꼼히 살펴보고 나면 그제야 출발했다. 이쯤 되자, 더는 참아서는 안 되겠다고 굳게 마음먹은 소미가 목소리를 낸다. 행여 뒷자리에 있는 아주머니들이 듣고 불편해하지 않도록 경수에게만 들릴 정도의 작은 소리로 따졌다.

"저기요, 아저씨."

"뭐라구요? 잘 안 들리는데…… 크게 말해요."

"그러니까……"

"아님 좀 가까이 와서 얘기하든가."

소미는 망설이다 어쩔 수 없이 조금 더 다가가 마치 귓속말 하듯이 경수에게 따진다.

"내가 좀 착해서 많이 참았는데요. 내가 누구예요?"

경수는 표정 변화 없이 앞만 보며 운전중이다. 소미는 그게 얄미워서 더 달려든다.

"관광객이지, 가이드인가? 왜 자기 할 일을 다 나한테 미뤄요?"

말하고 나니 괜히 더 화가 난다.

"난 또 뭐라고. 그러게 왜 바보같이 다 해……"

경수는 그런 소미가 왠지 모르게 볼수록 귀엽다. 툴툴거리면서도 결국에는 마음 가는 대로 해주고 마는 그녀 아닌가.

"그거 알아요?"

혹시나 늦은 사과의 말이라도 들을까 기대하며 소미가 경수를 쳐다본다.

"난 그쪽한테 그런 일 하라고 한 적 없어요. 내 가이드 방침은 최대한의 자유를 주는 거라 웬만하면 터치 안 할 뿐이고. 어머님들도 다들 스스로 하실 수 있는데, 소미씨가 먼저 나서서 도와준 거죠."

"뭐야, 완전 뻔뻔해. 서툴러서 그런 거 뻔히 보이는데 스타일이라고만 고집하고. 거기다 고맙다도 아니고 내 탓이래. 사람이 왜 그래요?"

"나 소미씨 탓 안 했는데. 그냥 소미씨가 착해서 손해 보는 스타일이라고 얘기한 건데…… 그리고 고맙다고 할 참이었는데."

소미가 아주 작은 소리로 투덜거린다.

“씨이…… 삼십 초만 참을걸.”

“맞아요, 나 서툰 거. 그러니까 이왕 도와준 거 끝까지 봐줍시다, 쫌. 어머님들만 모시다가 오랜만에 또래 만나서 도움받고 하니까 반갑고 좋은데 말이지.”

“내가 왜 그쪽 또래예요? 그쪽이 열 살은 더 많아 보이는데!”

“나 그쪽이랑 세 살밖에 차이 안 나는데……”

그때 부녀회 아주머니들이 그사이 많이 친해진 거 같다며, 이런 게 러브러브 모드냐고 주책맞게 관심을 둔다. 소미는 절대 그런 게 아니라고 펄쩍펄쩍 뛴다. 그러자 경수가 특유의 의뭉스러움으로 소미의 약을 바짝 올린다.

“에이, 맞아요. 그런 거 전혀 아니에요. 제가 훨씬 어리거든요.”

소미는 딱 보면 척하고 결과가 나오는데 어떻게 그런 뻔히 보이는 거짓말을 하냐는 듯 경수를 쳐다본다. 그런데 아주머니들의 반응은 다르다. 경수의 말을 믿은 듯 요즘은 연상 연하가 대세라고 어리고 건강한 남자가 최고라며 분위기를 몰아간다. 소미는 콧구멍이 두 개라 숨을 쉴 뿐, 그저 말을 말자 싶다. 그러면서 생각했다. 원철에게 거짓말을 했기 때문에 벌을 받는 건지도 모른다고. 솔직하게 말하고 원철과 함께 왔다면, 아니 원철이 바라는 대로 일에 대한 미련을 깨끗이 접고 새로운 미래만 생각했다면 이런 고생은 하지 않아도 됐을 텐데, 후회가 됐다. 원철이, 원철과 함께하던 일상이 문득 그리웠다.

그 무렵, 원철 역시 소미와는 또다른 미필적 고의의 일탈 속에 있었다. 몇 시간 전 소미의 문자를 받고 답장을 해주려던 그때, 낯선 여인이 그를 찾았다. 바비인형을 꼭 닮은 우즈베키스탄 출신의 미녀, 비카였다. 원철이 개설한 외국인을 위한 요리 강습을 신청하기 위해서였다. 결혼을 앞둔데다 레스토랑 신메뉴 개발과 여러 방송 스케줄까지 소화하느라 바쁜 그가 굳이 외국인을 위한 요리 강습에까지 나서는 이유를 다들 궁금해했다. 특히 레스토랑 종업원들은 이제 조금 쉬어가도 되지 않느냐고도 했다. 그러나 원철은 달랐다. 이럴 때일수록 신선한 자극을 원했다. 굳이 먼 해외까지 유학을 가지 않더라도 외국인 제자에게 한국 요리를 가르치며 스스로 진화하게 될 자신의 요리에 대한 욕심이 있었고, 그들에게로 자연스럽게 퍼져나갈 자신의 요리를 기대했다. 이런 속마음을 사람들에게 굳이 설명하지는 않았다. 그런데 하필 강습의 첫 주인공이 글래머러스한 미녀 비카가 되고 보니, 그의 진심이 미묘하게 오염되는 듯했다. 순수하게 요리만을 위한 모험이었으나 낯선 여인과의 미필적 고의의 일탈이 될 여지는 충분했다. 당장 그녀의 방문을 핑계로 소미에게 답장을 보내려던 걸 미루고 수업 내용에 대해 상담한 것이 오해의 첫발이 될지도 몰랐다. 원철은 새 요리에

대한 설렘이라 여겼지만, 알 수 없는 내일일 뿐이다. 그러나 적
어도 원철과 비카, 두 사람의 의도는 순수했다. 한국말도 서툴
고 한국 음식을 요리하는 일에도 서툴지만, 사랑하는 남편 건
호를 위해 그의 사랑을 받기 위해 한국 요리를 배우고자 하는
비카였다. 원철은 그런 비카를 통해 신선한 자극을 얻어 이번
에는 러시아 가정식과 혼합된 새로운 메뉴를 얻게 될지도 모
른다고 들떠 있었다. 전문 학원이나 러시아 셰프의 기술이 아
닌 일반 가정에 녹아 있을 생활 비법들을 만날 좋은 기회였다.
그러나 두 사람의 순수한 의도와 달리 훤칠한 한국 미남 셰프
와 늘씬한 러시아 미녀의 만남은 충분히 위험한 호기심을 일
으켰다. 더구나 한국어가 서툴러 의사소통에 어려움을 겪는 비
카에게 일상회화가 가능한 원철의 러시아어 실력은 상상력을
자극하기에 좋았다. 두 사람이 러시아어로 편히 대화를 나누는
모습을 보며 주변의 위험한 오해는 이미 시작되고 있었다. 소
미와는 전혀 다른 느낌의 러시아 미녀가 해맑은 얼굴로 자신
의 요리에 감탄을 보내올 때, 과연 원철은 흔들리지 않을 수 있
을까. 더구나 맞춤형 강습을 위해 비카에 대해 다각적인 관심
을 펼쳐 보이던 차였다. 관심은 호감으로 쉽게 변질되는 위험
천만한 사랑의 필수 재료 중 하나다. 그것이 결혼 엿새 전이라
는 현실에 미묘한 자극을 주며 마음을 흔든다. 원철은 아직 소

미에게 답장하지 않았고, 비카는 원철 앞에서 초롱초롱한 눈빛을 빛내고 있었다.

저렴한 패키지여행의 주인공은 언제나 쇼핑이다. 그런 이유로 소미와 부녀회원들 역시 기념품가게로 안내됐다. 소미는 이마저도 짜증이 났지만, 마음에 드는 기린 인형을 발견하고는 금세 모든 걸 잊고 즐거워했다. 예민한 척 날을 세우면서도 사소한 즐거움으로 모든 걸 잊는 단순함, 그게 소미의 매력이었다. 그리고 경수는 바로 옆에서 그 매력을 알아가고 있었다.

새로 산 기린 인형을 들고 가게를 나서는데, 건너편에서 아이스크림을 먹던 경수와 눈이 마주친다. 소미는 개구지게 웃는 경수를 새침하게 무시해버리고 차로 향한다.

"야!"

설마 자신을 부르는 소리인가 싶어 경수를 돌아본다. 그는 분명 자신을 보고 있다. 그러거나 말거나 경수는 소미에게 손가락질을 하더니, 엄지를 아래로 확 내린다. 소미는 당황을 넘어 황당함까지 느낀다. 잠시 망설이던 소미는 눈에는 눈, 이에는 이라는 말을 떠올리며 똑같이 되받아친다. 그러자 경수는 한술 더 떠 이제는 손으로 목을 긋는 시늉을 한다. 이쯤 되면 싸우자는 거지. 무시하면 그만이겠지만, 다른 건 다 참아도 약오르는 건

못 참는다. 경수보다 더 크게 목을 긋는 시늉을 하며 험악한 표
정까지 더해 그에게 보낸다. 경수는 이제 아주 끝을 보자는 듯
덤벼온다. 가운뎃손가락을 치켜들더니, 입으로는 ‘너 죽는다!’
란다. 기가 막히고 코가 막힌다. 이제 아주 이판사판 끝장을 보
자는 마음으로 무장한다. 똑같이 되돌려주며, 역시 입모양으로
‘너나 나가 죽어!’라고 소리 없는 비명을 지른다. 경수는 아랑곳
않고 더욱더 약을 올릴 뿐이다. 배실배실 웃으며 입으로는 ‘꺼
져’란다. 더는 참을 수 없는 소미는 그제야 폭발한다. 좀 전까지
예뻐하던 기린 인형이 마치 경수나 되는 양 인형을 내리치며
큰 소리를 친다.

“너나 꺼져!”

그제야 그녀를 보던 경수의 표정에 난감함이 떠오른다. 경수
가 뒤를 좀 돌아보라는 듯 소미를 향해 손짓을 해 보인다. 소미
는 경수가 이제 와서 아닌 척하는 게 더 괘씸하다 여기며 경수
가 가리키는 쪽을 도도하게 돌아본다. 순간 소미는 콱 사라져버
리고만 싶다. 원철이 가리킨 가게 안에서 한 남자 종업원이 경
수를 향해 요상한 포즈로 장난스런 욕 퍼포먼스를 보내고 있는
게 아닌가. 남자들끼리 하는 유치한 장난을 주고받던 중이었던
거다. 사건의 진실을 알게 된 소미는, 그 둘 사이에서 혼자만 바
보 짓 했다는 게 너무 부끄러워 기린 인형으로 얼굴을 가린 채

황급히 승합차로 달려간다.

소미를 태운 경수의 승합차가 시원하게 뻗은 해안도로를 달리고 있다. 커다란 풍차 행렬이 장관을 이루며 지나간다. 부녀회 아주머니들은 창문에 달라붙어 감탄하기 바쁘다. 이상한 일이다. 오십대 아주머니들은 유난히 자연경관에 열광한다. 그들의 소란스러움 속에서 소미는 앞서 기념품가게에서 경수와 있었던 일을 모른 척하기 위해 애써 자는 척하고 있다. 그런 소미를 부녀회장 아주머니가 눈치도 없이 큰 목소리로 친절히 깨워준다.

"오소리씨, 밖에 좀 봐봐. 경치 죽여!"

부녀회장 아주머니가 한마디 하자, 아주머니들이 기다렸다는 듯 저마다 소미에게 한마디씩 건넨다. 소미는 어쩔 수 없이 밖을 보며 대충 장단을 맞춰준다. 그 틈을 놓치지 않고 경수가 말을 걸어온다.

"기린이 뭔 잘못이라고."

소미는 경수의 장난이 싫다.

"그 얘기 하지 마요."

"욕 완전 잘하던데요?"

"하지 말라고요!"

목소리에 강경함을 담아 말하지만, 소용없다. 경수는 뭐가 좋

은지 재미있어 죽겠다는 듯 웃음까지 겨우 참아가며 기린 얘기
를 이어간다.

"그 기린……"

끅끅거리며 웃음을 참느라 애쓰는 경수를 더는 참을 수 없어
소리를 빽 지른다.

"하지 말라고! 스톱! 내려줘요!"

"얼……마 주고 샀냐구요……"

"못 들었어요? 내려달라구요. 더는 못 참아. 아저씨, 정말 싫
어!"

소미의 목소리에 아주머니들까지 모두 얼어붙는다. 경수도
더는 놀리지 못한 채 소미의 서슬에 눌려 차를 세운다. 소미는
기다렸다는 듯 차에서 내린다.

"여기…… 차도 없는데……"

소미가 얼른 꺼져버리라는 듯 시선을 보내자, 경수는 마지못
해 차를 출발시킨다. 차가 멀어지는 걸 보고 씩씩거리며 주변을
둘러보는데 정말 차가 한 대도 지나다니질 않는다. 그래도 도도
하게 발걸음을 옮긴다. 차를 멈추고 기다리던 경수가 지나쳐 걸
어가는 소미의 뒷모습을 말없이 지켜본다. 뒷좌석의 아주머니
들은 경수와 소미 사이를 걱정한다. 사랑싸움이냐며 남자가 져
줘야 한다고 난리다. 경수는 잠시 고민하는 듯하더니 차를 천천

히 출발시킨다. 그러고는 그녀를 그냥 지나쳐 달려간다. 소미는 또다시 황당하다. 미안하다, 다시 타라, 그렇게 달래주지도 않고 가버리다니. 약오르고 억울하고 화가 나서 발을 탕탕 구르며 차 뒤꽁무니를 향해 돌을 힘껏 던진다. 이미 멀리 가버린 승합차는 먼지 속으로 사라지고 난 후다.

얼마나 걸었을까. 지칠 대로 지친 소미가 힘겹게 발을 내딛고 있다. 해안도로를 지나치자 눈앞에 삼나무숲이 펼쳐진다. 끝없이 펼쳐진 그 길이 아득한 비현실 속으로 이끄는 듯하다. 불어온 바람에는 바다의 짠내와 삼나무 냄새가 적당히 섞여 있다. 그 바람은 소미의 기억 한편에 묻혀 있던 추억을 불러온다.

그때도 그랬다. 아니, 그때는 달랐다. 네일숍 '소미의 내일'의 배경이 된 곳이 바로 여기였다. 그때 원철은 주방에서 사소한 실수를 저지르고 쫓겨난 참이었고, 소미는 사수에게 네일 디자인 아이디어를 빼앗기고 버려진 참이었다. 두 사람은 우울의 독에 빠지지 말자며 힐링여행을 선택했다. 끝없이 펼쳐진 고즈넉한 숲길을 걸으며, 한심하고 아픈 어제는 잊고 함께하는 내일로 즐겁게 걸어가자며 약속했다. 그때는 손끝만 닿아도 찌릿하게 온몸에 전기가 오르곤 했다. 그리고 수년의 시간이 흘러 서로가 서로를 공기처럼 자연스러운 존재로 여기게 됐다. 소미가 원철에게 프러포즈했던 건 딱히 웹툰 〈삼다의 연인〉 속 프러포즈가 부러웠기 때문만은 아니었다. 두 사람 사이에 변화가 필요하다는 걸 알았기에, 결혼을 선택했다. 그런데 덜컥 저지르고 보니, 겁이 나는 것도 사실이었다. 선옥 언니의 말처럼 한낱 주방 보조로 전전하던 원철은 이제 어엿한 인기 셰프가 되어 개인 레스토랑까지 열었다. 세간에서도 그는 성공한 남자로 인정받았다. 소미는 그가 성공하기까지 고생을 함께해왔다. 그러니 그의 영광을 더 확실한 자리에서 당당히 함께 누릴 만한 자격이 그녀에게 있었다. 그러나 소미는 그것만으로 충분하지 않았다. 원철은 이제 사랑으로 달뜬 눈빛이 아닌 믿음직한 동료를 보듯 소미를 본다. 그가 가장 소중하다 말하는 동지애다. 그게 못내 서운했다. 게다가 감귤을 보냈다는 메시지를 보낸 후, 아직 답장을 받지 못했다는 게 떠올랐다. 그녀의 마음이 싸르르 아리다. 가방을 뒤져 전화를 확인하려는데 언제 배터리가 닳았는지 꺼져 있다. 왠지 원철과 단절되어버린 듯해 먹먹하다. 그러자 잊고 있던 다리의 통증까지 순간적으로 크게 다가왔다. 왈칵 눈물이 쏟아질 것만 같다. 더는 혼자 걸을 자신도 없고, 그러기도 싫다. 그때, 멀리서 느릿느릿 승합차 한 대가 다가오는 게 보인다. 손을 들어 차를 세워보려는데, 점점 가까워져오는 차의 운전석에 앉은 경수가 보인다. 소미는 냉큼 손을 내린 채 언제 그랬냐는 듯 새침하게 외면한다. 그사이 가까이 다가온 경수가 창을 내려 소미에게 말을 건넨다.

"잘못했어요. 기린이 너무 귀여워서……"

소미는 경수의 말을 무시한다.

"반나절 날린 거 내일 죽이는 걸로 대체해드릴게."

모른 척하고 싶은데, 단순함이 그녀를 가만두지 않는다. 죽이는 거라면 어떤 죽이는 거? 호기심이 자기도 모르게 고개를 든다.

"저녁은 제주 흑돼지인데…… 진짜 죽여요. 배고프죠?"

고기! 소미는 고기를 사랑한다. 그것도 제주 흑돼지라면, 정말 아긴다.

"거기에 옥돔구이랑 돔베고기, 왕우럭튀김이랑 해초회국수 디저트로 소주 한잔 곁들이면 끝내주는데…… 오늘 코스의 하이라이트인데……"

듣기만 해도 침이 꼴깍 넘어간다. 이를 경수가 눈치챌까봐, 소미는 얼른 표정을 관리하며 걷기만 한다. 속으로는 세 번만 더 사과하면 모른 척 넘어가주겠다는 앙큼한 생각을 하면서. 그러나 경수는 소미보다 한수 위로, 이미 소미의 성격을 파악했다. 소미를 움직이게 하려면 거듭된 사과보다는 약을 올리는 게 빠르다는 걸 이미 안다. 아니다. 그보다 경수는 소미만 보면 계속 놀리고 싶은 기분이 든다. 마치 좋아하는 소녀를 괴롭히고 결국엔 울리고야 마는 짓궂은 소년의 습성처럼. 경수에게는 그런 고약한 유치함이 있었다. 경수는 장난스럽게 웃으며 소미를 쌩 지나쳐 가버린다. 소미는 또 당황한다. 생각할 겨를도 없이 차를 잡으려 얼른 뛰어가는데, 그러다 넘어지고 만다. 이젠 억울하고 분하고 속상해서 눈물이 난다. 룸미러로 그 모습을 보고 놀란 경수가 얼른 차를 돌려 돌아온다. 차에서 내린 경수가 걱정의 말을 건네며 소미를 부축한다. 소미는 경수가 너무 얄미운 나머지, 경수에게 의지하는 척하다가 있는 힘껏 밀어버린다. 우스꽝스러운 모습으로 넘어진 경수가 황당하다는 듯 소미를 올려다본다. 소미는 눈물이 찔끔 난 걸 쓱 닦아내며 고소하다는 듯 혀를 날름 내밀고는 절뚝이며 차로 간다. 경수는 얼른 엉덩이를 털고 일어나 소미의 짐을 차에 실어주고 차에 오르는 것을 도와주려다 또 밀어낼까 싶어 관둔다. 소미는 그러거나 말거나 경수의 어깨를 붙잡고 차에 오른다. 소미의 행동에 웃음이 픽 돈다. 부녀회 아주머니들은 젊은 두 사람의 행동을 사랑싸움으로 몰아가며 수다 떨기에 바쁘다. 소미는 이 상황이 이제 싫다기보다 미묘하게 불편하다. 삼나무숲을 걸으며 원철에 대한 생각이 진해졌기 때문이다. 오해를 풀어야 한다는 생각에 자신은 경수와 절대 그런 게 아니라고 며칠 뒤에 결혼할 애인이, 그것도 비교할 수 없을 만큼 멋진 남자가 따로 있다고 말할 생각에 입을 연다. 그런데 자신을 보던 경수와 눈이 마주치자 입이 딱 다물어진다. 그 순간 미묘한 긴장을 느꼈지만 자신이 만든 변명 속에 숨으며 그 긴장감을 외면하고 도망친다. 그래, 여기서 애인이 있다고 떠들어봐야 낯선 아줌마들의 수다거리밖에는 되지 않는다, 내일이면 앞으로 만날 일 없는 낯선 이들과 사생활을 공유할 이유도 가치도 없다, 그녀는 그렇게 변명하며, 자신을 보는 경수의 시선도 외면한다.

"빨리 가죠. 흑돼지 잡으러."

경수가 옳았다. 저녁식사는 소미가 하루 종일 경험한 모든 고생을 잊게 할 만큼 완벽했다. 뜻하지 않게 걷기 운동까지 한 뒤라 정말 양껏 먹어댔다. 그녀가 와구와구 먹는 모습을 보며 경수는 재미있다는 듯 웃는다.

"전화기 줘봐요."

"왜요?"

"아까 혼자 간다고 고집 피울 때 걱정돼서 전화했더니 꺼져 있더라구요. 배터리 다됐죠?"

"일부러 꺼둔 걸 수도 있잖아요."

"아까 구조될 때 간절했던 표정 내가 다 봤거든요? 거 고쳐요. 거짓말이 습관이야, 아주."

소미는 대답 대신 자신의 전화를 꺼내 경수에게 건넸다. 그렇게 경수는 소미를 은근히 배려했다. 소미는 그런 경수가 내심 고마우면서도 그의 병 주고 약 주고 하는 식의 태도가 마음에 들지는 않았다. 소미가 보기에 경수는 나쁜 남자다. 재미는 좀 덜하지만, 정직하고 성실한 원철이 훨씬 좋은 남자라 확신한다. 그런데 자신이 왜 자꾸 두 남자를 비교하고 있는지 모를 일이다. 원철을 다른 남자와 비교해본 것도 꽤 오래된 일이었다. 네일숍을 꾸려가기도 바쁜 매일이었다. 모든 걸 그만두고 나니 딱 그만큼 생긴 빈자리가 엉뚱한 비교를 하게 만드는 것이리라.

그사이, 경수가 숙소에 도착했음을 알렸다. 숙소 전경을 본 소미는 당황한다. 어쩐지 으스스하고 기괴한 분위기를 뿜는 산장이었다. 소미가 쉬이 걸음을 떼지 못하고 멍하니 산장을 올려다보고만 있자, 부녀회장이 한마디 했다.

"왜, 무서워? 밤새 곁에서 지켜달라 그래."

부녀회장의 한마디에 아주머니들이 친구를 놀리는 소녀들처럼 꺄르르 웃는다. 방해하지 말고 두 사람만 남겨두자며 필요 없는 오지랖을 펼치며 산장으로 우르르 들어가버린다. 그러나 소미는 아주머니들의 놀림에도 반응을 못 할 정도로 잔뜩 겁먹은 상태였다. 그녀는 떨리는 목소리로 경수에게 묻는다.

"여기…… 진짜 귀신 나오는 거 아니에요?"

"나와요! 어떻게 알았지?"

소미는 농담인지 진담인지 모를 경수의 말에 더 놀란다. 그런 소미를 보자 경수는 이내 미안한 마음이 든다.

"어머니들이 하도 이런 데 묵고 싶다셔서…… 내일은 콘도로 옮겨줄게요."

"호러 취향 아닌데…… 가세요."

소미는 더는 대꾸할 기운도 없다는 듯 숙소를 향해 간다. 축 처진 그녀의 어깨가 경수는 왠지 마음에 걸린다.

"저기요, 오소미씨!"

그의 부름에 소미가 기운 없이 돌아본다. 경수는 잠시 동안 많은 말이 담긴 듯한 눈빛으로 소미를 바라보기만 한다. 소미는 경수의 그런 눈빛이 당황스럽다. 이어 나타난 제 심장의 반응은 더 당황스럽다. 철도 없고 눈치도 없이 두근거리는 심장이 낯설다. 이 낯선 기분에 취하지 않기 위해 애써 퉁명하게 묻는다.

"왜…… 왜요?"

"무섭거나 불편한 거 있으면 연락해요."

경수가 큰 보폭으로 성큼 다가와, 명함을 건넨다. 그러고는 한 번도 보여준 적 없는 부드럽고 따뜻한 미소를 짓는다.

"병 주고 약 주는 거예요?"

경수는 소미의 도발에 반응하는 대신, 겁이 나면 자신에게 의지해도 된다는 듯 걱정스러운 눈빛으로 바라본다. 소미는 그의 명함을 톡 낚아채 돌아서서 숙소로 들어간다. 경수의 투박한 친절에 마음이 누그러진 듯 몰래 웃는다. 그러다 자신의 얼굴 위로 떨어지는 나무 그림자에 놀라 허둥댄다. 경수는 차에 오르려다 마침 그 모습을 보고 걱정된다는 듯 멈춰 선다. 경수는 그 자리에 서서 소미가 숙소 안으로 들어가는 모습을 끝까지 지켜본다. 소미는 그렇게 뒷모습까지 보호받으며 안전하게 숙소로 들어간다.

작은 산장의 방 안에 들어서자마자 소미는 불을 켠다. 외관과 일관된 콘셉트인 듯 조명마저도 은은해 분위기가 오묘하다. 구석구석을 경계하며 신발을 벗고 방으로 올라 내부를 조심스레 둘러본다. 그녀의 눈에 가장 먼저 들어온 건 으스스하게 생긴 옷장이다. 사선으로 나 있는 나무 틈 사이로 마치 누군가 숨어서 보고 있는 것 같은 느낌이 들어 소름이 돋는다. 겁이 나서 고개를 돌리는데, 침대가 없다. 어쩔 수 없이 옷장을 열어 이불을 꺼내야만 한다. 심호흡을 하고 용기를 내본다. 휴대폰 플래시에 의지해 천천히 문을 여는데 갑자기 진동이 울린다. 너무 놀라 휴대폰을 떨어뜨리고 허둥댄다. 혼자서 난리를 피우다 스스로도 어이가 없는 듯 헛웃음을 흘리며 전화를 확인한다. 원철이 보낸 문자다. 소미는 안도한다. 이럴 때 보면 원철의 말이 맞다.

무엇보다 소중한 건 안정감이다. 이렇게 멀리서도 문자 한 통만으로 마음이 편안해지니까.

—쏨! 혼자 간 제주도는 좋아? 우리 길은 어때? 여전해? 나 또 어깨 아파. 전에 산 안마기 어따 뒀어?

그리움을 담아 문자를 또박또박 찍고 있는데, 이를 방해하듯 또다시 진동이 울린다. 모르는 번호다. 갸웃하던 그녀가 내용을 확인하곤 입가에 미소를 그린다.

—가이드입니다. 아직 귀신 안 나왔죠? 이불장 함부로 열면 나올지도 모름. 왼쪽 세번째 버튼 먼저 눌러요. 그럼 문 열기 전에 안쪽 불 켜져서 안 무서울 거니까.

경수가 알려준 대로 하자 불이 켜지면서 옷장 안이 다 들여다보인다. 그제야 마음이 놓여 편하게 문을 여는데 다시 문자가 온다.

—많이 걸어 다리 아프죠? 짜잔~ 욕실장 맨 밑에 허브입욕제 있어요. 꼭 담그고 자요. 그리고 오늘은 미안…… 그렇다고 내일은……? 장담 못 함. 굿밤!

경수의 진심 어린 배려와 짓궂은 농담이 뒤섞인 문자에 소미는 피식 웃고 만다. 원철에게 보내려던 문자를 지우고 경수에게 먼저 답장을 보낸다.

—몽달귀신 급출연! 비주얼 나쁘지 않음. 견뎌보겠음.

경수는 아직 떠나지 못한 채 산장 앞에 차를 세워두고 답장을 기다리고 있던 참이었다. 문자를 확인하고는 그제야 안심이 되는 듯, 소미가 쉬고 있을 산장을 보던 시선을 거두고 차에 오른다.

그렇게 산장과 승합차를 품은 제주도의 밤 별빛이 빛나며 깊어진 밤 속에서 잠이 든다.

D-day 5

　말을 타며 신이 나서 깔깔 웃어대는 부녀회 아주머니들의 웃음소리가 승마 체험장을 가득 채우고 있다. 아주머니들이 좋아하자 경수는 뿌듯하다. 그런데 또 소미가 문제다. 구석에서 혼자 풀이 죽어 바닥과 심도 깊은 대화라도 나누는 듯한 분위기다. 소미가 툴툴거리며 고개를 드는데, 경수와 눈이 딱 마주친다. 그러자 경수가 깜짝 놀란 얼굴로 소미의 어깨를 가리키며 손짓한다. 마치 커다란 벌레가 있으니 조심하라는 듯하다. 소미가 화들짝 놀라 호들갑을 떤다. 그러나 그녀의 어깨에는 아무것도 없다. 또 당했다는 생각이 들자 경수를 얄밉게 흘겨본다.

　"여기까지 왔는데 진짜 안 타요?"

　"안 타요."

　"뭐야, 무서운 게 그렇게 많아서 어떻게 살려고?"

“지금까지도 알아서 잘 살고 있거든요!”

“근데 재미는 없죠?”

“뭐가요?”

“아니, 무서운 것도 해보고, 그게 재미잖아요. 특히나 여행에서는 평소에 절대로 하지 않을 그런 거, 막 해보고 경험하는 게 진짜 여행 아닌가요.”

소미는 틀린 말은 아니라는 생각이 든다.

“여기까지 혼자서 여행 올 용기면 난 타고 말겠다. 여자 혼자하는 여행, 그것보다 말 타는 게 훨씬 안전해요.”

맞다. 자신은 용기가 넘치는 여자다. 이대로라면 여행을 즐기는 게 아니다. 이상하게 경수의 말에는 슬금슬금 흔들리다가 결국은 설득당하고 만다.

“진짜죠? 진짜…… 안 죽죠?”

“그쪽이 말을 죽일 확률이 더 높지 싶네요.”

“상해보험, 말한테도 있어요?”

“거참, 말 많네. 타요, 보험 아니라 내가 그쪽 책임질 테니까.”

책임을 지다니, 묘한 표현이다. 소미는 어딘지 모르게 든든해져서 말을 타보기로 한다. 그런데 경수가 말한 책임이라는 것이 정말 묘한 건 맞았다. 몇 번이나 혼자서 타보려고 시도했지만, 결국 혼자서는 말 잔등에 오를 수가 없었다. 그래서 어쩔 수 없이 경수와 함께 나란히 말에 올랐다. 경수가 뒤에서 그녀를 감싸안듯 고삐를 잡고 말을 몬다.

"특별 서비스가 따로 없네. 원래 이렇게 같이 안 타주는데……"

"누, 누가…… 같이 타달래요?"

"내가 참 알뜰한 편이거든요. 심지어 남이 돈 낭비하는 데도 마음 쓰는 쏨쏨이거든, 내가. 그래서 돈 내고 돈 버리는, 그쪽 같은 사람 그냥은 못 두니까."

"아저씨 정체가 뭐예요?"

"가이드요."

"서울말 쓰고, 책임감도 없고, 매사 대충대충…… 유적지 소개할 땐 커닝하는 것도 봤거든요?"

"오…… 예리해. 알바라고 해둡시다."

"원래는 뭔데요?"

"뭔데요라니. 내가 물건인가?"

"미안해요. 그럼 다시, 뭐하는 사람인데요?"

냉큼 사과하는 소미의 태도에 경수는 자기도 모르게 웃게 된다. 그리고 솔직한 대답 대신 솔직한 질문을 던진다.

"뭐가 그렇게 궁금해요? 나한테 관심 있어요?"

"아니거든요!"

괜히 놀란 소미는 강하게 부정하고 말을 모는 데만 집중하는 척 고삐를 잡아당긴다. 그러나 경수가 모는 대로 가만히 있는 게 딱 좋을 걸 그랬다. 갑자기 당긴 고삐에 놀란 말이 펄쩍이며 뛰기 시작한 것이다. 놀란 소미가 눈을 꼭 감고 어쩔 줄 몰라하자, 경수가 얼른 고삐를 다잡으며 소미를 더 단단히 품에 안아 안심시켜준다. 소미의 귓가 가까이로 경수의 옆얼굴이 다가와 있다. 머리카락이 경수의 숨결에 흔들리며 얼굴을 간질인다. 볼이 아닌 심장이 간지럼을 타는 것 같다.

두 사람의 모습에 아주머니들이 박수를 치며 신나서 구경중이다. 경수는 아주머니들의 호응에 답하듯 근사하게 말을 몰아 한 바퀴 돌면서 속도를 자연스럽게 줄인다. 소미는 처음에는 놀라 눈을 감았지만, 경수가 말을 달래가며 안정된 속도로 달려나가자 어느새 눈을 뜨고 그와 함께 말 타는 걸 즐긴다. 발그레 상기된 소미의 뺨이 예쁘다.

"재밌다."

"죽이죠?"

"뭐 그냥 괜찮네요."

"거참…… 안 솔직해. 조심해요. 그렇게 거짓말하면서 안전해지려다 설레는 내일 놓칠 테니까."

"어 그 말, 표절이다."

“〈삼다의 연인〉?”

“우와, 21세기 사람이었어.”

“뭐라고요?”

“아니, 외모만 보면 20세기 사람이 아니라 19세기 보헤미안이라 해도 믿어질 거 같으니까…… 근데 진짜 낯설어요.”

“또 뭐가요?”

“아니, 무슨 남자가 그런 감성 웹툰을 봐요. 거기다 심지어 대사까지 외우고 있어. 나 그런 남자 처음 봐.”

“그러는 소미씨도 열심히 보나봐요. 대사까지 기억하고.”

“엄청. 실시간 업데이트 알림도 설정해놨을 만큼, 좋아해요. 거기 남자 주인공. 현실엔 그런 남자 없으니까요. 오 년을 만났는데, 처음 만난 그 설렘을 그대로 간직하는 남자, 세상엔 없잖아요. 조금만 지나면 늘 편한 게 좋다, 불편한 사랑 아니라 안정감 있고 편안한 정이 더 좋은 거다…… 그러니까 결혼의 전제 조건은 사랑이 아니라 정이다, 그렇게.”

“뭐야, 이제 보니까 실연여행이었구나?”

“남의 사연 지어내는 게 거의 작가 수준이네요.”

“수준급은 말 타기가 우선이죠. 소미씨 찬 그놈 차듯이 달려볼래요?”

경수가 소미를 태우고 시원하게 말목장 언덕을 달린다. 소미는 이제 겁이 나지 않는 듯 그 호흡을 즐긴다. 위험한 즐거움에 빠진 채 환하게 웃는다.

소미처럼 원철도 웃고 있다. 그리고 소미의 웃음이 원철 때문이 아니듯 원철의 웃음 역시 소미 때문이 아니다. 원철은 학구열에 불타고 있는 비카와 요리 수업중이다. 물론 비카와 원철 사이에 남녀의 설렘이라는 감정이 있는 건 아니다. 다만 비카는 러시아어로 자연스럽게 대화할 수 있는 원철의 능력이 반가울 뿐이다. 건호와도 이 정도만 소통할 수 있다면 어떨까 생각하며, 대단하다고 원철을 칭찬한다. 원철은 새롭고 거기다 예쁘기까지 한 여성이 칭찬으로 자신감을 돋워주는 게 즐겁다. 칭찬은 고래를 춤추게 하고, 남자를 근사하게 만든다. 원철과 소미는 그렇게 공유할 수 없는 각자의 행복으로 즐거워한다. 그런데 이 모습 때문에 불행한 오해를 시작한 사람이 있었다. 바로 비카의 예비신랑 건호였다. 선옥이 자신의 사진을 굳이 붙여 보낸 축하 화분을 배달하러 왔다가 둘의 다정한 모습을 보게 된 것이다. 요즘 남자로서의 자신감을 잃어 고민하던 그에게는 참 몹쓸 광경이었다. 더구나 저렇게 환하게 웃으며 다른 남자를 대단하다 칭찬하다니. 거기에 유창한 러시아어로 화답해주는 남자라니. 이글거리는 질투로 폭발할 것만 같다. 그러나 비카가 고개를 돌리는 순간, 어느새 소심한 평소의 모습으로 돌아가서는 얼른 몸을 감추고 도망치듯 자리를 떠난다. 그사이 원철은 활짝 웃는 비카의 손가락에서 빛나는 다이아몬드 반지를 본다. 아직 프러포즈를 하지 못했다는 사실이 떠오른다. 그리고 다른 남자의 여자의 손에서 빛나는 반지를 보며, 자신의 여자의 손에서 빛나게 될 반지를 보며 또다른 남자가 느끼게 될 기분을 맛본다. 그래, 이런 기분이기에 반지로 프러포즈를 하는구나.

　이제 정말 끝이다. 부녀회 아주머니들의 성화로 찾은 러브랜드라는 성 박물관까지, 시골 아주머니들의 전형적이고도 노골적인 취향의 패키지여행이 끝났다. 테디베어 박물관도 있고 초콜릿 박물관, 역사 박물관, 믿거나 말거나 박물관 등 제주도에는 다양한 박물관이 참 많다. 그런데 아주머니들은 하필 성 박물관 러브랜드를 골랐다. 소미는 아주머니들의 그런 노골적인 취향이 불편했다. 그러나 막상 소녀처럼 신기해하고 즐거워하는 아주머니들을 보며 그녀들의 주책을 귀엽게 받아들였다. 절정은 '골라먹는 재미'라는 짓궂은 제목 아래에서 찍은 기념사진이었다. 그 조각상은 왜소한 남자, 늙은 남자, 뚱뚱한 남자, 소년, 몸 좋은 남자 등 다양한 체형과 나이의 남자 조각상들을 나란히 세워두고, 그 조각상들의 중심부를 소변기로 변형시켜놓은 전시물이었다. 아주머니들은 조로록 종류별로 늘어서 있는

조각상 앞에서 포즈를 취하고 사진을 찍었다. '골라먹는 재미'
라는 제목이 잘 보이도록. 그녀들의 장난에 소미는 시원하게 웃
었고, 그렇게 마지막 관광을 끝냈다.

소미는 얼떨결에 공항까지 따라와 아주머니들을 함께 배웅
하게 되었다. 처음 만났을 때는 소란스럽고 귀찮다고 생각했는
데, 막상 헤어지려고 보니 괜히 서운한 마음이 든다. 아주머니
들은 경수에게 넘치는 고마움을 전하더니 주섬주섬 가방에 남
아 있던 간식들을 모조리 꺼내 경수와 소미에게 나눠준다.

"도로 갖구 가긴 아까워서. 처녀, 총각 하루 더 있는다니까,
나눠먹어요."

"아…… 저희 괜찮은데……"

"잘 먹겠습니다, 어머님!"

애써 거절하려는 소미와 달리 경수는 넉살 좋게 냉큼 받아들
며 대답한다. 소미가 경수를 향해 눈을 흘긴다. 그러자 아주머
니가 미안함을 담아 소미에게 말한다.

"아가씨, 가이드 총각 나쁜 사람 아니야. 우리가 시골서 처음
와가지구, 하루 더 있겠다고 졸라서 이렇게 된 거야. 미안해."

"아…… 아니에요."

"더 재밌었대요! 맞죠, 소미씨?"

"우리도 아가씨가 같이 있어서 더 즐거웠어."

소미는 괜히 툴툴댔던 지난 시간들이 부끄러워진다. 그런 소미의 마음을 아는지 모르는지 마지막 남은 먹거리까지 살뜰히 챙겨주는 아주머니들의 손길이 따스하다. 소미의 손을 쓰다듬는 아주머니들의 거친 손마디. 시골에서 농사를 지어온 손에서 세월과 함께 마음이 읽히는 듯했다. 이제는 여행을 끝내고 다시 팍팍한 현실로 돌아가야 함에 아쉬워하는 아주머니들. 그녀들에게 마음을 받고 보니, 또다시 소미의 괜한 오지랖 날개가 펼쳐진다.

"저도 선물 하나 해드리고 싶은데……"

소미가 선물을 준다고 하자, 모두 잔뜩 기대에 찬 눈으로 소미를 바라본다. 소미는 승합차로 달려가 짐가방에서 전문가용 네일도구들을 꺼내온다. 그러고는 한 분 한 분의 손톱에 그림을 그려준다. 농사 일로 거칠어진 손들이지만, 소미의 손길에 따라 단정하게 정리되고 각자에게 어울리는 스타일로 완성된다. 모두 이런 경험이 처음인 듯 신기해하며 좋아한다. 수줍은 소녀처럼 복숭앗빛으로 볼이 물들어 있다. 그 옆에서 지켜보던 경수마저 소미의 기술에 반한 듯 신기하게 바라본다. 재미있는 성격인 줄만 알았던 소미에게서 오랜 시간 다져서 완성된 전문가의 면모가 느껴지자 그녀가 새롭게 보인다.

"예술이네, 예술. 나도 받고 싶다."

소미는 잠시 멈칫하고 경수를 본다.

"총각이 무슨……"

아주머니들은 경수의 반응에 또 수다의 장을 연다. 남자가 여자들 것까지 탐내서 욕심 부리면 안 된다고 구박하는가 하면 적극적으로 찬성하며 자기들끼리 백분토론 못지않은 진지한 의견 교류를 한다. 그사이, 소미는 경수가 말해준 '예술'이라는 말을 가만히 되뇌어보곤 기분이 좋은 듯 예쁜 미소를 그린다. 경수는 그런 소미를 본다.

"아저씨는 공짜론 안 해줘요."

"우와, 치사하게."

"남자는 그런 거 하는 거 아니라니까."

"왜, 요즘엔 이쁜 남자가 인기라며."

"에이, 우리 경수 총각이 이쁜 총각은 아니지."

"그래, 그건 또 그렇긴 하네."

아주머니들은 그렇게 마지막까지 재미난 수다를 남기며 이별 인사를 나눴다. 그녀들이 떠나고, 이제 진짜 경수와 소미 단 둘만이 남겨졌다. 덩그러니 둘만 남고 보니 둘 사이엔 미묘한 거리가 자리한다. 아주머니들은 마지막 비행기에 오를 때까지도 두 사람을 엮어주려 애쓰다 갔는데, 그 때문인지도 모른다. 차 안에 두 사람만 남게 된 공기가 이렇게 낯선 까닭은.

"어제 약속한 대로 반나절 놓친 거, 죽이는 걸로 대체하러 가볼까요?"

제법 긴 침묵 끝에 경수가 제안한다. 소미가 대답할 사이도 없이 이미 차를 몰아 어딘가로 그녀를 데려간다. 또다시 소미를 낯선 곳으로 이끈다. 한 번도 가본 적 없고, 한 번도 해본 적 없는 경험 속으로. 차가 달리는 사이 어느새 석양이 지워지며 밤이 내려앉는다.

한참을 말없이 달렸다. 그렇게 경수가 소미를 데리고 간 곳, 그 구름다리에 올라서니 말로 설명할 수 없을 아름다운 제주 야경이 한눈에 들어온다. 마법이 일어날 것만 같은 분위기의 그곳은 용연구름다리다.

"여기구나…… 〈삼다의 연인〉 첫 데이트 장소."

"이만하면 죽이는 대체 맞죠?"

"여기 이렇게 서 있으면 사랑에 빠지지 않을 수 없을 거 같아요. 막…… 운명, 이런 게 느껴져."

소미가 휴대폰으로 사진을 남기려는데, 배경 화면에 원철과 찍은 웨딩 사진이 있다는 걸 깨닫는다. 그때 경수가 대수롭지 않게 소미의 휴대폰을 들여다보려 하자, 소미는 얼른 화면을 꺼버린다. 지금 원철은 한창 저녁 손님들로 붐비는 레스토랑에서 요리에 몰두하고 있을 터였다. 소미의 심장이 불안하게 쿵쾅이며 떨린다.

"인증샷 안 찍어요? 아…… 셀카 각이 안 나오는구나? 내가 대신 찍어줄까요?"

"아뇨, 그냥 눈에 담을래요. 기계에 의지하지 않고 내 기억창고에 담는 거, 그게 더 좋겠어요."

경수가 야경을 바라보는 소미의 옆얼굴을 보더니 자신도 나란히 야경을 바라다본다.

두 사람 사이로 차분한 밤바람이 지난다. 소미는 가슴이 울리는 걸 가만히 진정시킨다. 그때, 경수가 묻는다.

"실력 꽤 좋던데…… 네일아트는 언제부터 했어요?"

"칠 년? 고등학교 졸업하자마자 전문학교 다녔거든요."

"와…… 베테랑이셨네."

"그만뒀어요. 며칠 전에."

"왜요?"

"이유가 있겠죠."

"말하기 싫다?"

소미는 대답 대신 그저 미소만 그린다.

"이유가 뭐든, 아깝다."

그 말에 소미는 경수의 눈동자를 본다. 자신을 똑바로 바라보는 경수의 눈 안에 자신의 얼굴이 들어 있다. 그 모습이 불빛에 반사되며 미묘하게 흔들린다.

"보통 실력 아니던데…… 게다가 좋아하잖아요."

그 말에 마음에 파문이 일었지만, 심상히 넘긴다.

"그냥 익숙한 거예요."

"그거 알아요?"

경수의 말버릇이다. 질문을 던지면서 대답을 원하지 않는다. 질문에 대한 자기만의 정답을 말하기 위해서다. 고작 하루 반나절 만에 소미는 경수의 이런 말버릇에 익숙해졌다. 소미는 그런 자신이 문득 낯설게 느껴진다. 제 마음이 엿보일까봐 조심하는데 경수가 다 안다는 듯한 표정으로 쳐다본다.

"소미씨는 말로는 거짓말 참 잘하는데 행동으로는 거짓말 못하는 성격인 거."

소미는 그 순간, 그를 향해 그어놓았던 마음의 금을 넘어선다. 그리고 경수가 이끄는 호흡으로 이끌려 가보기로 한다.

"좋은 거예요, 나쁜 거예요?"

"범죄도 아닌데, 성격에 나쁘고 좋은 것도 있나? 그냥 다른 거고, 서로가 그걸 알아간다는 게 중요한 거지."

"나쁜 성격 있는 거 같은데…… 변태랄지 편집증이랄지 결벽증이랄지. 이런 거 안 좋은 거잖아요."

"그건 병이고. 대부분은 그냥 다르거나 비슷한 성격이 있는 거라니까.”

괴변 같은데 늘 묘한 설득력을 가진 경수의 말은 결국 소미를 웃게 만든다.

“내일은 가이드 신청 안 했던데…… 저녁 비행기잖아요. 누구, 따로 만날 사람 있는 거예요?”

소미 역시 대답 대신 질문을 던진다.

“내일…… 뭐하세요?”

“남은 날도 내 가이드 신청 안 한 거 후회되는구나? 내가 생각보다 너무 잘하죠? 이런 가이드 못 봤죠?”

경수처럼 이상하면서도 재미있는 가이드는 본 적이 없다고 속으로만 말해본다. 그때, 경수가 자못 진지하게 말한다.

“나 내일 동물원 가요.”

“동물원이요?”

“기린 보러.”

또 무슨 엉뚱한 소리인가 하다가, 자신이 샀던 기린 인형을 떠올린다.

“진짜 내가 죽일 거야!”

경수가 소미를 놀리며 도망친다. 소미는 그런 경수를 뒤쫓으며 즐거워한다. 두 사람이 다리 위를 뛰며 아이처럼 노는 그때, 갑자기 하늘을 가르듯 번개가 번쩍인다. 곧이어 엄청난 천

둥소리가 울린다. 그제야 경수가, 일기예보에서 며칠 내로 태풍이 올 거라더니 벌써 오는 모양이라며 서둘러 내려가자고 이야기한다. 경수의 눈빛에 좀 전까지 있던 장난기가 사라졌다. 그리고 경수의 태도에서 후득후득 떨어지기 시작한 비바람 속 밤길에서 소미가 다치지 않도록 배려하는 진지함이 묻어났다. 소미는 가슴에서 뛰던 심장이 귀 바로 옆에서 뛰는 듯한 착각이 든다. 위험한 신호다. 고등학교 졸업을 앞두고 미술대학이 아닌 전문학교 합격증을 들고 혼자서 만찬 자축을 했던 날이 떠올랐다. 요리학원 실습생들의 요리를 파는 곳이라 가격이 저렴한, 정식 이탈리아 요리를 즐길 수 있는 곳이었다. 혼자서 배가 터질 정도로 욱여넣고 나온 소미는, 레스토랑 계산대를 지나 문을 나서자마자 속이 울렁거렸다. 간신히 참으며 남녀공용 화장실로 달려갔다. 실습 복장을 한 청년이 볼일을 보고 있었지만, 소녀처럼 수줍게 체면치레를 할 여유가 없었다. 소미는 볼 것도 없이 청년 바로 옆 좌변기를 붙잡고 시원하게 토해냈다. 소미에게 난감한 상황을 보여 당황하던 것도 잠시, 청년은 소미를 진심으로 걱정하며 그녀의 등을 쓸어주었다. 소미는 복잡한 감정에 휩쓸리듯 토하고 난 후, 펑펑 울고 말았다. 그런 그녀의 아이 같은 울음을 청년이 가만히 달래주었다. 그 청년이 바로 지금까지 함께해온 원철이었다. 한참을 울고 난 열아홉의 소미에게 스무 살 원철이 당근주스 한 잔을 내밀었다. 마음이 아픈 거 같은데 그건 치료할 방법을 모르겠고, 대신 울어서 아픈 눈을 위해 당근주스를 마시라고 했다. 말간 얼굴로, 처음 똑바로 바라본 원철의 얼굴. 그때도 꼭 그랬었다. 심장이 뛰어올라와 귓가에서 북처럼 둥둥거렸다. 소미는 이 위험한 신호를 어떻게 이해해야 할지 고민이 된다. 그 고민마저도 잊게 할 정도로 엄청난 빗줄기가 땅으로 떨어진다. 본격적으로 비가 쏟아진다.

앞이 보이지 않을 정도로 위험한 빗길을 뚫고 경수가 운전한다. 덕분에 소미는 무사히 어젯밤 묵었던 숙소에 도착한다.

"콘도로 바꿔줄 수 있다니까요."

"이 비가 오는데, 귀찮아요. 하루 있어보니까 견딜 만해요. 또 몽달귀신이랑 정도 들었구요."

옷을 뒤집어쓰고 뛰어갈 준비를 하는 소미에게 경수는 뒷좌석에 있는 우산을 꺼내준다. 소미는 고맙다는 인사를 하고 차에서 내린다.

"소미씨! 나 내일 시간 되는데……"

경수가 소미의 뒷모습을 붙잡는다. 소미는 경수를 향해 밝게 미소 지으며 대답한다.

"내일은…… 내가 가이드 할게요."

경수는 우산을 쓰고 후다닥 뛰어가는 소미의 뒷모습을 보다가, 자신도 모르게 설렘이 담긴 미소를 짓는다. 그 설렘을 그대로 품은 채 경수는 또다시 위험한 빗길을 뚫고 출발한다. 산장의 닫힌 문 너머, 경수의 차가 떠나는 소리를 소미가 가만히 듣고 있다. 차가 시야에서 멀어지는 걸 창밖으로 지켜본다. 소미의 눈길은 추위 때문인지 마음 때문인지 모를 떨림을 담아 멀어지는 경수의 승합차를 쫓고 있다. 마치 어둠 속에서 그 눈길을 느끼기라도 한 듯 경수는 룸미러를 통해 멀어지는 산장을 본다. 창가에 서서 자신을 보고 있는 소미의 그림자를 본다. 두 사람은 눈에 보이지 않는데도 그렇게 느낌만으로 서로 미소를 나눈다. 경수의 승합차가 완전히 사라지고 난 뒤 소미는 꺼두었던 휴대폰을 켠다. 원철과 함께 찍은 웨딩사진이 선명하게 드러난다. 사진 속 원철의 얼굴을 보고 있자니 마음이 복잡해진다. 원철에게 전화를 걸었다가 신호가 떨어지기 전에 끊어버린다. 그러고는 젖은 채로 가만히 앉아 창가를 때리는 빗소리를 듣는다. 그 빗소리에 질타받는 듯한 기분을 느끼며 소미는 떨리는 제 몸을 스스로 안아 붙잡는다.

D-day 4

　지난밤, 원철은 유난히 많은 손님을 상대하느라 평소보다 이른 시간에 잠들었다. 아침이 되어서야 소미에게서 걸려온 전화를 확인했다. 미안한 마음에 바로 전화를 걸어보지만, 무슨 일인지 이번에는 소미의 전화가 꺼져 있다. 원철은 미묘한 불안을 느꼈지만, 특유의 차분함으로 별일 아니리라 마음을 놓는다. 그러고는 식자재 고르는 일에 집중한다. 원철은 많은 재료들을 배달시키지 않고 되도록 재래시장을 찾아 직접 비교해본 후 고르는 일로 하루 일과를 시작했다. 신중하게 재료를 고르는 원철 옆에 딱 붙어서 눈을 반짝이며 메모까지 하는 그녀, 비카다. 원철은 비카에게 재료에 대해 친절하게 설명해주고, 비카는 원철에게 러시아에서는 어떻게 요리하는지 말해준다.

　이 둘의 모습이 누군가의 시선에 담긴다. 그 시선 속에서는 원철을 향한 비카의 표정에서 애정이 뚝뚝 흐르는 것처럼 보인다. 너무 집중해서 본 나머지, 아지랑이가 피듯 초점이 흔들린다. 시선의 주인공은 건호다. 질투심에 사로잡혀 남몰래 그녀를 미행중이다. 차라리 솔직하게 물어보면 좋을 것을, 건호는 남자다운 외모와 달리 참 소심하고 조심스러웠다. 그리고 아무렇지 않게 사실에 대해 물어보기엔 건호가 비카를 너무 사랑했다. 용감한 남자가 미녀를 얻는다지만, 그 미녀를 지키려다 보면 있던 용기도 사라지고 만다. 상대의 진심이 흔들리는 것 같을 때 특히 그랬다. 비카의 호감 어린 시선을 받는 저 남자, 자신과는 비교할 수 없을 정도로 멋진 남자다.

건호는 초조하다. 이때, 레스토랑 종업원이 양손 가득 식재료를 든 채로 건호에게 인사한다. 여긴 어쩐 일이냐고 묻는 직원에게 화분을 배달하러 왔다는 뻔한 거짓말로 둘러대고는 원철에 대해 묻는다. 종업원의 대답에 건호는 안심한다. 바로 원철이 주말에 결혼한다는 사실을 말해준 것이다. 괜한 오해에서 벗어난 듯 그제야 외모에 어울리는 호탕한 웃음으로 돌아선다. 익숙한 목소리가 들린 듯 비카가 주변을 돌아본다. 그러나 바삐 오가는 사람들 틈에 끼어 있는 건호는 보이지 않는다. 비카의 분주함과는 상관없이 원철은 재료 고르기에 집중할 뿐이다. 빨갛게 잘 익은 토마토를 보며 소미를 떠올린다. 화려한 맛과 매력 대신 상큼하고 편안한 매력을 가진 소미는 딱 토마토 같았다. 그때 비카가 묻는다. 건호는 된장찌개를 가장 좋아하는데, 사장님의 애인은 뭘 가장 좋아하느냐고. 원철은 소미 역시 된장찌개를 좋아한다고 대답한다. 그러고 보니, 그동안 수많은 사람들을 위해 요리했지만 정작 소미를 위해 요리한 건 너무 오래전 일이라는 걸 깨닫고 미안해진다.

국제네일아트 경연대회를 알리는 거대한 현수막이 건물 외벽에서 휘날리고 있다. 지난밤, 잠을 설치고 대회에 늦을 뻔했다. 여기 온 진짜 목적이었음에도 하마터면 출전도 못 할 뻔했다. 영문을 모른 채 소미 뒤를 따르다 눈앞에 펼쳐진 풍경을 본 경수는 놀란다. 소미는 그런 경수를 그대로 잡아끌더니, 접수처에서 접수증을 확인받는다. 종목별로 데스크가 쭉 늘어서 있는 실내 경연장은 규모가 꽤 크다. 그 수많은 경쟁자들 틈에서 소미는 차분히 앉아 자신의 세트를 차례로 꺼내놓으며 준비한다. 경수는 객석에서 소미를 응원하고 있다. 심사위원의 사인과 함께 경연은 시작되고, 소미는 칠 년의 실력과 마음을 담아 최선을 다한다. 그 모습을 지켜보던 경수는 빙그레 웃더니 자신의 드로잉북을 꺼내 소미의 모습을 스케치한다.

최선을 다했다. 이제 후회는 없다. 그렇게 스스로의 마음을 다독여보지만, 소용없다. 상을 받고 싶었고, 그러면 원철 앞에서 자신의 가치도 동등해지지 않을까 생각했다. 그녀는 자신의 욕심이 현실이 되기를 바란다. 그러나 현실은 그녀에게 꿈은 꿈일 뿐이라고 다시 한번 냉혹하게 말해준다. 그녀는 최고의 실력을 발휘했지만, 원철처럼 일등을 하지는 못했다.

대회에 기운과 마음을 빼앗기고 나자 허기가 찾아온다. 비행 시간이 넉넉한 것을 확인한 경수는 풀이 죽은 소미를 위해 제주도에서의 마지막 만찬을 선물하겠다고 나섰다. 소미가 내내 원했던 정갈한 횟집으로 안내했다.

꾸물거리며 어둡던 하늘에서 어느새 또 비가 내리고 있었다. 상심에 빠져 소주잔을 드는 소미의 손길이 잦아졌고 빠르게 취해갔다. 소미가 취해가는 동안, 경수는 술을 마시지 않았다. 다시 공항으로 태워다주려면 술의 유혹이 아무리 강해도 참아야 하니까. 소미는 몽롱하게 흔들리는 눈빛으로 빈 소주잔을 내려놓는다. 경수는 자연스럽게 소미의 잔을 채워준다.

"아…… 일등 했어야 하는데……"

소미의 말투에 취기가 잔뜩 묻어 있다.

"참가에 의의를 둔다더니?"

"맘이 그렇잖아요, 맘이. 몰래 왔으니까 상을 받아야지."

"왜 몰래예요?"

"싫어하니까요."

"누군데요?"

"그러는 너는 누군데요?"

소미는 경수의 진짜 정체가 궁금하다. 경수가 대답하려는 찰나, 옆 테이블의 여자 손님이 경수에게 사인을 부탁해온다. 한 명이 용기를 내자, 눈치를 보던 손님들이 하나둘 몰려들어 인증 사진도 찍고 사인도 받으며 좋아한다. 소미는 그 광경이 의아하기만 하다. 소란스러운 사람들이 돌아가자, 소미가 여전히 경수에 대한 의문으로 되묻는다.

"거봐. 수상하다니까? 너 정체가 뭐세요?"

"진짜 모르는 거예요?"

"말을 안 하는데 알 수가 있나?"

"〈삼다의 연인〉 본다면서요."

"완전 좋아하죠. 실시간 업데이트 알림도 받아서 즉시즉시 본다구요."

"만화만 보고 작가 사진은 안 보나보네?"

그제야 경수의 얼굴을 자세히 뜯어본다. 바투 다가가 대놓고 본다. 경수는 웹툰에 올라와 있는 프로필 사진을 찾아 보여준다. 그 사진과 현실의 경수의 얼굴을 비교해서 본 소미는 똑같다며 좋아한다. 그러고 보니 작가 프로필에서 제주도에서 잡다한 일을 하며 글을 쓴다고 말했던 걸 기억한다.

"좋아, 그럼 작가님, 인터뷰 들어갑니다. 주인공들 결혼해요?"

"스포일러 안 되지."

"그냥 찢어!"

"왜?"

"너무 오래 사귀었어."

"그렇다고 깨?"

"이런 거야, 이런 거. 설레고 두근대다가 갑자기 편해지는 거야. 아무렇지도 않게. 근데 오래 만났으니까 당연하게 결혼? 어휴, 재미없어, 정말."

"익숙해지는 게 나쁜 건 아니잖아."

"너 왜 갑자기 말 놓냐? 술도 안 마신 게 취했냐?"

"그러니까, 결혼이 연애의 끝은 아니잖아요. 또다른 연애의 시작이지."

"야, 내가 볼 때 넌 연애 오래 못 해봤어. 그래서 모르는 거야. 걔네들 몇 년? 오 년? 살아보라 그래. 막 그렇게 그럴 거 같아?"

"생각해볼게요."

"난요, 아직 철이 없어서 그런지는 몰라도…… 결혼이 사랑이면 좋겠어. 내 꿈, 내 인생도 포기할 만큼…… 사랑이면 좋겠다구요."

그 한마디를 던진 소미는 취기를 이기지 못해 쓰러진다. 비행기는 타야 할 텐데 몸도 못 가누는 소미가 걱정스럽다. 소미는 잠결인 듯 투정을 부린다.

"비행기 안 타. 무서워……"

잠든 소미를 태운 채 경수는 운전을 한다. 달리는 차창을 때리는 빗줄기가 심상치 않아 경수는 공항으로 전화를 걸어본다. 계속 통화중이다. 다른 사람들도 모두 같은 마음으로 결항에 대해 문의하는 모양이다. 그런데 소미만이 태평하다. 그녀는 이런 상황을 전혀 눈치채지 못한 채 세상모르고 잠들어 있다. 그런 소미를 깨워야겠다는 생각에 잠시 망설이다 차창을 내린다. 살짝 열린 창틈으로 상당한 비바람이 들이치며 소미의 얼굴을 적신다. 갑작스럽게 봉변을 당한 소미가 놀라서 깬다. 이를 본 경수가 아무렇지 않게 차창을 올린다. 경수의 꼼수를 알아차리지 못한 듯 소미가 허둥댄다.

"뭐야, 어디야?"

"비행기 타러 가잖아요. 근데 공항까지 갈 수나 있을지 모르겠네."

소미는 그제야 창밖을 살펴본다. 상황이 보통 심각한 게 아니다.

"걱정 마요. 오늘 못 뜨면 내일 새벽에라도 구조할 테니까."

"어, 안 되는데, 오늘 꼭 가야 되는데……"

소미는 걱정으로 가득한 얼굴이 된다. 경수는 그런 소미의 걱정을 덜어주기 위해 농담을 건넨다.

"그렇게 걱정되는 사람이 코까지 골면서 자요?"

"개뻥!"

얼굴을 붉히며 소미가 소리쳤다. 그런 소미가 재미있다는 듯 경수는 코고는 흉내까지 내며 놀려댄다. 소미는 부끄러운 듯 경수를 말린다. 그런 두 사람의 모습이 편안한 수채화처럼 차창에 반사된다.

결국 소미는 제주도에 발이 묶였다. 더구나 갑자기 몰아닥친 태풍에 숙소 잡는 것 역시 여의치 않았다. 소미는 어쩔 수 없이 경수를 따라 그의 집으로 갈 수밖에 달리 대안이 없었다. 태풍의 거센 바람 속에 날아가려는 우산을 간신히 맞잡고 휘청거리면서 돌담을 따라 걷는다. 두 사람은 어깨를 딱 붙인 채 나란히 걸어 집 안으로 들어간다. 처마 밑에서 두 사람은 홀딱 젖은 서로를 보며 어색해한다. 경수는 추위에 떨고 있는 소미를 위해 서둘러 현관 등을 켜고 문을 열면서 이야기한다.

"미안해요. 휴가철도 아닌데 숙소들이…… 다 일부러 그런 거 알죠?"

분위기를 바꿔보려 경수가 농담을 던진다.

"그니까요, 태풍까지 부르고 너무하시네."

소미가 그의 농담에 장단을 맞춘다.

"집에 일단 연락부터 하고 들어가 있어요."

경수는 안에서 가져온 수건을 소미에게 건넨다. 그러고는 폭우 때문에 무너진 돌담을 보수하기 위해 서둘러 달려나간다. 낯선 집 안에 홀로 남겨진 소미는 여러모로 한심한 몰골의 자신을 향해 얕은 한숨을 내쉰다. 수건으로 대충 몸을 닦아내며 원철에게 전화를 걸기 위해 전화를 보지만 언제부터 그랬는지 꺼져 있다. 경연중 방해받지 않기 위해 꺼둔 채로 아직까지 켜지 않았던 것이다. 전원을 켜자마자 캐치콜 알림이 도착한다. 덜컹하는 마음으로 소미는 원철에게 전화를 건다. 짧은 신호음 끝에 원철의 목소리가 들려온다. 그의 목소리가 평소보다 무겁게 들린다.

"집이야?"

"아니, 아직 가게."

"왜 아직 가게야?"

"너야말로 왜 아직 안 오고 전화야……"

"미안해…… 나…… 제주도야 아직."

원철은 홀로 가게에 앉아 무뚝뚝한 표정으로 변명을 늘어놓는 소미의 목소리를 듣고만 있다. 미안하다고 말하는 목소리에서 진심이 느껴진다. 그런데 왠지 모르게 화가 난다. 속 좁게 화를 내는 남자가 되고 싶진 않은데, 날씨 때문이라고는 하지만 어쨌든 상황을 이렇게 만든 소미에게 화가 난다.

"그러게 대체 거길 왜 간 거야."

"미안해……"

'미안해'는 가끔 마지막인 것처럼 들릴 때가 있다. 상대가 그 말을 하고 나면, 마음에 들지 않는 상황을 복기하며 계속 화를 내거나 용서하거나 둘 중 하나로 결론을 내려야 한다. 그러나 화가 난 사람의 마음은 특별한 계기가 없으면 쉽게 풀어지지 않는다. 더구나 오늘 밤 원철의 마음은 더 그랬다. 결국 소미는 원철의 마음을 풀어주지 못한 채 전화를 끊었다. 통화를 끝낸 원철의 시선에 레스토랑 안 풍경이 담긴다. 소미가 좋아하던 〈삼다의 연인〉 속 프러포즈 장면을 한껏 연출해놓았다. 테이블에는 소미에게 줄 다이아몬드 반지가 케이스에 들어 있다. 원철은 실망한 낯빛으로 그 케이스를 닫아버린다.

소미는 미안하고도 답답한 마음을 품은 채 창밖에서 쏟아지는 폭우를 원망스레 바라본다. 그리고 그 폭우 속에서 돌담을 보수하느라 분주한 경수를 본다. 혼자서는 힘겨워 보인다. 소미는 망설이며 바라보고만 있다. 그러다 결국 비에 미끄러져 애쓴 보람을 단숨에 잃어버리는 경수의 모습에 비옷을 챙겨 입고 나간다.

소미에 대한 불안함과 미움을 달래기 위한 방편으로 원철은 격투 게임에 몰두한다. 진중하고 어른스러운 그였지만, 상대 캐릭터를 굳이 소미를 닮은 여자 캐릭터로 정하고 신명나게 격투할 때만큼은 참 어려 보인다. 하지만 그의 펀치에는 많은 마음이 담겨 있는 듯 절실함이 묻어난다. 마지막 펀치를 신나게 휘둘렀지만, 스스로의 감정을 제어하는 일에 실패한 원철은 가장 약체인 여자 캐릭터에게 K.O패를 당하고 침대에 쓰러지듯 눕는다. 고개를 돌리면 늘 함께 있던 소미의 자리가 텅 비어 있다. 원철은 소미가 늘 하던 것처럼 제 몸을 굴려 빈자리를 채운다. 그렇게 멍하니 누워 창밖으로 시선을 던진다. 서울의 밤하늘은 간간이 구름이 흘러갈 뿐, 달빛이 선명할 정도로 맑다. 너무 멀쩡한 그 하늘을 보는 원철의 눈에 속상함이 담긴다.

제주도의 하늘은 여전히 비를 퍼붓기 바쁘다. 그 폭우 속에서 경수와 소미는 돌담 보수를 간신히 마무리짓는다. 서툰 손길이었지만, 소미의 도움이 있었기에 생각보다 빨리 끝낼 수 있었다. 두 사람은 비옷을 입고 있었지만 이리저리 무질서하고 무자비하게 쏟아지는 비 때문에 온몸이 젖었다. 경수는 소미에게 고맙기도 했지만, 괜한 고생을 시킨 것만 같아 미안했다. 젖은 옷을 갈아입고 나온 소미를 미안한 눈길로 보던 경수의 눈이 걱정으로 커진다. 소미의 손과 손톱이 엉망이 되어 있다. 경수의

시선을 느낀 소미는 젖은 몸을 닦으며 걱정 말라는 듯 경수가
하던 것처럼 농담을 던진다.

"집주인이 눈치를 주니까, 눈치껏 행동했는데…… 내 몸은 눈
치가 없어서요."

그러나 경수는 이번만은 장난으로 넘기지 않는다. 젖은 옷을
갈아입는 것도 미뤄둔 채 서둘러 구급상사를 챙겨와 소미의 손
부터 치료해준다. 상처는 치료했지만, 소미가 정성들여 해놓은
네일이 엉망이 된 걸 보니 더 미안하다. 경수의 젖은 옷깃에서
물이 뚝뚝 떨어지고 있다. 소미는 손톱은 다시 그리면 되지만,
젖은 옷을 입고 있다가 감기에 걸려 옮기기라도 하면 병원에
가야 하니 얼른 옷부터 갈아입으라고 핀잔을 준다.

바삭하게 마른 옷으로 갈아입고 다시 마주한다. 소미는 경수
가 계속 자신의 손톱에 마음을 쓰는 게 싫어서 손톱을 다듬기
위해 도구를 꺼낸다. 옆에서 이를 보던 경수가 자기도 한번 해
보면 안 되겠느냐며 호기심 어린 눈빛을 빛낸다. 소미는 자신의
일에 관심을 보이는 그의 마음이 싫지 않다. 아니, 사실은 꽤 마
음에 든다. 소미는 말없이 자신의 도구를 경수 쪽으로 밀어준
다. 그리고 척 경수 앞으로 손을 내민다.

"쉽게 보지 마요. 어려워."

"이래 봬도 그림은 좀 그릴 줄 아니까."

“네일아트는 그림보다 더 중요한 게 있어요.”

“뭔데요?”

“마음. 상대를 잘 읽어야 해요. 얘기도 잘 들어주고…… 지금 현재 가장 원하는 걸 본인보다 더 잘 알아서 해줘야 한다고 할까…… 가끔 어떤 걸 해야 할지 모르고 오는 사람들도 있고, 뭐라고뭐라고 열심히 설명을 하지만 정작 원하는 건 다른 거인 사람들도 있거든요. 그럴 땐 감으로 그 사람이 진짜 원하는 걸 알아야 해요. 기본 케어를 해주면서 그 사람을 파악하고 원하는 걸 해주는 거죠.”

“원하는 대로 해주는 게 제일이지 않나?”

“그러니까 그걸 잘 모르는 사람들도 있다니까.”

“소미씨는 어때요?”

“나는…… 지금 나는…… 어떨 거 같은데요?”

“그건 모르겠고, 해주고 싶은 건 있는데?”

“뭔데요?”

“들어줄게요. 해봐요.”

“무슨 소리예요?”

“하고 싶은 얘기 있는 거 같거든.”

말은 그렇게 근사하게 해놓고도, 고작 색깔도 없는 베이스코트를 바르면서 벌벌 손을 떤다. 자신의 손톱에 집중하고 있는 경수를 내려다보는 소미의 시선이 따스하다.

"나, 화가가 되고 싶었어요."

"나도 그런 적 있어, 어릴 때. 그림 그리는 건 무조건 화가인 줄 알았을 때."

"근데 돈 버는 화가가 될 만큼 투자할 돈이 없었거든요. 그래서 대신 내 도화지를 사람의 손톱으로 옮겼어요. 돈이…… 되더라구요."

"그치…… 만화도 돈이 돼."

"근데 이제 다시 내 꿈을 찾으래. 그래도 된대. 화가가 되도 된대. 근데 중요한 건, 그걸 바라던 소미는 이제 없다는 거야."

"그럼 지금 소미씨는 뭘 원하는데요?"

"나? 나는…… 그러니까 나는…… 그냥 사랑이요."

경수가 가만히 소미를 본다. 소미의 귓가에서 울리는 심장이 위험을 알리는 신호를 보내온다. 쿵쿵, 속도가 계속 빨라지며 그 소리에 정신이 아득해질 지경이다. 너무 위험하다. 지금 이 순간, 피해야만 한다. 그러나 무엇에 홀리기라도 한 듯 제 의지로는 피할 수가 없다. 꼼짝할 수 없는 만큼 심장은 간질거리고 귓가의 솜털은 가닥가닥 일어서며 가늘게 하늘거린다. 그때다. 경수가 조심스럽게 다가와 소미의 입술에 부드럽게 입을 맞춘다. 소미의 이성이 거절해야 한다고 강력하게 주장한다. 하지만 감성에 마비된 몸은 자기도 모르게 눈을 감는다. 그러고는 도톰하고 보드라운 경수의 입술을 살짝 깨문다. 키스는 걷잡을 수 없이 진해져간다. 창을 두드리는 빗소리 이외에는 아무런 소리도 들리지 않는다. 두 사람은 숨쉬는 것조차 잊은 듯 키스에 몰두하다가 마침내 깊은 숨을 몰아 내쉰다. 마치 그것이 신호라도 되는 듯, 두 사람의 몸의 언어는 다급하고 애절하게 가팔라간다. 곧 서로의 옷을 벗기려 서두르는 손길에는 미처 꾸미지 못한 거친 진심이 고스란히 드러난다. 빗소리가 두 사람을 세상에서 고립시키며 둘만의 시간 속으로 그렇게 깊이깊이 간절하게 빨려들어가게 한다. 위험하고도 불온한 신음들이 폭풍우에 지워지며, 그녀의 마지막 남은 이성의 한 조각마저도 쓸어가버린다.

D-day까지 마지막 이틀,
모두가 카오스에 빠지다

D-day 3

이른 초겨울이 급히 오는 것이 두려워 지난가을이 되돌아온 듯 눈이 시리도록 하늘이 새파랗다. 마치 지난밤의 폭풍우가 지독한 거짓말인 듯 구름 한 점 없이 청명하다. 처마 끝에서 간간이 떨어지는 물방울만이 간밤의 비를 기억한다. 지난밤 경수와 소미, 두 사람의 깊은 그 순간을 기억한다.

햇살이 창문을 반짝반짝 두드린다. 햇살의 노크를 받으며 소미가 벗은 어깨를 드러낸 채 잠들어 있다. 자신의 감은 눈을 노크하는 햇살 때문에 잠에서 깬다. 눈앞에 펼쳐진 낯선 광경의 의미를 알아차리곤 벌떡 일어나 앉는다. 옆자리에는 아무도 없다. 다행이다. 소미는 이불로 감싼 제 몸을 들여다보며 인상을 쓴다. 속옷부터 챙기려는데, 덜커덩 문이 열린다. 경수가 아침밥을 준비해서 들어온다. 너무 놀란 소미는 이불로 목 끝까지

돌돌 말고는 눈만 껌벅이며 경수를 본다. 경수는 그런 소미의 수줍음이 귀엽다.

"땡! 하던 거 계속해요."

경수의 싱거운 농담에 마법이 풀리듯 긴장을 늦춘다. 조심스럽게 옷을 챙겨입는다. 경수는 시선을 돌려, 소미가 편하게 옷을 입도록 배려한다.

"표 확보했으니까, 빨리 먹고 공항으로 가요."

"저기 경수씨……"

경수는 간밤의 일을 실수로 치부해버릴 것을 소미가 두려워하리라 예상한다. 그녀는 상처받지 않기 위해 먼저 도망가버릴지도 모른다. 그녀가 말을 채 끝맺기 전에 자신이 먼저 손을 내밀기로 마음먹는다.

"이번 주말에 서울 올라가는데…… 만나요, 우리……"

소미는 그의 말에 마음이 아프다. 그에게 진실을, 자신의 상황에 대해 말해야 한다. 그녀의 이성이 그렇게 강력히 주장한다. 그러나 이번에도 역시 감성의 노예가 된 그녀의 신체는 이성을 무시한다. 그녀의 입은 소리내지 않는다. 경수는 애틋한 눈빛이 담긴 그녀의 침묵을 긍정으로 받아들이고 만다. 그 눈빛에 담긴 진실은 거절해야만 한다는 애절함이라는 걸 조금도 의심하지 않은 채, 경수는 마냥 설렌다.

공항으로 오는 동안 소미는 내내 말이 없다. 경수가 운전하는 차는 끝내 공항으로 진입했고, 마침내 게이트 앞 주차장에 멈춰 선다. 소미를 배웅하기 위해 벨트를 풀고 내리려는데 소미가 그의 손을 가만히 잡더니 그를 눈빛으로 제지한다. 그러고는 서걱하게 마른 목소리를 낸다.

"경수씨…… 우리 주말에…… 못 만나요."

"그럼 평일에?"

소미는 대답 대신 침묵을 선택한다. 그러자 경수는 소미의 침묵에 기다림으로 답한다. 잠시 후, 결심한 소미가 망설이던 입술을 연다.

"결혼…… 해요, 나…… 주말에……"

소미는 마침내 고백한다. 경수는 그녀의 폭탄 발언에 할 말을 잃는다. 그저 충격으로 멍할 뿐이다.

"미안…… 해요……"

미안하다는 말은 이렇게 종종 마지막을 의미한다. 경수는 그녀에게서 미안하다는 말을 들었다는 걸 믿을 수 없다. 어느새 소미 역시 자신이 그랬던 것처럼 농담이라고 분위기를 풀어줄 거라고 기대한다. 그러면 이번엔 지독하게 짓궂은 농담이었다고 핀잔을 날려야지 생각한다. 그러나 소미는 그의 기대를 무참히 외면한다. 그녀는 벨트를 풀고 차에서 내린다. 어떤 말보다 강하게 행동으로 조용히 대답한 것이다. 경수는 말할 수 없는 충격으로 미동도 할 수 없다. 소미는 혼자 힘으로 차에서 짐을 내려 게이트로 들어가려다 마지막일 수도 있다는 생각에 진심을 고백한다.

"하룻밤 상대로 생각한 거 아니에요. 갖고 논 것도 아니구요. 거짓말 말고 진짜 내일 보려고 했는데…… 용기 내보려 했는데…… 꿈은 깨기 마련이라는 걸, 그게 현실이라는 걸…… 꿈꾸는 내일이 아니라 살아가야 하는 현실엔 거짓이 필요하다는 걸 결국 깨닫고 말았어요."

경수의 마음은 차갑게 얼고, 이성은 차분하게 움직인다. 그는 소미의 말을 들은 듯 못 들은 듯 그저 문을 닫고 차를 출발시킨다. 눈에서 멀어지는 경수의 차를 보며, 소미는 발걸음이 차마 떨어지지 않는다. 그러나 탑승 수속 예비 방송이 들려오자, 짧은 한숨으로 제주도 여행을 정리하고 게이트 안으로 발걸음을 옮긴다.

한 시간 후, 짧지만 마음으로는 길었던 비행을 끝낸 소미가 김포공항에 도착했다. 그러나 소미는 자신이 돌아가야 할 마음의 길을 잃은 채, 공항 의자에 앉아 한 시간을 흘려보냈다. 그사이 원철에게서 몇 통의 전화와 문자가 왔지만, 경수에게선 아무런 연락이 없다. 당연했다. 그러나 소미는 쉽사리 발걸음을 옮

기지 못하고 있었다. 그녀의 발걸음을 움직인 건, 선옥이 보내
준 인터뷰 기사였다. 자신과의 결혼에 대해 확신에 찬 대답을
이어가는 원철의 이야기. 자신이 무심코 던졌던 프러포즈는 비
밀로 감춰둔 채 진짜 프러포즈를 계획중이라는 고백. 이탈리아
요리를 좋아하지만 먹고 나면 늘 배앓이를 하고, 새침한 외모와
달리 세상 어느 음식보다 구수한 된장을 사랑하는 소미를 위해
시작한 요리가 원철의 퓨전 요리의 시작이라는 사연. 그렇게 원
철의 삶 속에 소미는 공기처럼 존재하고 있고, 소중한 대접을
받고 있다. 소미 자신도 마찬가지였다. 소미의 시작엔 늘 원철
이 함께였고, 끝도 원철이 함께여야 맞다. 원철의 말처럼 사랑
에 있어 중요한 건 설렘 이상의 책임과 의리다. 인터뷰의 마침
표를 본 후, 종이를 접듯 경수를 향해 흔들렸던 설렘을 반듯하
게 접었다. 그리고 함께 쌓았던 추억의 계단을 밟으며 원철에게
로 돌아가는 길을 선택했다. 소미는 원철에게 전화를 걸어 지금
돌아가는 길이라고 말을 전한다.

　공기부터 익숙하다. 작은 골목을 꺾어들어가면, 주택가에 자
리한 원철의 레스토랑 '어울림'이 보인다. 브레이크 타임인데
가게 내부가 소란스럽다. 가장 먼저 소미의 눈에 들어온 건, 원
철의 환한 미소였다. 원철이 새로운 요리를 완성하고 소미에게
처음으로 선보일 때 자주 짓는 그 미소였다. 그런데 지금 원철

의 눈앞에서 원철의 요리를 맛보고 있는 건 소미가 아니라 비카다. 소미의 심장이 빠르게 뛰기 시작한다. 그런데 소미는 그런 감정이 혼란스럽다. 방금 자신은 애인인 원철이 낯선 여자, 그것도 상당한 미모의 여자를 마주 보며 즐거워하는 걸 목격했다. 그걸 보고 화가 나기는커녕 가장 먼저 한 생각이 '다행이다'라니. 그러곤 두 사람의 키스를 기대하는 자신을 발견했다. 그 키스를 보게 된다면, 자신이 저지른 잘못을 스스로 용서할 수 있을 것 같았기 때문이다. 그렇게 불순한 마음으로 도착했음을 원철에게 알리지 않은 소미는 멀리서 바라보며 기다리고 있었다. 그때였다. 소미처럼 둘을 바라보기만 하던 불온한 시선 하나가 폭주한 것이다. 원철과 비카의 관계를 심각하게 오해해온 건호다. 건호에게는 비밀로 한 채 요리 수업을 받으러 온 비카의 뒤를 밟은 그는 몰래 지켜보고 있다가 다정한 원철과 비카의 분위기를 더는 참지 못해 난입했다. 화가 많이 난 건호는 자신을 위해 요리를 연습중이었던 비카의 진심은 상상도 하지 못한 채 난감한 오해들만 퍼부어댔다. 원철은 뭔가 오해가 있는 듯하다며 차근히 설명해주려고 나섰지만, 건호는 듣지 않았다. 멍청하고 늙은 자신과는 위장 결혼을 해서 비자를 받고, 진짜 사랑은 근사한 원철과 하는 것이냐며 억지 논리를 폈다. 그럴 거면 처음부터 저놈 발목을 잡을 일이지 왜 자신을 희생양으로 삼느냐 소리치기까지 했다. 비카는 자신의 진심을 오해한 건호에게 크게 실망했고, 창피하다고 소리쳤다. 비카가 획 나가버리자 화를 내던 건호가 동동거리며 그 뒤를 따랐다. 원철은 중간에 버려진 재료들을 아깝다는 듯 바라봤다.

소미는 그 자리에 그대로 있었다. 건호가 난입해서 폭언을 터뜨리던 그때, 입구 기둥 뒤에 몸을 숨겼다. 그리고 가만히 서서 밖으로 고스란히 들려오는 그들의 다툼을 훔쳐 들었다. 건호는 끝내 오해하고 뛰쳐나갔지만, 소미는 알았다. 원철과 비카 사이에는 아무것도 없었음을. 그저 외간 남자, 외간 여자에 대한 친절이 있을 뿐이었다. 굳이 의심한다면 그 친절을 외간 남자와 외간 여자가 아닌 자신들의 애인에게 받기를 기대하며 공감을 나눴다는 거다. 그동안 변한 건 원철이라 생각했었다. 그런데 실제로 변한 건 자신이었다. 변함없는 원철을 두고, 자신의 못난 죄책감을 덜고자 원철의 일탈을 기대한 자신에게 소미는 실망했다. 지난밤의 잘못보다 좀 전에 했던 생각이 훨씬 혐오스럽게 느껴졌다. 소미는 이대로는 도저히 원철 앞에 나설 용기가 생기지 않아, 말없이 그대로 돌아섰다. 주방을 정리하던 원철은 전화를 확인하고는 여전히 소미에게서 연락이 없다는 것에 실망했다. 전화를 하려다가 문자 한 통을 보낸다.

—어디? 아직이야?

기대하지 않았는데, 문자가 온다.

─집이야. 어제 비 맞아서, 감기가 올 거 같아. 병원 들렀다가 저녁에 갈게.

─같이 가줄까?

문자를 보내며, 원철은 이미 가게를 나선다. 그런 원철의 눈에 캐리어를 끌고 멀어져가는 소미의 뒷모습이 들어온다. 그녀에게 뛰어가려는 찰나, 문자가 도착한다.

─아니. 오지 마.

뛰어가려던 원철의 발이 바닥에 붙잡힌다. 소미가 다시 문자를 보내온다.

─곧 디너타임이잖아. 걱정 마. 바쁜 오빠한테 감기 옮기기 싫어서 미리 예방하려고 병원 가는 거야. 이따 봐, 오빠.

원철은 긴 답장을 하려다 그만둔다. 대신 짤막한 답을 보낸다.

─웰컴홈, 쏨!

─^^

그사이 소미의 모습은 골목을 돌아 사라졌다.

선옥의 인터뷰 덕분에 손님이 훨씬 많아졌다. 정신없이 디너타임 서비스를 끝내고 나자, 원철은 녹초가 됐다. 뒷정리를 종업원들에게 맡기고 집으로 간다. 집 안에서 익숙한 향기가 새어나오고 있다. 소미가 좋아하는 허브 입욕제다. 반가운 마음에 문을 열고 들어간 원철은 소미를 찾는다. 소미는 욕조에 몸을 담그고 있다. 원철이 알고 있던 소미다. 그녀가 원철이 잘 알고 있는 미소로 반긴다.

"감기는?"

"괜찮대, 이렇게 목욕하면."

"그래, 그럼 하고 나와."

원철이 욕실 문을 닫아주고 나가려는데, 소미가 부른다.

"오빠."

목소리에 애달픈 어리광이 묻어 있다. 원철이 따스하게 웃으며 돌아본다.

"왜?"

"같이 할래?"

"너 아프다며, 오늘은 쉬어."

원철이 나가려는데, 욕조에서 빠져나온 소미가 원철을 뒤에서 껴안는다. 소미의 몸을 적시고 있던 물기에 원철의 옷도 함께 젖어간다. 원철이 돌아서서 소미와 눈을 맞추자, 소미가 원철에게 키스한다.

"지금 너무 하고 싶어. 나 좀 안아줘, 오빠."

"이러니까 감기 걸리지."

"오빠, 응?"

"그렇게 보고 싶었어?"

고개를 끄덕이곤 다시 한번 원철에게 촉촉한 키스를 퍼붓는다. 원철이 옷을 서둘러 벗더니, 소미를 안고 함께 욕조로 들어간다. 소미에게 간지럼을 태운다. 소미는 까르르 넘어가지만 그 웃음 끝에 자기도 모르게 눈물이 고인다. 눈물을 모른 척하며 거품으로 닦아낸다. 원철은 사랑스러운 손길로 소미를 부드럽게 위로한다. 소미의 몸과 마음이 원철을 향해 녹아간다. 두 사람은 그렇게 둘만의 익숙한 그곳으로 향해 간다. 그 어느 때보다 애틋한 두 사람의 사랑이 서로에게 전해진다.

소미는 원철의 침대에서 그의 품에 안겨 있다가 가만히 눈을 뜬다. 좀처럼 잠을 이루지 못하고 있다. 원철이 깨지 않게 조심하며 살며시 일어나 베란다로 나간다. 이성을 깨우는 차가운 초겨울 바람 속에 서 있다. 살짝 열린 문틈으로 차가운 바람이 새어 들어오는 걸 느끼며, 원철이 조용히 눈을 뜬다. 베란다에 홀로 서서 바람을 맞고 있는 소미의 뒷모습을 물끄러미 본다. 그 눈빛이 깊다. 고작 사흘. 그동안 함께한 칠 년의 틈새로 무언가이 차디찬 겨울바람을 새어들어오게 했음을 직감한다. 그의 얼굴 위로 달빛이 창백하게 비친다.

늘 같은 시각에 맞춰놓은 알람이 어김없이 울린다. 원철은 언제나처럼 그 알람 소리에 잠에서 깨고, 변함없는 아침을 맞이한다. 그의 옆자리에는 곤히 잠들어 있는 소미가 있다. 쌕쌕 숨소리를 따라 그녀의 작은 등이 나지막하게 오르락내리락 규칙적으로 움직인다. 지난밤의 불안을 잊은 듯 편안해 보인다. 그는 이 사소한 익숙함에 안도하며, 그녀가 깨지 않도록 조심스레 침대를 빠져나온다.

'결혼전야, 어울림은 잠시 쉬어가겠습니다'라는 팻말이 걸린 레스토랑 입구가 낯설다. 개업 이후 정해진 휴일이 아니고서는 이렇듯 예고 없는 휴업은 단 한 번도 없었다. 꼭 닫힌 문 너머로 분주한 움직임이 느껴진다.

가게 문을 닫은 채, 원철은 여느 날보다 훨씬 더 집중하고 있다. 얼마 전부터 새롭게 도전중인 단팥 티라미수의 레서피 완성에 골몰하는 중이다. 티라미수는 단것을 즐기지 않는 원철이 유일하게 좋아하는 디저트였다. 그리고 소미는 달달하고 폭신한 팥 카스텔라를 특히 좋아했다. 그의 퓨전 요리의 시작이 이탈리아 요리사인 자신과 토속적 취향을 가진 소미의 만남이었듯, 그가 만든 퓨전 디저트의 답 역시 단것을 즐기지 않는 자신과 단것을 좋아하는 소미의 적절한 배합이라고 생각했다. 그렇게 만들게 된 것이 단팥 티라미수다. 양쪽 모두를 만족시킬 수 있는 적당한 균형, 그것을 찾기 위해 원철은 많은 실험을 거듭했고,

마침내 성공했다. 자신의 입에는 꼭 맞았다. 그런데 문득 불안이 엄습한다. 확신할 수가 없다. 자신의 입맛에 꼭 맞지만, 과연 소미에게도 그럴까? 사실 원철은 어제 오전까지만 해도, 이 레서피가 서로를 완벽하게 만족시켜줄 거라 확신했다. 소미가 돌아오면, 함께 맛보며 자축할 수 있으리라 기대했다. 그러나 어젯밤 제주도에서 돌아온 소미를 안고 난 후, 그 뜨거운 열기 속에서 혼란을 느꼈다.

지난밤 소미는 칠 년간 나란히 걸어온 그녀가 아니었다. 어제 그녀는 원철과 달리 균형을 원하지 않았다. 좀더 솔직하게 말하자면 그녀는 균형을 거부했다. 소미는 늘 사랑에 뜨거운 여자였고 모든 것을 연인을 위해 맞추는 그런 여자였다. 그러니 그녀에게 균형은 중요한 의미가 아니었다. 원철이 좋아하는 균형을 그녀 역시 맞추려 했을 뿐이다. 원철은 그 차이를 어제 처음으로 체감했다. 칠 년의 시간을 단 하룻밤이 낯설게 만들다니, 원철은 지난밤의 기억 때문에 아득해졌다.

완성된 단팥 티라미수를 보며, 주머니에 있던 작은 반지 케이스를 꺼낸다. 케이스 안에 다이아몬드 반지가 반짝이고 있다. 반지를 꺼내 티라미수 위에 조심스럽게 올려놓는다. 그의 손길이 떨려온다. 티라미수는 워낙 부드러워 아주 작은 자극만으로도 형태가 쉽게 망가지기에 더욱 조심한다. 반지가 케이크 위로 내려앉은 그 찰나, 덜컹덜컹 문을 당기는 소리가 들려온다. 유리문을 쾅쾅 두드리는 소리까지 들린다. 그 방해에 놀라 흔들린 원철의 손이 티라미수를 망가뜨린다.

나가보니 건호가 그를 다시 찾아와 문을 두드린 거였다. 눈밑으로 다크서클이 시커멓게 내려앉은데다 듬성듬성 무질서하게 자라난 수염이 지난밤을 얼마나 엉망으로 보냈는지 고스란히 보여준다. 거기에 허물처럼 벗어놓았다가 그대로 다시 주워입은 듯 구겨지고 먼지 묻은 옷이 그를 더욱 한심한 몰골로 만들고 있다. 원철은 문을 열고 오늘은 영업을 하지 않는다고 정중하게 설명한다. 그러나 건호는 험악한 얼굴로 다짜고짜 그에게 묻는다.

"어디 있어요?"

원철은 영문을 몰라 대답 없이 보고만 있다.

"우리 비카, 어디 있냐구……"

그제야 그가 누군지, 누구를 찾는지 깨닫는다.

"아, 그때도 말씀드리려고 했는데…… 오해를 하셨어요. 저는 그냥……"

"요리 선생님이시죠?"

"네."

"근데 우리 비카가 없어졌어요. 된장만 가득 끓여놓고 가버렸어요. 어디 있는지 선생님은 혹시 아시나 해서……"

"알면 그게 더 이상하지 않을까요?"

"그쵸…… 이상하죠. 그냥 답답해서……"

건호가 폐부 깊숙이 타고 올라온 한숨을 길게 뱉는다. 원철은
뭔지 알 것 같은 마음에 함께 한숨을 쉰다.

"여자들…… 참 힘들어요."

"네…… 어떻게 하면 좋죠?"

"글쎄요…… 어떻게 하면 좋을까요? 답 찾으면 제게도 좀 알
려주세요. 저도 지금 좀 그렇거든요."

"왜요?"

"뭐, 결혼전야라 그런 거 같아요. 칠 년이니까 괜찮을 거예
요."

"저흰 칠 개월도 안 됐어요. 아…… 진짜 어디로 간 걸까요?
갈 곳도 없는 앤데……"

"직장엔 가봤어요?"

"직장이요?"

"비카씨 애인이랑 문제 있다고 직장까지 나 몰라라 할 스타
일 아니잖아요?"

"네, 맞아요! 그럼 전 이만……"

건호가 순간 현기증을 느낀 듯 비틀거린다. 비카는 사라지기

전 마지막으로 된장찌개를 끓여놓고 사라졌다. '너 땜에 된장 냄새만 마탔다. 마지막 성물이다. 다 처먹어라!'라는 쪽지를 남겨둔 채. 건호는 그녀가 시키는 대로 정말 다 처먹었다. 마치 머슴들에게 퍼주던 고봉밥처럼 넘치는 양이었지만, 쌀 한 톨, 된장찌개의 콩 한쪽까지 남기지 않고 싹싹 다 비웠다. 속상한 마음으로 그 많은 양을 한꺼번에 삼켰더니 탈이 난 모양이었다. 건호의 상태를 보고, 원철은 바로 알아차린다.

"급체하신 거 같네요. 여기 잠깐만 계세요. 제가 약 드릴게요."

소미는 종종 그랬다. 스트레스를 받으면 종종 폭식한 뒤 급체를 해 힘들어했고, 원철은 그런 소미를 위한 약을 항상 준비해뒀다. 원철은 건호에게 약과 함께 매실청 셔벗을 내준다. 셔벗 역시 소미 때문에 만들어둔 것이다. 고마워하는 건호에게 원철은, 마음은 급하겠지만 약은 천천히 먹고 좀 괜찮아지면 가라고 말한다. 망가져버린 단팥 티라미수를 다시 만들어야겠다고 생각하면서.

그런데 또다른 방해자가 나타난다. 이번엔 대복이다. 그는 휴업 팻말을 보고 난처한 표정이더니, 유리문에 코를 박고 안을 들여다본다. 건호 때문에 열어둔 문이 대복의 무게에 밀려 열리자, 중심을 잃고 가게 안으로 쓰러져 들어오고 만다. 황당한 대복의 등장을 원철과 건호가 놀란 눈으로 바라보자, 대복이 벌떡

218

일어나 원철에게 애원한다.

"오늘 영업 안 해요? 안 돼요. 해야 돼요. 제발 해주세요, 네?"

"죄송하지만 오늘은 개인 사정이 있어서……"

"그럼 저분은 뭐예요?"

건호는 대복이 자신을 가리키며 말하자 머쓱해져 모른 척한다.

"곧 가실 거예요."

"그럼 저도 곧 갈 테니까, 저까지만 딱 봐주세요, 네?"

그의 강력한 애원에 원철은 난처해한다.

"저 여기서 이라씨 아버님, 아, 이라씨는 저랑 결혼할 그런, 암튼 근데 지금 약속시간 십 분 전이라 곧 오실 텐데, 약속 장소 변경하자고 말씀드릴 수가 없단 말입니다. 얼마나 무섭고 어려운 어른인데…… 근데 나 오늘 진짜 중요한 얘기, 막 해야 되거든요. 그러니까, 사장님 딱 한 번만 봐주세요, 네?"

대복의 눈빛 공격이 이어진다.

"요리는 못 해드려요."

"괜찮아요. 차만, 아, 아니 물만 주셔도 돼요."

"차는 만들어드릴게요."

"감사합니다!"

대복이 구십 도로 허리를 꺾으며 원철에게 고마움을 전한다.

원철은 자신의 복잡한 마음만큼이나 복잡한 사람들이라 생각하며, 홀에 두 사람을 남겨두고 주방으로 들어간다.

잠시 후, 바짝 긴장한 대복이 정자세로 앉아 있다. 그리고 그 앞에는 근엄한 인상의 이라 아버지가 화난 얼굴로 대복에게 말한다.

"내 딸이 그럴 리 없네."

대복은 이라 아버지의 서슬에 주눅 드는 마음을 애써 다잡는다. 단호함과 간절함이 뒤섞인 표정으로 이라 아버지의 눈을 마주 본다. 건호는 좀 떨어진 구석 테이블에 앉아 매실 셔벗을 먹다가 대복의 얼굴을 기억해낸다. 얼마 전 진료를 받았던 비뇨기과에서 자신에게 용기를 주던 그 녀석이다. 자신도 모르게 그들의 이야기에 귀를 열고 집중한다. 대복이 이라 아버지의 시선을 받아내며 묻는다.

"따님에 대해서 얼마나 알고 계세요?"

"내가 키운 내 딸이네. 자네한테 들을 질문이 아니야."

"아니요. 단언컨대 제가 아버님보다 이라씨 훨씬 잘 알고 있습니다."

이라 아버지는 이런 건방진 자식 같은 무뢰한을 봤나 싶은 얼굴로 대복을 보고 있다.

"실례되는 말씀인 줄 알지만……"

"실례인 줄 알면 그만두게."

대복은 이라 아버지의 단호한 거절에 잠시 당황하지만, 오늘
만큼은 지지 않겠다는 의지로 멈추지 않는다.

"아뇨, 실례 좀 하겠습니다. 이혼한 목사……"

'이혼'이라는 단어가 나오자마자 이라 아버지의 얼굴이 무섭
게 일그러져 대복은 말을 잇지 못한다. 잠시 눈치를 보며 숨을
고르다 다시 하던 말을 이어간다.

"죄송합니다. 그래도 하려던 말 계속하겠습니다. 이혼한 목사
라고 욕먹으면서 어릴 때부터 혼자 키우셨는데, 그런 아버님 이
름에 먹칠하는 딸 되면 안 된다고, 절대 실망 안 시키는 딸 되
고 싶어했습니다. 그러니까 이라씨가 이중인격…… 죄송합니
다. 그런 다양한 모습으로 생활하게 된 건 전부 아버님 때문입
니다! 근데 이라씨가 저한테 헤어지자고……"

헤어지자는 단어를 입에 올리다, 혼자 감정에 북받쳐 울먹인
다. 이라 아버지는 대체 무슨 소리를 하는지 감을 잡기 어렵다.
한편으로 대복이 미친놈처럼 보인다. 저런 미친놈에게 딸을 보
내도 되는 건지 걱정이 이만저만 되는 게 아니다. 그러거나 말
거나 간신히 감정을 추스른 대복은 열심히 외우고 연습한 듯 남
은 말을 이어간다. 마치 웅변대회에 참가한 듯 결연한 태도다.

"저 이라씨 사랑합니다. 진짭니다. 이라씨는 모르지만, 지 이

라씨랑 만나려고 그 대회 나간 겁니다. 혼자서 이라씨 짝사랑한 지 일 년도 더 됩니다. 그니까, 갑자기 책임 때문이 아니라, 정말 사랑해서 결혼하는 겁니다. 그러니까…… 도와주십시오, 아버님.”

눈물이 그렁그렁해진 채 대복이 이라 아버지에게 매달린다. 체면을 생각하는 이라 아버지는 괜히 주변 눈치가 사나워 난감하다. 흐르기 직전의 눈물을 소매로 닦고 쿨쩍이더니 대복은 다시 이야기를 이어간다.

“이라씨 본모습 본 사람, 단언컨대 저밖에 없습니다. 이라씨 쉬게 할 수 있는 사람…… 단언컨대 저밖에 없습니다, 아버님.”

역시 미친놈이다 싶다. 이라 아버지는 자리를 차고 일어난다. 그러자 대복은 이제 아예 바닥에 무릎 꿇고 빈다.

“아버님, 제발 이라씨 좀 놔주세요. 이제 아버님 그늘에서 숨 죽이게 하지 마시고 제 손 잡고 편한 길 가도록 해주십시오.”

대복이 대범하고 당당하게 고백을 마친 그 순간, 요란한 트림 소리가 산통을 깬다. 대복과 이라 아버지가 황당한 얼굴로 건호를 보자, 건호가 배시시 웃는다. 그 웃음 끝에 남아 있던 잔 트림이 다시 추임새처럼 따라 붙는다. 이라 아버지는 이 모든 상황이 한심스러운 듯 고개를 절레절레 젓고는 대답한다.

“내가 좀더 말렸어야 했나보네. 고작 몇 달로 평생 함께할 짝을 선택했다는 걸 내가 믿지 말았어야 해.”

이라 아버지는 무릎 꿇은 대복을 지나쳐 뒤도 돌아보지 않고 나가버린다. 대복은 잠시 건호를 향해 원망 어린 시선을 던지고, 이라 아버지를 따라 나가며 외친다.

“아버님, 전 이라씨를 압니다. 다는 모르지만 다 알아요. 이중 인격이라도 괜찮아요. 다 알아주고 싶다구요. 다른 사람들 다 몰라줘서 외롭고 서러운 그런 거, 제가 다 알아주고 싶단 말입니다. 진짜진짜 진심입니다!”

대복의 외침을 듣고 있던 건호는 돌연 비카에 대한 제 마음을 기울여서 다른 면을 보게 된다. 대복의 마지막 말, 다 알아주고 싶다…… 그 말이 건호의 마음을 친다. 비카를 다 알아주고 싶다…… 한시라도 빨리 비카를 만나야겠다는 생각에 건호도 뛰어나간다.

원철은 오픈키친에서 이 상황을 모두 함께했다. 자신의 프러포즈 준비를 망쳐버린 건호와 대복이 사라지고, 다시 고요가 찾아왔다. 그리고 원철 앞에는 엉망으로 일그러진 단팥 티라미수 한 조각만이 남아 있다. 원철은 망가진 그 티라미수를 다 먹어 없애버린다. 아예 처음부터 없었던 것처럼. 소미에게서 문자가 온다.

—지난번에 못했던 드레스 피팅 갔다 올게. 오늘도 요리 즐겁게

하고, 저녁에 봐.

단팥 티라미수를 한번에 삼킨 후, 원철은 앞치마를 벗고 가게를 나선다.

그사이, 건호는 한껏 의지로 충만한 모습으로 화원 트럭을 몰아 아쿠아리움을 향해 달려가고 있다. 신호가 바뀌려는 찰나 한 시라도 서두르기 위해 액셀러레이트를 밟으려는데 그 사이를 얌체 자전거 한 대가 비집고 들어온다. 태규가 탄 자전거다. 거칠고 야성적인 외모와 달리 소심하고 순한 건호는, 태규에게 양보한다. 그렇게 건호의 순서를 빼앗아 시원하게 달려가는 태규는 구단 연습장으로 들어간다.

야구단 탈의실로 들어가 캐비닛을 연다. 재킷을 벗자 잔뜩 구겨진 셔츠가 드러난다. 그의 옆에서 연예기사를 검색하던 후배가 힐끗 보더니 한마디 한다.

"선배님, 오늘 몸조심해야겠네요."

"왜?"

구단복으로 갈아입으며 태규가 묻는다.

"선배님 징크스 유명했잖아요. 도루하다가 다리 부러졌을 때, 공 맞고 실려가서 선수생명 끝났을 때, 음주운전해서 개망신당했을 때…… 다 구겨진 셔츠 입고 출근했잖아요."

셔츠를 내려다 보는 태규의 시선이 편치 않다.

"요즘은 안 그래. 그게 언제적 얘긴데……"

"그래도 계속 신경 쓰던데요, 뭘…… 요즘은 또 잘 다려 입고 다니는 것만 봐도……"

"그거야 주영이가 매일 다려주니까……"

그 순간, 태규는 중요한 사실을 깨닫고 철없이 떠들던 제 입을 다문다. 그러나 눈치 없는 후배는 굳이 그 진실을 말한다.

"하긴 그땐 형수님이 없었을 때죠. 그래도 조심하세요."

아픈 진실을 타인의 입을 통해 들으니 더 쓰리다. 초음파 사진을 자신에게 던지던 그 순간의 주영을 기억한다. 심장에 아릿한 통증이 느껴진다. 스트레스를 받으면 늘 굶기 일쑤인데 태규는 문득 주영이 아침은 먹었는지 걱정된다.

주영은 그저 심상히 무심한 척 괜찮은 척 태연하게 환자를 진료하고 있다. 그러나 그녀에게 진료를 받고 있는 환자는 불안하게 그녀를 쳐다본다. 팔뚝에 포도당 링거바늘을 꽂은 채 진료를 보고 있다. 결국 환자가 묻는다.

"괜찮으세요?"

"아, 밥 먹기 귀찮아서 당 보충하는 거예요. 제 걱정은 마시고, 환자님 상태가 많이 안 좋아요. 일단 약물 처방해드릴 테니까 복용해보시고 그래도 안 되면 또 방법 찾아봐요. 병이 있으면 약이 있기 마련이니까 너무 걱정은 마시구요."

대복은 진료실 문에 달린 작은 창으로 주영의 눈치를 몰래 살피고 있었다. 태규의 부탁 때문이다. 마침 진료를 마치고 나오던 환자가 급하게 열어젖힌 문에 부딪친다. 그 모습을 주영에게 들키자, 대복은 얼른 딴청을 피운다. 주영은 피식 웃더니 대복을 부른다.

"고과장!"

대복은 주영에게로 얼른 뛰어간다.

"고마워요. 옆에 있어줘서."

대복은 그녀의 말에 담긴 마음을 알아듣고 조용히 나가려다 다시 돌아와 책상 위에 무언가를 두고 후다닥 뛰어나간다. 대복이 늘 아껴서 마시곤 하던 건강엑기스 한 봉지와 빨대다. 문 옆에서 배꼼 고개를 내밀고 대복이 말한다.

"영양주사도 좋지만, 직접 먹는 게 제일이잖아요. 원장님, 화이팅!"

주영이 피식 웃으며 봉지를 뜯어 건강엑기스를 마신다.

대복이 자리에 와보니 새로운 메시지가 와 있다. 반가운 마음에 잠금패턴을 풀어보면, 누군가가 보낸 게임 초대 메시지다. 짜증스럽게 화면을 터치하자, 배경 화면으로 넘어간다. 자신과 이라의 웨딩 사진이 있다. 사진을 물끄러미 보며 생각한다. 역시 임신 얘기를 하는 게 좋았을까…… 그랬다면 이라씨가 안

한다고 해도 아버님이 억지로라도 하라고 하셨을 텐데…… 하지만 그 말을 하고 난 뒤의 이라의 얼굴이 상상된다. 역시 하지 않는 게 낫다. 환하게 웃고 있는 사진 속 이라를 보며 대복은 말한다.

"우리 이라씨, 어쩜 이렇게 예쁘게 웃냐."

그 무렵 이라는 일에 매진하며 복잡한 제 마음을 떨쳐버리려 애쓰고 있다. 그러나 그럴수록 더 자신의 결혼 문제에 집중할 수밖에 없는 현실에 힘이 빠진다. 그녀의 직업이 하필이면 웨딩 플래너이기에 수없이 제 문제를 곱씹게 된다.

"다 입었어요."

신부의 목소리에 정신을 차리고 커튼을 연다. 소박해서 빛나는 스타일의 웨딩드레스를 입은 신부, 소미다. 이라와 도우미가 드레스를 이리저리 체크하며 칭찬한다. 이때, 소미의 눈에 원철이 자기를 보며 감탄하는 모습이 눈에 들어온다. 괜히 민망한 듯 시선을 돌려 제 모습을 살피는데, 그때 다시 들려오는 목소리는 원철이 아닌 경수다.

"몽달귀신이 납치해가겠네."

소미가 놀란 마음을 감추고 천천히 고개를 드니, 거울 속에서 자신을 보고 있는 사람은 경수가 맞다. 경수가 제주도에서 놀렸을 때처럼 엄지를 아래로 내리고 야유하는 듯하더니 찡그린 표정을 풀고 씨익 웃으며 다시 엄지를 위로 올리며 말한다.

"성질낼 땐 누가 데려가나 싶더니…… 나쁘진 않네."

"보고 싶어……"

소미가 나직이 읊조린다.

"그럼 날아오지?"

"무서워. 비행기……"

"오라고 해. 내가 갈게……"

"만지고 싶어……"

소미가 거울 속 경수를 향해 손을 뻗는데, 이라의 목소리가 들려온다.

"소미 신부님, 정말 아름다우세요. 그렇죠, 신랑님?"

소미가 고개를 돌려보니 원철이 부드러운 미소를 지은 채 고개를 끄덕인다. 소미가 놀란 눈으로 묻는다.

"가게는?"

"오늘은 쉬기로 했어. 이쁘다, 우리 쏨."

원철이 진심 어린 감탄을 하며 웃는다. 그를 보고 마주 웃는데, 그녀의 미소 뒤에 그늘이 스친다. 원철은 아주 오랜만에 보는 그 표정의 의미를 놓치지 않는다. 대회에서 시시한 결과를 얻은 후, 자신을 한결같이 보는 소미에 대한 부담과 짜증으로 딱 하룻밤 실수한 것을 알아버렸을 때의 그 얼굴이다. 그때 그녀는 제 실수를 고백하려는 원철을 말렸다. 그가 모든 것을 말하고 나면 그땐 진짜 끝나고 말 테니 그러지 말자며. 그러고는 웃었다. 바로 오늘처럼. 이제는 도리어 그녀가 그 고백을 삼키고 있으리란 걸 그는 느낀다. 이 순간 칠 년이라는 익숙함이 주는 폭력이 무엇인지 느낀다.

결연한 얼굴로 도심을 가로지르던 건호는 어디로 가고 다시 풀이 죽어 있다. 그런 그를 비카의 친구 소냐가 한심하게 보고 있다. 건호는 다시 한번 소냐에게 묻는다.

"정말…… 없어요? 비카가 무책임하게 일 그만두고 그럴 리 없잖아요."

"비카 오늘 공연 없는 것도 몰라요?"

"공연 없어도, 여기서 매일 연습하잖아요. 어디 있어요?"

"난 몰라요."

"알잖아요."

"그래도 몰라요."

"그러지 말고 제발요…… 지금 내 전화도 안 받고 그래서 그러니까……"

"가족들 못 오는 게 비카 죄는 아니잖아요. 가족 초청 거절해서 제일 힘든 건 비카라구요."

"예, 맞아요, 맞아. 비카는 잘못 없어요. 위장이라도 괜찮고, 비자용으로 실컷 이용 하라고…… 그냥 떠나지만 말라고…… 내가 사랑한다고…… 다 괜찮고, 알아줄 수 있다고…… 맞춰준다고…… 네?"

소냐는 건호의 말이 황당하다는 듯 본다.

"헤이, 꽃집 아저씨, 지금 무슨 소리 하는 거예요?"

"아니, 그러니까 비카가 필요한 거, 취업비자, 시민권, 그런 거 내가 다 해준다구요. 이용, 해도 된다고……"

"헤이, 꽃 아저씨. 비카는 정식 취업비자 있어요."

"네?"

"그리고 오히려 가족들한테 가는 거 포기하고 아저씨한테 남은 거예요. 여기 있으려고 결혼하는 게 아니라 아저씨랑 결혼하려고 여기 있는 거라구요. 가족들까지 포기하고."

소냐의 말에 얻어맞은 듯하다. 마른 침을 겨우 삼키고 절실함을 담아 묻는다.

"비카…… 지금 어딨어요? 제발…… 만나게 해줘요."

"비카 고향으로 돌아갈 거예요."

건호는 망연자실해서 터덜터덜 아쿠아리움을 빠져나온다. 영혼이 빠져나간 듯 생각 없이 걷던 건호는 한 무리의 여자들의 극성에 치여 넘어진다. 그녀들은 사과 한마디 없이 한곳을 향해 바쁘게 뛰어간다.

그녀들이 뛰어간 곳은 대형 서점 앞이다. 그곳에서는《삼다의 연인》단행본 출판 기념 사인회가 한창이다. 독자들이 건넨 책에 착실하게 사인을 해주고 인사를 건네는 경수는 간간이 사람들 틈에서 누군가를 찾는 듯 두리번거린다. 하지만 그가 기다리는 얼굴은 어디에도 없다. 다시 팬이 건넨 책에 사인을 해주고 그녀와 눈을 맞추려고 올려다보는데 그의 앞에 서 있는 여자, 소미다. 그녀가 환하게 웃으며 그에게 축하를 건넨다.

"거짓말이었구나?"

"나 놀렸으니까."

경수는 소미와 두 사람만의 미소를 나누고, 책에 '오소미'라고 사인한다. 그때, 불만이 가득 담긴 목소리가 들려온다.

"제 이름 아닌데요."

다시 보니 경수 앞에서 웃고 있는 여자는 소미가 아니다.

"전 보미예요. 은보미."

경수는 씁쓸한 표정을 얼른 감추고 팬에게 예의를 갖춰 사과한다. 그리고 새 책에 새로 사인을 해준다.

건호는 어둑한 밤이 내려앉은 채 깊어져가는 서울의 밤거리를 터덜터덜 걷는다. 종일 비카를 찾아 돌아다닌 터라 꼴이 말이 아니다. 결국 비카의 그림자도 밟아보지 못한 채 자신의 화원으로 돌아왔다. 털썩 의자에 주저앉는데, 의자 옆에 놓인 넝쿨나무가 죽어가고 있는 게 보인다. 그 넝쿨나무는 비카의 분신이다. 비카처럼 우즈베키스탄에서 온 나무로, 가족이 없어 외로워하는 비카를 위해 건호가 선물한 것이었다. 그런 나무가 썩어가고 있다. 건호는 다른 나무들보다 그 나무를 유독 아꼈고 돌보는 일도 한시도 소홀한 적이 없었다. 건호는 속상했다. 비카에게도 나무에게도 자신의 애정이 철저히 무시당한 것처럼 느껴진다. 화가 난 건호가 전문가에게 전화를 걸어 따졌다.

"저기요…… 여기 호군화원인데요…… 나무가 죽어가요. 물도 잘 주고 영양제도 놔줬는데, 계속 시들어요."

전문가는 크게 손이 안 가는 나무인데 이상하다고 말한다. 건호는 더 억울해져, 정말 잘 보살폈다고 항변한다. 그러자 전문가는 나무가 있는 곳의 실내온도를 묻는다. 온도계를 확인하자, 실내는 25도 정도를 유지하고 있다. 건강한 나무들을 위한 적정 온도를 유지하는 일에는 자신 있었다. 그런데 그 말에 전문가가 실소를 터뜨리며 말한다.

"양사장님도 참…… 우즈베키스탄에서 살다 온 나무인데, 사람하고 똑같아요. 개도 낯선 곳에 와서 외로울 텐데 최대한 고향 같은 환경을 만들어서 배려해줘야죠."

그 말이 건호의 가슴을 친다. 그리고 자신을 위해 된장찌개를 끊으려고 고생한 비카가 떠오른다. 비카는 자신을 위해 노력했는데 자신은 정작 낯선 곳에서 외로웠을 비카를 위해 이제껏 제대로 된 러시아어 한 단어도 배운 적이 없다. 그는 대체 그녀를 위해 무엇을 했는지, 아무리 생각해봐도 떠오르는 게 없다. 비카에게 솔직한 마음을 고백하는 대신 비뇨기과를 찾아 약물에 의지하려던 게 전부다. 비카를 만족시켜주고 싶다는 핑계를 댔지만, 자신의 남성을 지키기 위한 이기적 행동이었을 뿐이다. 받은 것보다 준 게 많다고 생각했는데, 희생한 것도 많다고 생각했는데, 사실은 그 반대였다.

"비카…… 어디 있는 거야……"

캄캄해진 밖을 보며, 건호는 비카를 걱정한다.

도심의 야경 속에 불을 밝히고 있는 스튜디오, 평소와 다른 특별한 웨딩 촬영이 한창이다. 사진작가의 카메라 프레임 안에는 턱시도와 드레스를 갖춰입은 칠십대 노부부가 있다. 노부부는 두 사람의 긴 세월이 그대로 느껴지듯 자연스러우면서도 사랑스러운 분위기를 연출한다. 그 따스하고 아름다운 기운은 주변에 서 있는 사람들에게까지 고스란히 전해진다. 중간중간 자주 쉬어줘야 했기에 촬영시간이 유난히 길어지고 있다. 그때, 신부의 환복을 핑계로 잠시 쉬는 틈이 또 한번 생기자 신랑인 노신사가 이라에게 사과한다.

"강선생, 고마워요. 이렇게 늦은 시간까지…… 우리가 노인이 다 보니 젊은 사람들에 비해 많이 늦죠?"

"아니에요. 그런 거 전혀 마음 쓰지 마세요."

"그래도 미안해요. 자꾸 전화하고 그래서 많이 귀찮았죠? 결혼이라는 게 참 이상해. 오십 년이나 살았는데도 또 한다고 생각하니까 걱정도 되고…… 떨리고…… 이거 원……"

"결혼인데요. 당연하죠, 신랑님."

부인이 옷을 갈아입고 나오자, 노부부는 두 사람만의 느린 왈츠를 춘다. 그 모습을 카메라에 열심히 담는 셔터 소리가 정겹다. 플래시가 터지자, 그 사이로 대복과 이라 자신의 모습이 겹쳐 보인다. 괜히 눈물이 고인다. 대복의 얼굴이 아빠의 얼굴로 바뀌고 아빠가 다시 대복에게 자신의 손을 건네주고 아빠가 보는 앞에서 둘이서 춤을 추는 모습까지, 자꾸만 상상된다. 눈물 때문에 시야가 흐릿해진다.

흐릿한 시야를 자꾸만 닦아내는 손길이 또 있었다. 주영이다. 그녀는 텅 빈 극장에서 혼자 심야영화를 보며 야식을 먹고 있다. 스트레스를 받으면 굶기 일쑤지만, 나이가 들어가다보니 억울했다. 누구 좋으라고 굶고 아프고 그러나 싶은 거다. 이번만큼은 보란 듯이 웃고, 보란 듯이 먹고, 보란 듯이 즐겁게 지내겠다 마음먹었다. 그 첫번째 프로젝트를 지금 열심히 실행중이다.

떡볶이, 만두, 김밥, 순대, 어묵 등, 엄청난 양의 음식들을 볼이 터질 듯 욱여넣고 우적우적 씹는다. 그런데 그녀의 앞좌석에서 노골적으로 애정행각을 벌이는 커플이 보인다. 주영은 마치 그들을 씹는 듯 입에 잔뜩 넣은 음식들을 꼭꼭 씹으며 눈물을 애써 참고 있다. 그러자 눈물 대신 욱 하고 음식들이 올라온다. 주영은 결국 참지 못해 극장 바닥에 모두 토하고 만다. 그 소리에 놀라 커플이 뒤돌아본다. 주영은 제 몸을 얼른 의자 아래로 숨겨 모른 척한다. 그러고는 다시 남은 음식들을 욱여넣는다. 스크린에서 함성소리가 터져나온다. 주영은 마음에 들지 않는다. 하필이면 왜 남자 주인공이 야구 선수인 영화를 골랐을까. 그러나 그건 거짓말이다.

고등학생 때 태규와 처음으로 함께 보았던 영화였다. 그 영화가 몇 년 만에 재개봉한다는 걸 듣고, 태규와 함께 보려고 기다렸다. 지금은 혼자지만. 주영은 태규와 함께 영화를 보던 그때의 기억을 떠올린다.

태규와 주영은 그냥 친구일 뿐이었다. 태규가 캄캄한 극장에서 주영의 손을 잡았었다. 그때, 영화 속에서는 남녀 주인공이 키스를 하고 있었다. 주영이 태규의 손을 야멸치게 쳐내며 정색했다. 부끄러웠다.

"왜 이래?"

“친구잖아.”

“친구가 손 잡아?”

“그럼 안 잡아?”

“사귀어야 잡지.”

“그럼 사귈래?”

“싫어.”

“왜?”

“영화나 봐.”

“주영아. 나 너 좋아해.”

태규의 말에 어린 주영의 심장은 주체할 수 없이 뛰었다. 그러나 이어지는 태규의 고백은 주영을 상처입혔다.

“넌 진짜 좋은 친구야. 내가 이제껏 알아온 사내녀석들 중에서 네가 제일이야.”

태규가 주영에게 처음으로 준 상처였다. 그랬다. 고등학생이었던 주영은 딱 선머슴이었다. 큰 키에 짧은 커트 머리를 하고 괄괄한 목소리로 여학생은 물론 남학생들까지 군기를 확실히 잡는 전교 일등. 그런 주영은 처음부터 태규를 좋아했었다. 기를 쓰고 태규를 운동으로 이겨보려고 했던 건 사실 태규를 좋아했기 때문이라는 걸, 태규가 다른 여학생과 키스하는 걸 우연히 본 후 울음이 터지고 나서야 깨달았다. 그러나 태규에게 주영은 다른 의미로 특별했다. 여느 계집애들처럼 약한 척하지 않고 운동도 지지리 못하면서 곧 죽어도 자신을 이겨보겠다고 덤벼드는 모습이. 처음엔 전교 일등이라고 잘난 척하는가 싶었지만, 단 한 번도 비겁한 꼼수 없이 자신을 이기려 애쓰는 걸 보고, 그녀를 인정했다. 최고의 불알친구로. 주영은 자신을 좋은 친구라 여기며 편히 대하는 태규에게 차마 제 진심을 고백하지 못했다. 전교 일등인 그녀가 전교 꼴등인 그를 좋아한다는 사실에 자존심이 상하기도 했고, 괜한 고백으로 친구 사이마저 변할까 두려웠기 때문이었다. 두 사람은 그저 좋은 친구로 고등학교 시절을 보냈다. 주영이 대학 합격 소식을 접한 후 졸업을 두 달 남겨뒀을 무렵 급격한 변신을 감행했다. 빵 대신 아령을 들고, 뿔테 안경 대신 콘택트렌즈를 끼고, 운동화 대신 하이힐을 신고, 교복 치마 아래 체육복 바지를 입는 대신 H라인 스커트를 입었다. 그러자 태규가 그녀를 다르게 보기 시작했다. 졸업을 하던 그날, 마침내 두 사람은 주영이 꿈꾸던 관계로 발전했다. 그러나 그 달콤한 관계는 영원하지 못했다. 태규가 자신의 팬과 바람을 피우는 것으로 그녀에게 두번째 상처를 주었기 때문이었다. 그리고 이번에 세번째 상처를 줬다. 태규는 삼진 아웃이다.

영화의 주인공 역시 상대가 던진 공에 삼진 아웃 당하고 있다. 이를 바라보는 주영은 쓴 미소를 짓는다.

태규는 자신이 코칭하는 2군의 심야 경기를 지켜보고 있었다. 불펜 쪽에서 2군 선수들이 경기를 나가기 위해 몸을 풀고 있는데, 평소 게으름을 피우던 태규가 그들 사이에서 선수들보다 더 무서운 기세로 방망이를 휘두르고 있다. 그는 지금 입술을 꼭 깨물고 자신을 힐난하는 중이다.

"나쁜 새끼. 배신은 지가 먼저 해놓고…… 찌질하고 후진 새끼……"

그런데 그때 그라운드에서 투수가 던진 공을 타자가 커트해낸다. 그가 쳐낸 세번째의 파울 볼이 불펜 철망 쪽으로 날아간다. 경고 호루라기 소리가 들리자, 몸을 풀고 있던 선수들은 일제히 공을 피해 흩어진다. 그러나 생각에 잠겨 있던 태규는 이를 듣지 못하고 서 있다가 옆통수를 강타당한다. 그대로 넘어지며 기절한다. 흐릿하게 멀어져가는 시선으로 몰려드는 사람들이 보인다. 몽롱하게 시선을 잃어가려는 찰나 꿈결처럼 주영을 찾는다.

"주영아……"

스포츠 뉴스에서 태규의 사고 소식이 단신으로 스쳐 지나간다. 뉴스를 소음처럼 흘려보내며, 소미가 설거지를 한다. 원철이 그 모습을 뒤에서 물끄러미 바라보고 있다.

“내가 해도 되는데……”

“됐어. 오빤 가게에서 맨날 하잖아. 그냥 가끔 나 좋아하는 거나 만들어줘. 평소엔 내가 챙길 거니까.”

원철이 소미에게 다가가 격하게 그녀를 품에 안는다. 그러고는 목에 뜨거운 키스를 퍼붓는다. 소미는 평소 같지 않은 원철의 도발에 깜짝 놀라 자신도 모르게 몸을 움츠린다.

“사랑해.”

소미는 귓가를 울리는 다정한 목소리가 아득하고 생경하게 들린다. 돌아보지 않은 채로 묻는다.

“오빠 무슨 일 있어?”

“그게 아니라, ‘사랑해’라고 해야지.”

소미가 잠시 망설이더니 대답한다.

“싫어.”

원철의 눈에 서운함이 떠오른다. 소미는 서걱한 진심을 지운 채 애써 말을 잇는다.

“이제 그렇게 냉큼 대답해주는 거 안 할 거야. 그러니까 오빠 긴장해.”

원철은 소미를 한번 더 꼭 끌어안고 소미의 어깨에 기댄다. 소미는 그의 머리를 가만히 쓰다듬어준다. 되도록 다정하고 되도록 따스하게.

“오늘은 엄마랑 잘게. 섭섭해하셔서.”

“데려다줄까?”

“언제는 얼굴이 무기라더니…… 갈게.”

원철은 소미가 벗어놓은 제 옷이 소파 위에 가지런히 개어져 있는 걸 본다. 역시 낯설다. 소미는 늘 원철의 옷을 아무렇게나 빌려 입는 걸 좋아했다. 원철의 냄새가 좋다며, 원철과 떨어져 집에 가서 잘 때면 일부러 입고 가기도 했다. 원철이 우스꽝스럽다고 말려도, 소미는 늘 고집했다. 그런데 오늘은 아니었다. 단정하게 자신의 옷을 입고 신발을 신고 현관을 나서는 소미의 뒷모습을 원철은 애틋하게 바라본다.

“소미야!”

소미가 돌아본다.

“우리…… 칠 년이나 사랑했어.”

“응…… 그래서 결혼도 하잖아. 잘 자.”

소미는 짧은 미소를 남기고 문을 닫고 가버린다. 소미가 닫고 간 문을 원철은 가만히 바라만 보고 서 있다. 소미가 미처 닫지 않은 창문 틈으로 겨울을 알리는 바람이 새어 들어온다. 그 바람은 원철의 주위를 돌아 다시 도심 사이를 가르며, 모두의 외로움 아래 그림자를 만들며 깊어간다.

D-day 1

　건호가 퀭한 눈으로 한곳만을 응시하고 있다. 소냐 집 앞에 차를 세워두고 밤새 뜬눈으로 비카가 나오기만을 기다렸다. 이제 대한민국 서울 하늘 아래 비카가 갈 수 있는 곳이라고는 이곳 소냐의 집뿐이다. 들어가는 걸 보진 못했지만, 기다리다보면 나오는 건 반드시 볼 수 있을 거란 생각에 지키고 있다. 그때, 비카가 소냐와 함께 커다란 캐리어를 끌고 나온다. 건호는 뛰어나가 비카 앞에 선다. 비카가 놀라서 바라보는데, 건호는 이미 비카의 손에서 캐리어를 빼앗아 대신 들고 있다. 그러고는 비카의 행방을 모른다고 딱 잡아떼던 소냐를 흘겨본다. 소냐는 건호에게 미안한 듯 시선을 회피한다. 그사이 비카는 건호를 밀치고 가려는데, 건호가 가방을 얼른 다리 사이에 끼우더니 한 손으로는 비카를 붙잡고, 남은 한 손으로 주머니를 뒤져 종이 한 장을 꺼내든다. 러시아어 발음을 우리말로 그대로 옮겨놓은 걸 보고 더듬더듬 말한다.

"비카, 나한테 기회를 줘. 미안해. 못나게 굴다가 남 얘기를 듣고 알았어. 나 참 못났다. 왜 비카가 나 같은 사람을 좋아하는지 의심이 들었어. 누가 뭐래도 믿었어야 했는데……"

종이를 연신 커닝하던 건호가 답답한 듯 그냥 한국말로 잇는다.

"이젠 믿을게. 시키는 대로 다 할게. 비카가 해준 밥도 다 처먹었어."

건호가 제 휴대폰을 꺼내 빈 그릇을 찍었던 사진을 보여준다. 한 손으로 기기 작동이 쉽지 않자, 입술로 터치를 해대는 퍼포먼스까지 펼쳐 보인다. 소냐는 그런 건호의 우스꽝스러운 모습에 웃음을 터뜨리지만, 비카만은 진지하다. 건호가 보여준 사진을 물끄러미 볼 뿐 아무 말도 없다. 건호는 다시 종이를 펴 러시아어로 떠들기 시작한다. 그러자 비카가 손으로 건호의 입을 막는다. 놀란 건호가 비카의 손을 잡자 비카는 얼른 손을 빼버리며 말한다. 러시아어가 아닌 한국어로.

"한국 올 때 엄마 그랬어. 겉모습에 흔들리지 말고, 진심 보라구…… 그럼 후회 없다고…… 난 처음 건호 본 날 진심 봤어. 그래서…… 일부러 접근했어. 맞아. 한국 와서 그런 사람…… 못

봤거든. 사랑에 빠진 거야.”

건호는 비카의 마음이 풀렸다고 느낀다. 이때다 하고 더 적극적으로 말한다.

“비카, 이제 비카 알아갈 거고, 비카가 원하는 뭐, 그런, 응, 그래, 배려 그거 할 거야. 가족 문제, 그것도 걱정하지 마. 내가 알아볼게. 다 알아서 해줄게.”

“건호……”

감동한 비카가 그의 품에 안기며 키스한다. 두 사람의 키스가 애틋한 마음을 담고 점점 깊어진다. 그때다. 몸에 신호가 왔는지 건호가 움찔한다. 건호는 반색하며 비카를 떼어내더니 그녀의 손목을 덥석 잡는다.

“됐다, 됐어. 비카, 이제 됐어. 우리 이러고 있을 때가 아니야. 가자.”

건호가 비카의 손을 잡고 뛰기 시작한다. 비카가 건호를 따라가버리자, 소냐는 짐과 함께 홀로 남겨진다. 그녀는 멀어지는 두 사람을 부럽다는 듯 보다가 그들이 미처 챙겨가지 않은 캐리어를 향해 분풀이하듯 발길질을 한다.

태규가 천천히 눈을 뜬다. 꿈결인 듯 현실인 듯 간신히 초점이 맞았다 흐려졌다 하는 시야로 주영의 뒷모습이 들어온다. 그녀는 간호사와 얘기를 나누는 중이다. 태규는 확신을 얻으려는 듯 초점을 맞추려 애쓴다. 그때, 거짓말처럼 주영이 태규를 향해 돌아본다. 주영의 얼굴을 확인하자마자 태규는 안도한 듯 다시 잠에 빠져든다.

세상모르게 깊이 잠든 태규의 얼굴을, 많은 감정이 담긴 표정으로 주영이 보고 있다. 간호사가 태규의 소지품을 전해준다. 지갑이다. 지갑을 열자 빛바랜 사진 한 장이 보인다. 심하게 구겨진 사진에는 억지로 다시 편 흔적이 역력하다. 졸업식 때 교복을 입고 결혼식을 올리듯 꽃을 들고 찍은 둘의 사진이다. 주영은 태규가 이 사진을 여태 가지고 있을 거라고는 생각지 못했다. 사진을 조심스레 꺼내는데, 그 뒤에 한 장의 사진이 더 있다. 지난번에 주영이 던져버렸던 초음파 사진. 주영은 마음이 담긴 손길로 조심스럽게 사진 두 장을 꺼내 본다. 그 위로, 태규가 잠꼬대인 듯 주영의 이름을 나직이 되뇐다. 사진을 든 주영의 손이 미세하게 떨려온다.

소미는 원철의 퀸베드가 아닌 자신의 낡은 싱글베드 위에 반듯하게 누워 있다. 어릴 때부터 써온 침대는 조금만 움직여도 삐걱하는 소리가 난다. 사람의 관계도 오래되면 이렇게 삐걱삐걱 낡은 소리로 수명을 단축하게 되는 걸까. 바닥에는 다양한 여행 준비물들이 이리저리 담긴 커다란 캐리어가 놓여 있다. 신혼여행 때 챙겨야 할 리스트가 적힌 종이가 그 위에 놓여 있다. 밖에서 엄마가 짐은 다 쌌느냐고 물어온다. 소미는 아직 하는 중이라고 말로만 대답한다. 이런 건 원철이 훨씬 잘하는데 왜 자신이 하겠다고 했는지 후회하고 있다. 그때, 소미 곁에 놓여 있던 아이패드에서 웹툰 업데이트 알림이 울린다. 소미의 심장 박동이 잠시 변칙 박자로 뛰었다가 다시 평소 상태로 돌아온다. 그러나 그녀는 쉽사리 열어보지 못한다. 확인하지 않은 채 아이패드를 그대로 뒤집어놓는다. 그때 마침 벨소리가 울린다. 놀란 눈으로 잠시 망설이다 확인하니, 원철이다. 자신의 레스토랑으로 정식으로 초대하고 싶다고 말한다. 웬일인가 싶어 알겠다고 대답하곤 전화를 끊는다. 이제 내일이면 결혼이구나. 시간은 벌써 늦은 오후를 지나 이른 저녁을 향해 달려가고 있다.

창으로 석양볕이 반사되며, 복도는 오렌지빛으로 물든다. 그 위를 또각또각, 하이힐 굽소리를 내며 이라가 걸어간다. 복도 끝의 예배당 문틈으로 근엄한 이라 아버지의 목회가 새어나오는 것을 듣는다. 어느새 문 앞에 선 이라는 잠시 망설이는 듯하더니, 이내 결심을 굳힌 듯 그 문을 망설임 없이 단번에 열고 당당하게 그 안으로 들어선다.

이라가 등장하자, 모두 놀란 눈으로 이라를 주목한다. 곧이어

고요하던 예배당이 조금씩 소란스러워진다. 아버지는 놀란 눈으로 이라를 바라볼 뿐, 아무런 말이 없다. 아버지와 성도들의 반응은 당연했다. 아니, 그럴 수밖에 없다. 이라가 평소와는 완전히 다른 모습이었기 때문이다. 늘 존경하는 목사님의 모범답안 같았던 반듯한 차림이 아니라 짧은 스커트로 멋을 낸 섹시한 차림이다. 사람들이 여러 가지 추측으로 분주해질 무렵, 이라가 제 소리를 낸다.

"강목사님께가 아니라 강이라 아빠에게 할 말이 있어요."

성도들은 멋대로의 추측을 멈추고 이라의 말에 귀를 기울인다. 아버지 또한 가만히 듣고만 있다.

"아빠, 나 이라야. 아빠 딸, 강이라. 지금 이게 진짜 나야. 나, 억지로 피아노 치는 것보다 춤추는 거 좋아해. 그래서 틈만 나면 클럽에 갔어. 댄스대회에서 일등도 했어."

그녀의 폭탄 발언에 여기저기서 '주여'를 되뇐다. 아버지는 여전히 말없이 이라를 보고만 있다. 아니 듣고 있다. 이라는 자신을 보는 아버지의 눈빛에도 흔들리지 않으며 고백을 이어간다.

"물론 교회도 좋아해. 하지만 그만큼 클럽도 좋아. 목사 딸이 일요일까지 바쁜 웨딩플래너라고 다들 뒤에서 흉보는 거 알지만, 난 내 일 사랑해. 근데 사실은 이러쿵저러쿵 사람들의 무책임한 관심이 싫어서, 일 없는 날에도 출근하는 척했던 적 많아."

그녀의 말에 탄식하며 대놓고 흉을 보기 시작하는 성도들의 목소리가 소란스럽다.

"딱 지금처럼 이런 거, 싫었거든."

그녀의 말에 사람들이 일제히 입을 다문다.

"아빠는 모르고 성도들은 없는, 그런 곳에 가서 쉬는 게 좋았어. 거기서 목사 딸치곤 불량한 일요일 보낸 적도 많아. 근데 그게 나야. 그래서 말인데…… 이제부터라도 제대로 살고 싶어. 강성훈 목사님 딸이 아니라, 그냥 강, 이, 라로…… 아빠가 서운해하지 않았으면 좋겠어. 내가 이러는 건…… 엄마처럼 아빠를 떠나고 싶지 않기 때문이니까…… 난 아무리 아빠가 답답해도 엄마처럼 아빠한테서 등 돌리고 가버리는 건 싫어. 그러니까 아빠…… 아빠 혼자 남고 싶지 않으면, 이제 그냥 날 좀 제대로 살게 해줘. 성도들 틈에서 거짓말하며 내 남은 평생을 살 수는 없는 거잖아. 대체 가족도 아닌 이 사람들이 뭐라고, 내가 이렇게 힘들어야 해?"

그녀의 위험한 고백을 더는 듣기 불편해진 성도들이 하나둘 예배당을 빠져나간다. 결국 예배당에는 이라와 아버지, 단둘만 남는다. 그럼에도 아버지는 여전히 아무 말이 없다.

"그리고 내가 그렇게 결혼을 서둘렀던 건……"

차마 그 말은 하기가 쉽지 않다.

"안다. 고대복이 그 녀석…… 날 찾아왔더구나."

이라가 놀란 얼굴로 아버지를 본다.

"찾아와?"

"그래. 와서 무릎까지 꿇고 빌더구나."

"뭐라고? 무슨 말을 어떻게 했어? 어디까지 말했어? 애기 생긴 거까지 다 말했어?"

"애기……?"

"……나 임신했어. 그래서 그렇게 결혼 서두른 거야."

아버지는 잠시 멍한 얼굴로 이라를 본다. 물론 분위기로 보아 짐작은 했었다. 그러나 이라의 입으로 직접 듣는 이 직설적인 고백이 쉽게 받아들여지지 않는다.

"다 말한 거 아니……야……?"

"다른 게 아니라 사랑해서 결혼하는 거라고는 하더구나."

이라는 할 말을 잃는다.

"그래도 짐작은 했었다. 말하지 않는다고, 알아들을 수 없는 건 아니니까."

이라는 여전히 말이 없다.

"그래서 어쩔 생각이냐? 결혼 말이다."

이라는 대답 대신 아버지의 얼굴을 바라본다. 아버지는 채근

하는 눈빛이 아닌 편안한 눈빛으로 이라를 바라보고 있다. 이라는 그런 아버지의 마음을 느낀 듯, 긴장을 풀고 솔직하게 말한다.

"그냥 생각중이야. 애는 있지만, 사랑은 있는지 잘 모르겠어. 확신이…… 없어. 아빠처럼 엄마처럼…… 난 그러고 싶지 않으니까……"

"자주 후회했다. 내가 있는 그대로의 네 엄마를 인정했더라면…… 그랬다면……"

이라는 아버지를 바라보기만 한다.

"고대복. 그 녀석, 나한테 널 있는 그대로의 너로 봐달라고 애원하더구나. 그 녀석 감히 애비인 내 앞에서 네가 제대로 쉴 수 있는 상대는 자신뿐이라며 확신도 하더라…… 난 널 모르고 자긴 널 안대. 어떠냐……?"

"뭐가?"

"그 녀석은 널 제대로 아는 게 맞는데, 넌 어떠냐고……"

이라는 이 순간 자신을 향한 두 남자의 진심을 감당하기가 벅차다.

"그나저나 십 분 안에 전 구역에 소문 난다에 얼마 걸래?"

곧이라도 눈물을 쏟을 것 같던 이라는 아버지의 싱거운 농담에 그제야 웃음이 나온다.

"전화는 받아줘라. 결정은 천천히 하더라도. 사내 녀석이 우
는 게 흉하더구나."

대복은 더없이 진지한 얼굴로 스케치북에다가 열심히 쓰고,
오려 붙이며 뭔가를 만들고 있었다. 그러면서 무의식중에 찬송
가를 흥얼거린다. 대복 옆을 지나던 누나 선옥이 뭐 하는 짓이
냐고 묻는다. 그제야 자신이 찬송가를 흥얼거리고 있었던 것을
깨달은 대복은 미치겠다는 듯 손에 쥐고 있던 가위와 테이프를
확 집어던지고는 머리를 땅에다 박으며 스스로를 욕한다. 딱 미
친놈 꼴, 그 이상도 이하도 아니다. 선옥이 끌끌 혀를 차면서 얼
굴에 클렌징을 하며 화장실로 들어간다.
"오 주여……"
대복은 이제 눈물까지 흘리며 찬송가를 목청껏 불러본다. 그
러자 화장실에서 씻고 있던 선옥이 더는 참을 수 없다는 듯, 하
얀 클렌징 거품으로 뒤덮인 얼굴을 빼꼼 내밀고 소리친다.
"이 자식아, 곱게 미쳐. 남들 다 하는 이별 너만 했냐?"
"이거 외우느라 몇 주를 고생했는데…… 귓가에 계속 맴돌아.
이라씨이!"
그의 외침에 선옥이 화장실에 있던 휴지를 냅다 던져 대복의
얼굴에 명중시킨다. 대복은 휴지를 뜯어 눈물을 닦더니 주먹으

로 제 입을 막고 꺼이꺼이 운다. 그 꼴이 너무 한심해서 말리기를 포기한 듯 선옥은 고개를 저으며 화장실 문을 닫고 들어가 버린다. 대복은 꽉 막힌 코를 팽 하고 시원하게 풀고는 다시 주섬주섬 스케치북을 당겨 하던 것을 마저 한다.

"이라씨, 시간이 그렇게 중요해요? 지금부터 쌓아가면 되잖아요. 안 되면, 벼락치기라도 하면 되는 거 아닙니까?"

'시간은, 중요하다.' 그렇게 생각하면서, 소미는 원철에게로 간다. 그런데 레스토랑으로 들어서던 소미는 평소와 다른 낯선 분위기를 느끼며 의아해한다. 레스토랑 가운데 피크닉 테이블이 준비되어 있다. 마치 '소미의 내일'을 원철의 레스토랑 안에 옮겨놓은 것만 같다. 아니다, 여기는 제주도의 삼나무 숲길이다. 피크닉 테이블 위에는 조촐한 밥상이 차려져 있다. 소미가 가장 좋아하는 된장찌개를 담은 뚝배기를 들고 원철이 주방에서 나온다. 된장찌개가 소담스레 끓고 있다. 뚝배기를 테이블에 내려놓으며 원철이 말한다.

"결혼 기념이야."

그의 말에 소미는 냉큼 의자를 보며 눈짓한다. 소미의 눈빛이 무엇을 의미하는지 알아차린 원철이 소미의 의자를 빼준다. 소미는 우아하게 자리에 앉더니 찌개 맛을 본다. 소미가 가장 좋아하는 차돌박이가 잔뜩 들어간 된장찌개다.

“와, 고기 엄청 많아.”

“너 좋아하잖아.”

“더 맛있어졌네?”

“몇 년 동안 한 번도…… 널 위한 음식을 만들지 못했더라구.”

“그걸 이제 알았냐?”

소미는 맛있게 먹으며 원철의 요리 솜씨를 칭찬한다. 한참 맛있게 먹고 배가 부르자 뭔가가 부족하다는 걸 느낀다.

“오빠 그런데 뭔가 부족해, 응?”

그 말에 알고 있다는 듯 자연스럽게 소주와 소주잔을 가져다준다.

“조금만 마셔. 내일 결혼식이야.”

“응.”

소미는 잔에 담긴 맑은 소주를 달고 맛있게 단숨에 들이켠다. 그때 원철이 포장도 안 된 다이아몬드 반지를 꺼내놓는다.

“설마…… 프러포즈?”

원철은 식은 찌개를 떠먹으며 무심히 대답한다.

“그래도 결혼 전날엔 해야 할 거 같아서……”

“하긴…… 어차피 할 건데…… 이런 거 다 뭐…… 그런 거지……”

“찌개 식었다. 데워줄게.”

"오빠."

원철은 소미의 목소리에 미묘한 감정이 담겨 있는 걸 느낀다.

"다시 데우면…… 처음이랑 똑같을까?"

원철은 소미의 질문에 답하지 않고 무심히 찌개를 데울 뿐이다.

"우리 노력하면…… 처음처럼…… 그럴 수 있을까?"

"결혼 전날 되니까 심란하다, 그치? 그래도 우린 다를 거야. 서로를 잘 알잖아."

원철은 애써 별일 아니라는 듯 담담하게 대답한다. 그런 원철을 잠시 말없이 바라보던 소미가 다시 웃으며 말한다.

"맞아. 오빤 내가 어떤 음식, 어느 정도의 간을 좋아하는지 너무 잘 알아. 나도 우리 오빠에 대해서 모르는 게 없지. 그래, 우린 서로를 잘 알아……"

"응……"

"잘해보자, 오빠."

"안 꺼봐?"

"내일 오빠가 껴줄 거니까. 근데 이렇게 막 먹으면 나 내일 완전 퉁퉁 부어서 못난이 되는데……"

"그래, 그럼 그만 먹자."

소미가 편안한 기색으로 그릇을 치워나가자 원칠은 그제야 안도한다.

"토마토주스 만들어줄게. 내일 아침에 마셔."

"그럼……"

"시럽은 안 돼. 대신 사과랑 같이 갈아줄게."

"우와, 역시. 날 제일 아는 오빠가 최고야."

두 사람 위로 익숙한 그림자가 내려앉으며 밤이 물들어간다.

아버지의 예배당을 나온 후, 이라가 찾은 곳은 신혼집이다. 그곳에는 대복의 어머니가 들여놓은 유행 지난 가구들과 자신이 직접 고른 가구들이 각자의 존재감을 드러내며 섞여 있다. 그렇게 모든 게 여전히 부조화 속에 놓여 있다. 그렇게 싫다고 했던 대복의 흔들의자는 베란다에 있었다. 대복은 버리겠다고 했지만, 아직 버리진 못한 모양이다. 문을 열고 베란다로 나간다. 제법 차가워진 초겨울의 공기가 그녀를 스친다. 그녀는 바람에 살짝 흔들리고 있는 낡은 흔들의자를 툭 건드려본다. 그러자 대복이 그곳에 편히 앉아 있던 모습이 떠오른다. 그가 그곳에 앉아 아이를 품에 안고 달래주고 싶다던 말을 기억한다. 이라는 배를 어루만지더니 가만히 그 의자에 앉아 조심스럽게 움직여본다. 의식을 깨우는 차가운 공기 속에서 살랑살랑 의자가 흔들린다. 감은 눈 위로 사람 좋아 때때로 바보처럼 보이기도 하는 대복의 얼굴이 떠오른다. 순간 '보고 싶다'라는 말이 툭 떠오른다. 그 감정에 놀란 듯 그녀가 반짝 눈을 뜬다. 그리고 그때 배 속의 아이가 꼬물거리는 걸 느낀다. 배에다 손을 가만히 올려놓고 묻는다.

"마음에 들어?"

다시 배 속의 아이가 꼬물거리는 것만 같다. 이상하게 눈물이 날 것만 같다.

"너…… 아빠 닮았구나…… 벌써부터."

주영은 다시 눈을 감고 의자를 흔들어본다. 의자에 앉아 아이를 안고 어르는 대복의 모습이 상상된다. 주영의 눈가가 시큰해진다.

오래된 한옥들이 사이좋게 자리한 골목길을 감귤색의 나트륨등이 비추고 있다. 그 길을 술로 적당히 촉촉해진 소미가 또박또박 걷고 있다. 손에는 원철이 보냉병에 담아준 토마토주스가 들려 있다. 그때, 소미의 휴대폰이 울린다. 자신이 도착한 것을 확인하려는 원철의 전화인 줄 알고 받으려다 멈칫한다. 액정에 뜬 발신인은 원철이 아닌 경수다. 그리고 그때, 골목을 돌아서자 집 앞에 서 있는 낯선 그림자가 보인다. 경수가 소미네 주소가 적힌 종이를 손에 들고, 전화를 걸고 있다. 소미는 서둘러 몸을 숨긴 채 경수의 전화를 받지도, 그렇다고 거부하지도 못한 채 바라만 본다. 애원하듯 마지막까지 울리던 전화가 마침내 끊어지자, 소미는 참았던 숨을 몰아쉰다. 고개를 내밀어 경수를 몰래 지켜본다. 아무도 없지만, 그래서 더 무안하고 쓸쓸한 기분으로 경수는 괜히 주변을 돌아본다. 행여 눈이라도 마주칠까 소미는 얼른 몸을 숨긴다. 경수의 발소리가 골목을 울린다. 그가 자신이 있는 방향으로 걸어오면 어떻게 해야 할지 아무런 생각도 떠오르지 않는다. 다행히도 그의 발소리는 점점 멀어진다. 그 발소리가 그녀의 마음을 울리며 아득해진다. 그때 또 전화가 울린다. 원철이다. 화들짝 놀란 소미가 얼른 전화를 받아 소곤거린다. 잘 도착했느냐는 원철의 말에 너무 무사하다 말하고는 서둘러 끊는다. 고개를 빼보지만 어느새 골목은 텅 비어 있다. 경수는 그림자의 흔적조차 없다. 적당히 촉촉했던 취기는 몽땅 사라졌다. 설명할 수 없는 아픔이 싫어, 자신의 날숨 속에 남아 있는 달달한 소주의 향에라도 취하길 바라며 그녀는 집으로 들어간다. 생각에 골몰한 나머지 그녀는 경수가 우편함에 꽂아두고 간 《삼다의 연인》을 알아보지 못한다. 가로등 불빛을 받으며 외롭게 우편함에 남겨진 책 틈에 삐죽 사진 한 장이 끼워져 있다.

　원철은 전화를 끊고는 스포츠 복싱 게임에 몰두하고 있다. 마치 진짜 격투를 하듯 눈에 번뜩이는 감정까지 담고 격렬하게 팔을 휘두른다. 이내 지친 듯 거친 숨을 몰아쉰다. 상대를 향해 마지막 일격을 가하는데, 오히려 맥없이 허공을 가르고, 상대의 회심의 역공에 K.O패를 당하고 만다. 허탈한 얼굴로 화면을 응시하던 원철은 침대 위로 털썩 쓰러진다. 몸을 돌리는 그의 시선에 아이패드 속 웹툰 〈삼다의 연인〉이 보인다. 그 웹툰의 마지막 장면에 남자 주인공이 여자 주인공에게 직접 그려준 네일 아트가 있다. 원철은 그 네일아트 디자인이 낯설지 않았다. 지난밤, 아니 오늘 낮에도 소미의 손톱에 그려져 있던 그림을 보았다. 완벽한 소미의 솜씨가 아닌 서툴기 이를 데 없는 장난 같은 그림이었다. 바로 웹툰 속 여주인공의 손에 그려진 대로. 여주인공은 여행지에서 남자를 만나 티격태격 시간을 보내고, 폭풍을 만나고, 비행기가 결항된 그 밤에 뜨겁게 가까워져 영원 같은 찰나의 시간을 보낸다. 그리고 그녀는 낯선 인연과 다음을 기약하며 헤어졌다는 내용이었다.

제주도에서 올라오자마자 자신의 품을 파고들던 소미를 기억한다. 그러자 어딘가의 입구에서 입장권을 빼앗기고 문 밖으로 쫓겨난 것 같은 기분이 든다. 원철의 눈에 비어 있는 소미의 자리가 보인다. 그 위에 아이패드가 놓여 있다. 원철은 눈에 보이지 않도록 아이패드를 치워버리고는 넓은 침대 한가운데 대자로 누워 천장을 바라본다.

늦은 시간까지 잠들지 않은 도시. 그 속에서 고요하게 잠든 태규가 아직 깨어나지 못하고 있다. 주영이 곁에서 그의 손을 잡고 까무룩 존다. 그러다 악몽이라도 꾼 듯 화들짝 깨어 태규를 살핀다. 가만히 그의 얼굴을 보더니 그의 몸을 밀어 침대에 누울 만한 자리를 만든다. 그의 곁에 누워 마치 한 몸이 된 것처럼 꼭 붙는다. 달빛이 그들의 얼굴을 물들인다.

D-day,
결혼은 사랑의 마침표가 아니다

태규가 천천히 눈을 뜨자마자 상황 파악이 안 된 듯 벌떡 일어나 주변을 두리번거린다. 눈으로 주영을 찾지만, 보이지 않는다. 분명 주영이 있었던 것 같은데, 아무 데도 없다. 대신 침대 옆 창턱에 신혼집에서 보았던 박스가 놓여 있다. 미리 열어보려다 주영에게 구박을 받았던 바로 그 상자다. 태규는 상자를 침대로 옮겨와 열어보고는 할 말을 잃는다. 그 안엔 낡은 야구공이 있었다. 그리고 그 공에 '임태규 프로 첫 홈런볼'이라는 제목의 작은 기사가 함께 붙어 있다. 그것 말고도 각각의 꼬리표를 달고 있는 여러 물건들은 태규의 야구인생 전부가 스크랩된 자료들이었다. 고등학생 시절의 유니폼, 첫번째 우승 기념 유니폼 등등 사소한 것 하나 놓친 게 없다. 태규는 그 추억의 무게에 묵직한 무언가가 마음을 치고 들어오는 걸 느낀다. 상자 맨 아래에 깔려 있는 것은 야구 유니폼과 치어리더 유니폼을 입고 찍은 웨딩사진과 자신이 지갑 속에 늘 가지고 다니던 그 사진, 그 두 장의 사진으로 만든 퍼즐이다. 수천 조각의 퍼즐들이 빼곡하게 잘 맞춰진 액자다. 태규는 먹먹해진다. 그때 주영이 병실로 들어서며 깨어나 있는 태규를 보고 속사포로 질문을 쏟아낸다.

"일어났어? 괜찮아? 머리는 안 아파? 명색이 선수 출신이 파울볼에나 맞고…… 뇌진탕이 뭐니? 하루 꼬박 잠만 잔 거 알아? 안 깨면 어쩌나 얼마나 걱정했는데…… 아참, 너 깨어났다고 의사한테 연락부터 해야겠다."

그때 태규가 그녀의 입을 막는다.

"주영아."

그의 행동에 놀란 주영이 태규의 손을 떼어내고 눈이 동그래져 묻는다.

"너 왜 그래? 머리 이상해? 그래, 이상해진 거 같아. 어디까지 기억나? 지금 몇 년도?"

"구겨진 셔츠…… 입고 있었어."

주영은 무슨 소리인가 싶다. 그녀는 정말 그의 뇌에 이상이라도 생긴 걸까봐 걱정스럽다.

"그래서 공 맞은 거야."

그제야 그의 말이 무슨 뜻인지 이해한다.

"뭐야…… 그게 언제적 징크스인데……"

"너도 걱정돼서 항상 다려준 거잖아."

"그냥 내 남자가 깔끔한 게 좋아서."

"근데 사실은 그게 아니었어."

주영이 태규를 바라본다.

"셔츠 때문이 아니라…… 네가 없어서 그런 거더라고. 네가 없으면 늘 사고가 났어."

태규의 말뜻을 알아들은 주영이 무겁지 않은 농담으로 받아준다.

"맞아, 넌 나 없으면 항상 이 모양이야."

"그러니까……"

"다행이다, 멀쩡해서. 그래도 의사선생님한테 확인받자, 괜찮은지."

주영이 의사를 호출하려는데, 태규가 주영의 손을 잡는다.

"우리 2대 2라고 치고, 경기 속개하는 거 어때?"

주영이 말간 얼굴로 태규를 보기만 한다.

"야, 그렇게 보지만 말고…… 대답! 예스지?"

"너 이미 삼진이야."

"뭐? 벌써? 왜?"

주영이 짧게 설명해준다. 태규가 말도 안 된다며 반박한다.

“야, 그 고등학교 극장 사건은 아웃 아니지. 그건 진짜 모르고 그런 거잖아.”

“진짜 몰랐어? 내가 그렇게 티 냈는데?”

“맨날 싸우자고 덤비고 이겨먹자고 드는 게 어떻게 좋아하는 티냐. 그거 알아들을 수 있는 놈 있으면 나와보라고 해. 그리고 사귀자고 했더니 싫댔잖아.”

“기억해?”

“거절은 네가 먼저 했어.”

“진심 아니었잖아.”

“진심이었어. 그게 좋아서 그랬던 거란 건 나중에야 알았지만.”

자신의 말을 듣고 웃는 주영에게서 수줍고 어설퍼서 더 사랑스러웠던 소녀의 모습이 스친다. 태규는 그런 주영을 보며 다시는 놓치지 않겠다 다짐한다.

“암튼, 2대 2 게임 속개하는 거다?”

“지난번도 그렇고 무슨 프러포즈가 맨날 이렇게 반칙이야. 이건 진짜 스포츠 정신에 어긋나잖아.”

“그래서, 플레이볼?”

“김새, 정말.”

태규는 새침한 주영을 더없이 사랑스럽다는 눈으로 본다.

"걱정 마. 이번엔 나 정확히 홈런 칠 자신 있어. 그것도 만루 홈런."

"어떻게?"

태규는 그녀의 허리를 끌어당겨 품에 안는다. 그러고는 뜨겁고 진하게 키스한다. 자연스럽게 그녀의 옷 속으로 손을 넣으려 하자, 주영이 깜짝 놀라 타박한다. 그러나 태규는 멈추지 않고 오히려 더 과감해진다. 그녀를 번쩍 안아 침대에 눕히고 말한다.

"너 병원 패티시 있댔잖아. 난 남들 다 하는 로맨틱한 프러포즈 대신 완전 에로틱한 그런 프러포즈 할래. 딱 네 취향으로다가. 그러니까 내일 결혼하기 전에 한큐에 프러포즈랑 허니문 베이비까지 홈런, 어때?"

주영은 결혼이라는 말에 번쩍 정신이 든다.

"임태규! 오늘…… 우리 결혼식이야. 어떡해……?"

"내일…… 아니고?"

"너 하루 꼬박 잠만 잤다니까."

"그래?"

"어떡해……"

"뭘, 오늘 하면 되지. 뭐가 문제야."

"취소…… 했잖아……"

잠시 서로의 얼굴만 보던 둘은 누가 먼저랄 것도 없이 옷을 챙겨 서둘러 뛰어나간다.

그들과 달리 소미와 원철은 계획대로 차분히 결혼식을 준비한다. 소미는 신부 화장을 받고 있다. 거울 속에 완벽하게 세팅된 자신의 모습을 낯선 사람 보듯 바라본다. 마치 이제부터 인생의 재부팅이 시작되는 듯, 그 이전의 모습은 지워지고 사라진 듯한 착각에 빠지는 것만 같다. 그때 메이크업 담당자가 말을 건다.

"신부님, 근데 여기 손톱이요, 드레스랑 안 어울리고 너무 튀는 거 같은데…… 지우면 어떨까요? 근데 이거 혹시 사인펜인가요?"

그 말에 그녀의 손톱을 본 친구들도 한마디씩 한다. 네일아트 전공이면서 손톱에 장난질을 해놓았다며 촌스럽다고 얼른 지우라고 난리다. 그사이 메이크업 담당자가 리무버를 묻힌 화장 솜을 들고 온다. 소미는 자기도 모르게 손가락을 오므린다. 그러자 손톱에 그려진 그림이 전혀 다르게 보인다. 파란 장미 사이에 뒤집어져 있던 하얀 하트가 제 방향을 찾은 것이다. 마치 장난스러운 말투에 숨어 있던 경수의 진짜 마음 같다. 소미는 손톱 그림에 숨어 있던 진실을 알고 나자 겨우 참고 있었던 눈물이 후드득 떨어져내린다. 친구와 스태프들이 놀라서 어쩔 줄 몰라한다. 상황을 진행중이던 이라가 다급하게 원철을 찾아올 것을 지시하고, 소미를 달래려 애쓴다.

그런데 그때 불청객 둘이 소란스럽게 등장한다. 다름아닌 주영과 태규다. 그 둘은 이라를 향해 막무가내로 오늘 결혼하고 말겠다는 의사를 강력하게 내세웠다. 이라는 황당한 얼굴로 그들을 보며 난감해한다. 그사이, 소식을 듣고 뛰어온 원철이 서럽게 울고 있는 소미를 본다. 소미는 자신의 눈망울에 원철의 얼굴이 맺히자, 더 서럽게 운다. 사람들은 저마다 어찌할 바를 몰라 당황하고 있다. 그사이 원철은 소미를 달래려 데리고 나간다. 소미가 일어난 의자에 주영이 냉큼 엉덩이를 디밀고 앉고는 화장부터 서둘러 해달라고 조른다. 곧 죽어도 예쁘고 동안인 신부로 변신시켜달라고 떼쓰는 것도 잊지 않는다. 태규도 만만치 않다. 주영의 바로 옆자리에 앉아 메이크업을 요구한다. 그 역시도 곧 죽어도 멋있고 동안인 신랑으로 변장시켜달라고 말하는 게 주영과 꼭 닮았다. 이 어수선한 상황을 어찌해야 할지 몰라 당황한 스태프들은 모두 이라만 쳐다본다. 이라는 주영과 태규 커플에게 우선 예식 장소를 잡을 수 있는지부터 알아보겠다고 한다. 그녀의 말에 어디라도 상관없으니 일단 준비부터 시켜달라고 떼를 쓴다. 이라는 그 순간 지난밤 전화로 결혼식을 취소한 커플이 있었다는 걸 기억해낸다. 그 장소를 당장 사용할 수 있는지 확인하기 위해 달려나가며, 주영과 태규 커플의 메이크업을 지시한다.

웨딩홀 한편, 원철과 소미가 신부대기실에서 문을 잠그고 숨었다. 원철은 울음을 그치지 않는 소미 곁을 가만히 지키고 있다. 어떤 말도 하지 않은 채 기다려준다. 한참을 그렇게 울던 소미의 호흡이 점차 정상으로 돌아온다. 딸꾹거리던 그녀의 숨결이 잔잔해지자, 원철이 부드러운 말투로 묻는다.

"실컷 울었어?"

대답 대신 고개를 끄덕인 소미가 배시시 웃다가 다시 미안한 마음에 이내 눈시울을 붉힌다. 그러자 원철이 엄한 얼굴로 말한다.

"안 돼. 더는 울지 마. 벌이야."

"아프다…… 그치?"

소미가 애틋한 손길로 원철의 가슴을 쓸어준다. 원철이 가만히 그녀의 손을 잡는다. 그러고는 무겁지 않게 얘기한다.

"어쩌냐…… 너 이제 맛있는 된장찌개는 못 먹겠다."

"응…… 그저 그런 된장찌개 먹을 때마다 오빠 생각 날 거야……"

"샘통이다. 그것도 벌이야."

“미안해.”

“싫다, 그 말.”

소미와 원철의 휴대폰이 쉬지 않고 울린다.

“어쩌지…… 결혼식……”

난감하게 서로를 바라볼 뿐이다.

예식시간이 한참 지났는데도 신랑 신부가 입장하지 않자 두 사람의 가족들과 하객들이 당황한 채 어쩔 줄 몰라 하고 있다. 웨딩플래너인 아라 역시 시계를 보며 닫힌 신부대기실의 문과 식장 안을 번갈아보며 노심초사하고 있기는 마찬가지다.

이때, 신부대기실 문이 벌컥 열리면서 원철이 나온다. 뒤따라 나온 소미는 식장 쪽을 한 번 바라보더니 이내 발걸음을 반대쪽으로 돌려 걸어간다. 이라가 소미를 부르려 하자 원철이 그녀를 말린다. 원철이 이라의 어깨를 툭툭 쳐주며 걱정 말라고 한다. 그러고는 씩씩한 걸음으로 식장에 들어선다. 웅성이며 안절부절못하던 하객들이 일제히 입을 다문다. 당황해서 굳어 있는 사회자의 마이크를 뺏어든 원철이 말한다.

“저희의 새출발을 축하해주러 오신 여러분들, 정말 감사드립니다.”

잠시 말을 멈추고 사람들을 둘러본 후 말을 잇는다.

“그런데, 오늘은 저희가 특별히 두 배로 축하받아야 할 것 같습니다. 둘이 함께가 아니라 둘이 각각 새로운 출발을 하기로 했거든요."

식장 밖에서 담담한 척 애쓰는 원철을 보는 이라의 표정이 복잡하다. 그런 그녀의 어깨를 누군가 툭툭 친다. 단장을 끝낸 주영과 태규가 서 있다.

"이제 여기 비는 거 맞죠?"

"공간 놀리느니 우리가 하면 되겠네. 딱이다, 그쵸?"

이라가 얕은 한숨을 내쉰다. 그녀의 대답을 기다리고 있는 태규와 주영의 눈빛이 간절하다.

"하객분들이랑 가족분들 한 시간 안에 부르실 수 있으세요?"

이라의 말이 떨어지기가 무섭게 주영과 태규는 이미 전화를 돌리고 있다. 서두르는 두 사람에게 설렘이 가득 묻어 있다. 주영과 태규는 미리 준비해놓은 자신들의 퍼즐 사진을 예식홀 앞에 놓는다. 그들을 보고 있자니 이라는 웃음이 난다.

"신랑님, 신부님, 두 분 식장은 여기 말고 따로 있어요. 여긴 손님들 빠져나가시고 정리하고, 너무 빠듯해요. 마침 어제 취소된 곳이 있으니까, 그쪽으로 해요."

놀란 눈으로 보는 두 사람을 이라가 안내한다.

"약간, 장식이 화려하고…… 이국적이고…… 그래도 괜찮죠?"

“이국······?”

“네, 러시아식인데, 낯설고 좋으실 거예요.”

어느새 드레스를 벗고 편한 옷으로 갈아입은 소미가 웨딩홀 건물을 빠져나온다. 그런 그녀를 뒤따라오던 소미의 엄마가 등짝을 후려친다. 소미는 엄마를 보자 금세 미안한 얼굴이 된다.

“그런 얼굴 할걸, 왜 이런 짓을 해?”

“그건 그거고 이건 이거······ 그게 사는 거잖아.”

“컸다고 엄마한테 까부냐?”

“미안해······”

“이 철없고 속없는 것······ 너 원철이 같은 애 두고 이따위 놈팽이랑 진짜 이럴래?”

“무슨 소리야······”

엄마의 손에 책 한 권이 들려 있다. 경수가 우편함에 두고 간 책이다.

“이놈 말이야, 이놈. 아침에 나오다 보니 떡 하니 꽂혀 있더라.”

놀란 소미는 얼른 그 책을 펼쳐본다. 경수의 사인이 있다. 그리고 그 틈에 꽂혀 있는 것은 다리에 서 있는 소미를 배경으로 두고 찍은 경수의 사진이다. 두 사람의 사진이기도, 아니기도 한 그 사진을 보는 소미의 눈길에 애틋함이 담긴다. 이런 다리에서 이런 야경을 함께 보면 운명이 아니라고 할 수 없을 거라던 자신의 말이 기억난다.

"엄마, 오늘 일요일이지?"

"그건 왜?"

"제주도행 마지막 비행기 몇 시야?"

"내가 공항 직원이니, 그걸 알게?"

"고마워, 엄마."

시계를 확인하곤 택시를 잡아탄다.

"저, 저, 낮도깨비 같은 딸년. 내가 저걸 낳고 미역국을 먹었어……"

소미의 엄마는 소미가 탄 택시 번호를 외며 결국엔 피식 웃고 만다.

"철없는 거 떠넘기고 발 뻗고 사나 했는데…… 하긴 사랑에 목숨 거는 거, 그거 딱 내 꼴인데…… 그래서 네가 내 딸이다, 이것아. 원철이네 식구랑 손님들 마주치기 전에 얼른 도망이나 가야겠다, 엄마는."

그렇게 택시를 잡으려는 소미 엄마 앞으로, 대형 버스가 선다. 그리고 그 안에서 우르르 야구 선수들이 내리기 바쁘다. 소미 엄마는 훤칠한 야구 선수들의 일행이라도 되는 듯이 따라 들어간다. 그들의 뒤를 따라 주영과 태규의 하객들이 연이어 도착한다. 그들은 모두 소란스럽게 웨딩홀로 들어간다.

태규와 주영은 하객들이 무사히 올라오는 것을 보며 서로 모종의 미소를 나눈다. 주영은 서둘러 신부대기길로 달려가 새침하게 준비된 신부를 연기한다. 그사이 도착한 하객들에게 태규 혼자서만 혼이 난다. 멋대로 취소했다가 멋대로 다시 불렀다는 원성을 혼자서 당한다. 당황한 이라가 원성 가득한 하객들 사이에서 태규를 구해낸다.

"주례 서주실 분은 언제 오세요?"

그 말에 당황한 태규가 대기실로 달려가 주영에게 묻는다. 그러자 주영은 울상이 되어 태규에게 퍼붓는다. 답 없이 서로 다투기만 하는 둘을 이라가 프로의 기술로 진정시킨 후, 하객 중에 주례가 가능한 사람을 되도록 빨리 찾아보자며 상황을 정리한다. 그런데 갑자기 조용해진 태규와 주영이 이라의 눈치를 살피고 있다. 뭔가 이상해서 뒤를 돌아보니 대복이 이라를 향해서 있다.

"하고 싶은 말이 있어요."

대복을 보니 그녀의 마음도 흔들린다. 그때 주영이 끼어든다.

"정했어요, 주례. 우리의 지랄맞은 연애사를 진짜 잘 아는 인간이 하나 있거든요."

주영은 대복을 보고 있다. 태규가 묻는다.

"주례가 너무 어린 거 아냐?"

"늙어야 주례라는 법이 어딨어. 정 그럼 그냥 주례 말고 축사로 하면 되지. 그치, 대복씨?"

"아니, 나는 이라씨한테 할 말이……"

이라도 대복을 식장 안으로 밀어넣는다.

"쇼 머스트 고 온. 식이 먼저예요."

어쩔 수 없이 대복이 주례석으로 떠밀려 올라간다. 주영과 태규는 바로 앞에서 그에게 무언의 압박이 담긴 시선을 강렬하게 보내고 있다. 행여 대복이 식을 망칠까 노심초사한다. 이라는 그 모습을 사회자 옆에서 가만히 지켜보고 있다. 대복은 자신을 보고 있는 이라와 눈이 마주친다. 그러더니 조심스레 입을 연다.

"다들 아시다시피 두 분 참 우여곡절 끝에 이 자리까지 왔습니다. 살벌한 칼부림에 고자 될 뻔…… 어쨌든 어제까지만 해도 남남 될 뻔했던 거죠."

주영과 태규가 그런 말은 하지 말라며 입모양으로 난리를 치고 있다. 대복은 그러거나 말거나 제 말만 이어간다.

"하지만 전 싸울 수 있는 과거가 많은 두 분이 부러웠습니다. 그리고 다시 화해할 수 있는 추억이 있어서 부러웠습니다. 사실 전…… 결혼을 못 하게 됐습니다. 바로 이틀 뒤였는데 말이죠."

하객석이 술렁인다. 대복은 이라만 보며 말을 이어나간다.

"저흰 살아온 환경이 달라도 너무 다르거든요. 그런데…… 다른 건 너무 당연한 거 아닌가요? 삼십 년을 따로 살았는데요. 그냥 사랑하니까 결혼하겠다!고 한 거죠. 처음엔 서로 다른 점에 끌렸고, 뭐 이 넓은 마음으로 다 이해하면 문제없다, 생각했습니다."

이라는 대복의 폭탄 발언이 편하지만은 않다.

"근데…… 뭔가 이게 아닌데…… 라는 걸 깨달았습니다. 이해한다고 하지만…… 실은 이해받길 원했던 거였어요. 모두 다!"

주영은 더는 자신의 예식을 망치는 걸 볼 수가 없어 간절한 마음을 담아 속삭인다.

"고과장! 주례를 해야지. 프러포즈를 하면 어떡해!"

그러나 결연한 의지가 뿜어져나오는 대복을 막을 수 있는 사람은 없다. 태규는 자신도 모르게 대복을 응원하는 마음마저 든다.

"결혼 전문가 강이라씨! 대답해주세요. 왜 이렇게 우리 결혼이 힘든 건지!"

대복이 대놓고 이라에게 시선을 던지자, 사람들이 일제히 그쪽을 바라본다. 주영은 이제 거의 포기했다. 자리를 피하려던 이라가 잠시 고민하더니 돌아서서 대복을 노려본다. 그러고는 사회자의 마이크를 잡고 말을 하기 시작한다.

"네, 솔직히 말할게요. 결혼 힘들어요. 왜냐구요? 결혼하면 사랑, 섹스, 가족, 이 세 가지가 짠 해결될 거라고 생각하거든요. 근데 실은 이 잘못된 환상 때문에 다들 힘들어져요. 여러분들도 다들 아시잖아요! 사랑하기 때문에 섹스 문제를 참아야 할 때도 있고, 섹스는 괜찮은데 가족이 생기는 건 너무 싫을 수도 있고, 가족이 생기는 바람에 사랑이 식을 수도 있고, 암튼 이 사랑, 섹스, 가족이라는 게 동시 달성이 불가능한 욕망이라는 사실, 다 알면서도, 또 그것도, 평생 단 한 사람을 통해 해결하라는 거, 이게 대체 말이 돼요?"

사람들은 뜨악한 얼굴로 두 사람을 보고 있다. 대복과 이라는 세상에 둘만 남겨진 것처럼 대화를 이어간다.

"말 안 되는 거 다 압니다. 그런 의미에서, 제 맹세로 본 축사를 대신하겠습니다."

대복은 씩씩하고 당당하게 주례석에 있는 꽃을 뽑아 들어 이라에게로 성큼성큼 걸어간다. 이라의 조수가 큐 사인을 주자, 조명이 꺼지면서 대복과 이라에게만 핀 조명이 쏟아진다. 주영과 태규는 서로의 얼굴을 보며 황당해하더니 피식 웃어버린다. 그사이 대복은 이라 앞에서 무릎을 꿇는다.

"맹세합니다.

당신에게, 오직 당신에게만 실망할 것을 맹세합니다.

내 후회의 유일한 대상이 당신일 것을 맹세합니다.

당신과 결혼할 수 없는 이유, 하면 불행해질 것들에 대한 경우의 수, 다 따져봤습니다.

그리고 마침내, 그럼에도 불구하고, 그 불행들에 대한 희생을 하기로 선택한 사람이 바로 당신입니다."

주영과 태규는 제법 멋진 대복의 프러포즈이자 축사에 시선을 나눈다. 하객석에서도 같은 분위기가 퍼진다. 이라의 조수인 도아가 박수를 치며 자연스레 하객들의 반응을 이끌어낸다. 그제야 하객들이 단체 박수로 끝을 맺어준다. 그 틈에서 동생의 고백을 듣고 있던 선옥 역시 제법이라 생각하며 옆사람에게 동의를 구하는데, 옆에는 닥터 김이 앉아 있다. 두 사람의 분위기에 휩쓸리듯 서로를 보며 박수를 친다.

이라는 대복을 보며 얼굴을 붉히고 있다가, 그의 손을 잡아준다. 주영은 제 결혼식의 주인공이 다른 사람이 되어버린 것이 못내 불만이다. 그런 그녀의 기색을 살피던 태규가 나선다.

"걱정 마. 내가 너 주인공 만들어줄게."

그러나 주영은 그런 태규가 영 걱정된다.

"여러분, 집중. 지금 여러분이 있는 이곳은 저 임태규와 배주영의 결혼식입니다. 해서, 제가 자축송 하나 부르겠습니다."

주영은 태규의 말에 맙소사, 싶은 얼굴이 된다. 그사이 태규는 반주와 함께 심호흡을 뱉어내며 노래를 시작한다. 첫 소절이 끝나기도 전에 모두 함께 주영과 같은 표정이 된다. 태규의 노래 실력은 그저 놀라울 따름이다. 음치, 박치, 감정치 이보다 더할 순 없다. 하객석에서 웃음이 터지기도 한다. 그러나 태규의 노래는 사람들의 반응과 달리 더없이 진지하기만 하다. 모두가 몰라줘도 단 한 사람, 주영은 그의 진심을 고스란히 전해듣고 있다.

그렇게 두 사람의 탈 많은 결혼식이 나름대로 무사히 끝난다. 느닷없이 취소됐던 결혼식에 불려나왔던 하객들을 위한 피로연이 함께 진행되는데, 이 역시 러시아식이다. 이라는 일이 아직 다 끝나지 않아 피로연장을 정리하느라 바쁘게 보내고 있다. 대복이 그런 그녀 뒤를 졸졸 따르며 틈을 찾는다.

"이라씨, 잠깐만요."

"대복씨, 나중에요."

"정말 잠깐이면 돼요."

또다시 거절하기 전에 대복은 서둘러 그녀 앞에 스케치북을 내민다. 그리고 첫 장을 펼쳐서 보여준다. 대복의 돌 사진부터 현재까지의 사진을 꼼꼼히 붙여두고 각각 그에 따른 사연들을 적어났다.

"백문백답이에요. 천천히 다 보고, 이라씨도 만들어줘요."

이라가 스케치북을 물끄러미 본다.

"빨리는 안 돼요."

"네, 오래오래 만들고, 오래오래 만나요. 그럼 돼요."

이라는 스케치북이 아닌 대복의 얼굴을 본다.

"나 시간 많아요. 이라씨한테 낼 시간 충분하니까…… 아, 이라씨는 시간 있어요?"

대복은 이라가 거절할까 두렵다.

"시간…… 없……"

일순 기운이 쏙 빠진다.

"……지만, 내볼게요."

대복은 환하게 웃으며 이라를 다짜고짜 안으려고 달려든다. 이라는 주변의 시선을 살피며 부끄러워 대복을 냅다 밀어버린다. 또 치한으로 몰린 꼴이다. 대복에게 그런 시선을 보내고 있는 사람들은 비카의 친구 소냐와 소냐의 친구들이다. 러시아 미녀들이 마치 일행인 듯 주영과 태규의 결혼 피로연에 끼어 놀고 있다. 누가 초대했느냐며 의아해했지만, 야구 선수들과 남자 하객들은 마냥 즐거워한다. 그들 사이에 끼어 노는 러시아 미녀들도 의아하긴 마찬가지다. 그들은 러시아어로 건호와 비카는 어디 있느냐고 묻고 있다.

그사이, 주영은 이라에게 고마운 마음을 전한다. 막무가내로 떼를 썼는데, 모든 것을 잘 처리해준 솜씨가 보통이 아니라고.

특히 좀 촌스럽긴 하지만, 화려한 피로연이 인상 깊다고 말한
다. 이라는 의미심장한 미소를 지으며, 자신이 아니라 어제 급
하게 결혼식을 취소한 국제 커플에게 고마워해야 할 일이라고
말한다. 그 커플은 그럼 결혼하지 않게 된 거냐 걱정하는 주영
에게 그게 아니라 러시아로 직접 결혼식을 올리러 간 것뿐이라
고 말해준다.

공항을 긴장시키는 신음 소리, 그 근원지는 다름아닌 건호와
비카다. 두 사람은 공항의 공중 화장실에서 열정을 불태우는 중
이다. 비카와 마음을 터놓은 그 순간부터 내내 부실하기만 했던
건호의 남성이 오랜 잠을 깨고 나온 듯 쉴 틈 없이 불타오르고
있다. 두 사람을 막을 수 있는 건 아무것도 없다. 그때였다.

"건호, 어머님 전화야."

비카를 통해 건호가 시골 어머니의 전화를 넘겨받는다. 사실
건호는 비카를 위해 큰 결심을 했다. 건호는 오늘로 예정되어
있던 결혼식을 취소했다. 비카의 부모님을 모셔올 수 없는 상
황이라는 걸 듣고, 한국의 부모님을 모시고 러시아에 가서 비카
부모님과 함께 결혼식을 올리기로 한 것이다. 그런 이유로 건호
의 부모님은 지금 시골에서 공항으로 오고 계신 중이다. 그런데
부모님은 벌써 도착해서 건호와 비카를 찾고 있단다. 공항이 넓
어서 찾을 수 없는 거라 생각한 건호는, 우선 비행기 티켓 발권

부터 한 후에 출국 절차를 받자고 말하고 전화를 끊는다. 함께 화장실에서 튀어나오는 두 사람을 보는 사람들의 눈길이 곱지 않다. 그러나 건호와 비카는 그런 사소한 일 따위 전혀 마음에 두지 않는다.

발권부스로 다가가 당당하게 외친다.

"우즈베키스탄행 비행기표 네 장이요."

"네?"

"어제 예매도 다 했어요. 찾기만 하면 되는데…… 빨리 주세요."

"저기…… 여긴 김포공항이에요."

"네."

"여긴 국내선이고, 국제선은 인천공항으로 가셔야 해요."

"네? 그게 무슨……"

"그러니까 우즈베키스탄은 국제선 타셔야 해서, 인천공항으로 가셔야 한다구요."

"건호, 어떡해."

"어떡하긴. 빨리 가야지……"

건호는 비카의 손을 잡고 서둘러 뛰기 시작한다. 그렇게 서둘러 뛰어나오던 두 사람 앞에 택시가 선다. 그 택시 안에서 소미가 요금을 계산하고 있다. 그녀가 내리자마자 건호와 비카가 다급하게 올라탄다. "인천으로 따따블"을 외친다. 비카가 그의 박력에 눈으로 하트를 띄우며 좋아한다. 그렇게 두 사람은 또다시 뜨겁게 불타오르는데, 배가 아팠던 택시 기사가 특유의 운전 실력을 발휘해 두 사람의 사랑을 방해한다.

건호와 비카만큼이나 소미도 마음이 바빴다. 그녀 역시 택시에서 내리자마자, 서둘러 항공사 데스크로 달려가 가장 빠른 제주도행 항공권을 요구한다. 항공사 직원은 태풍 관계로 비행기가 연착돼서 오늘 안으로는 발권이 어렵다고 대답한다. 소미는 실망한다. 마치 경수와의 끈이 끊어져버린 듯한 막막함에 놓인 것 같다. 그렇게 돌아서다 문득 떠올린다. 오늘은 비행기가 뜨지 않는다. 그렇다는 건 경수도 아직, 이라는 뜻이다. 항공사 직원에게 확인해본다.

"오늘이라는 건 언제부터예요?"

"네?"

"언제부터 연착이냐구요……"

"오전부터 그렇습니다, 고객님."

"감사합니다."

떨리는 눈으로 소미가 공항 안을 살핀다. 그런 소미의 눈이 희망과 설렘으로 빛난다. 그때, 여성 팬들에게 둘러싸여 사인을 해주고 있는 경수의 모습이 눈에 들어온다. 그가 정신없는 틈을 타, 그의 스케치 노트를 몰래 촬영하려던 팬을 소미가 붙잡는다. 카메라를 뺏어들고 보는데, 소녀가 찍은 건 경수가 그린 자신의 모습이다. 소미는 웃음이 터진다. 그녀의 목소리에 경수가 놀라 돌아본다. 소미가 팬들을 물리치며 과감하게 경수의 옆자리에 앉는다.

“결말…… 달라졌네?”

“독자 요청이 있어서.”

“늦잠 자는 거 좋아해.”

소미가 쑥스러운 듯 앞만 본 채 이야기를 이어간다.

“배부른 맥주보단 맑은 소주가 좋아. 모기 물렸을 때 손톱으로 꾹 눌러서 십자가 만드는 거 좋아해. 술 먹은 다음 날엔 꼭 토마토주스 마시고, 아, 사과도 넣어야 해. 단 게 좋거든. 또 새벽에 혼자 음악 들으면서 걸어다니는 거 좋아하고, 바싹 마른 이불 좋아하고, 넥타이보단 풀어헤친 셔츠 사이 쇄골이고, 문자보단 전화가 좋아.”

“주말에 시간 없다며?”

“만나자며. 근데 단체는 싫어. 남들 다 가는 대중적 코스도 별로고.”

“개인 가이드, 특별한 코스. 그거 내 전문이야.”

“알아. 돈 주고 하기 싫은 경험 만들기 일인자.”

“대신 재밌잖아.”

“그러니까 왔잖아.”

“근데 곧 싫증날지도 모른다. 수평선 너머도 여전히 바다거든.”

“그래도 지금은 즐거워. 그게 좋아. 너무, 좋아……”

소미가 말괄량이처럼 대답하고 웃는다. 그러자 경수가 그녀의 입술에 제 입술을 맞춘다. 사랑은, 언제나 지금 이 순간, 그게 제일이고 우선이다. 사랑은 달콤한 만큼 불안하고, 답을 내릴 수 없어 매력적이다. 그리고 결혼은 사랑의 마침표가 아니다. 결혼은 쉼표, 새로운 2막을 꿈꾸는 사람들의 약속이다. 쉼표 다음엔 어떠한 말도 올 수 있다. 어떠한 결말도 가능하다. 어떠한 사랑도 가능하다. 그게 누구나 할 수 있는 사랑의 다양한 그림자다.

결혼전야

1판 1쇄 인쇄 2013년 11월 7일
1판 1쇄 발행 2013년 11월 14일

감　독 · 홍지영
각　본 · 고명주

지은이 · 김선정
펴낸이 · 주연선

책임편집 · 강건모
편집 · 이진희 임유진 오가진 박나리
디자인 · 김서영 손혜영
마케팅 · 장병수 김한밀 정재은
관리 · 김두만 구진아 유효정

도서출판 은행나무
121-839 서울특별시 마포구 서교동 384-12
전화 · 02)3143-0651~3 | 팩스 · 02)3143-0654
등록번호 · 제 10-1522호(1997. 12. 12)
www.ehbook.co.kr
ehbook@ehbook.co.kr

잘못된 책은 바꿔드립니다.

ISBN 978-89-5660-730-6 03810